U0324579

人只是宇宙中会思考的虫子

INTERPLANETARY MIGRATION
星际移民

刘慈欣 等著

北京理工大学出版社
BEIJING INSTITUTE OF TECHNOLOGY PRESS

深空卷 |

人类的征途是星辰大海

Our journey is to the ocean of stars.

目录

流浪地球

刘慈欣

太阳熄灭，人类搬家

刹车时代

我没见过黑夜，我没见过星星，我没见过春天、秋天和冬天。

我出生在刹车时代结束的时候，那时地球刚刚停止转动。

地球自转刹车用了四十二年，比联合政府的计划长了三年。妈妈给我讲过我们全家看最后一次日落的情景——太阳落得很慢，仿佛在地平线上停住了，用了三天三夜才落下去。当然，以后没有"天"也没有"夜"了。东半球在相当长的一段时间里（有十几年吧）将处于永远的黄昏中，因为太阳在地平线下并没落深，还在半边天上映出它的光芒。

就在那次漫长的日落中，我出生了。

黄昏并不意味着昏暗，地球发动机把整个北半球照得通明。地球发动机安装在亚洲和美洲大陆上，因为只有这两个大陆完整坚实的板块结构才能承受发动机对地球巨大的推力。地球发动机共有1.2万台，分布在亚洲和美洲大陆的各个平原上。从我住的地方，可以看到几百台发动机喷出的等离子体光柱。你想象一座巨大的宫殿，有雅典卫城上的神殿那么大，殿中有无数根顶天立地的巨柱，每根柱子都像巨大的日光灯管那样发出蓝白色的强光，而你则是那巨大宫殿地板上的一个细菌，这样，你就可以想象到我所在的世界是什么样子了。其实这样描述还不是太准确。地球发动机的喷射必须有一定的角度，这样切线推力才能刹住地球的自转，所以天空中的那些巨型光柱是倾斜的，我们是处在一个将要倾倒的巨殿中！如果有人突然从南半球到北半球，多半会精神失常的。比这景象更可怕的是发动机带来的酷热，户外气温高达七八十摄氏度，必须穿冷却服才能外出。在这样的气温下，常常会有暴雨，而发动机光柱穿过乌云时的景象简直是一场噩梦！光柱蓝白色的强光在云中散射，变成无数种色彩组成的疯狂涌动的光晕，整个天空仿佛被白热的火山岩浆所覆盖。爷爷老糊涂了，有一次被酷热折磨得实在受不了，看到下大雨喜出望外，赤膊冲出门去。我们没来得及拦住他。外面雨点已被地球发动机超高温的等离子光柱烤沸，把他身上烫脱了一层皮。

但对于在北半球出生的我们这一代人来说，这一切都很自然，就如同刹车时代以前的人们，看见太阳、星星和月亮很自然一样。我们把那以前人类的历史都叫作"前太阳时代"，那真是个让人神往的黄金时代啊！

在我小学入学时，作为一门课程，老师带我们班的 30 个孩子进行了一次环球旅行。这时地球已经完全停转，地球发动机除了维持这颗行星的静止状态外，只进行一些姿态调整，所以从我三岁到六岁的三年中，光柱的光度大为减弱，这使得我们可以在这次旅行中更好地认识我们的世界。

我们首先近距离见到了地球发动机，是在石家庄附近的太行山出口处看到的。那是一座金属的高山，在我们面前赫然耸立，占据了半个天空。同它相比，西边的太行山脉如同一串小土丘。有的孩子惊叹它如珠峰一样高。我们的班主任小星老师是一位漂亮姑娘，她笑着告诉我们，这台发动机的高度是 11000 米，比珠峰还要高 2000 多米，人们管它叫"上帝的喷灯"。我们站在它巨大的阴影中，感受着它通过大地传来的震动。

地球发动机分为两大类，大一些的叫"山"，小一些的叫"峰"。我们登上了"华北 794 号山"。登"山"比登"峰"花的时间长，因为"峰"是靠巨型电梯上下的，上"山"则要坐汽车沿盘"山"公路走。我们的汽车混在不见首尾的长长车队中，沿着光滑的钢铁公路向上爬行。我们的左边是青色的金属峭壁，右边是万丈深渊。车队由 50 吨重巨型自卸卡车组成，车上满载着从太行山上挖下的岩石。汽车很快升到了 5000 米以上，下面的大地已看不清细节，只能看到地球发动机反射的一片青光。小星老师让我们戴上氧气面罩。随着距喷口越来越近，光度和温度都在剧增，面罩的颜色渐渐变深，冷却服中的微型压缩机也大功率地忙碌起来。在 6000 米处，我们见到了进料口，一车车的大石块倒进那闪着幽幽红光的大洞中，一点声音都没传出来。我问小星老师："地球发动机是如何把岩石做成燃料的？"

"重元素聚变是一门很深的学问，现在给你们还讲不明白。你们只需要知道，地球发动机是人类建造的力量最大的机器，比如我们所在的华北 794 号，全功率运行时能对大地产生 150 亿吨的推力。"

我们的汽车终于登上了山顶，喷口就在我们头顶上。由于光柱的直径太大，我们现在抬头看到的是一堵发着蓝光的等离子体巨墙，向上伸延到无限高处。这时，我突然想起不久前的一堂哲学课，那个憔悴的老师给我们出了一个谜语："你在平原上走着走着，突然迎面遇到一堵墙，这墙向上无限高，向下无限深，向左无限远，向右无限远，这墙是什么？"

我打了一个寒战，随后把这个谜语告诉了身边的小星老师。她想了好长一会儿，困惑地摇摇头。我把嘴凑到她耳边，把那个可怕的谜底告诉她："死亡。"

她默默地看了我几秒钟，突然把我紧紧地抱在怀里。我从她的肩上极目望去，迷蒙的大地上，耸立着一座座金属巨峰，从我们周围一直延伸到地平线。巨峰吐出的光柱，如一片倾斜的宇宙森林，刺破我们摇摇欲坠的天空。

我们很快到达了海边，看到城市摩天大楼的尖顶伸出海面，退潮时，白花花的海水从大楼无数的窗子中流出，形成一道道瀑布……刹车时代刚刚结束，其对地球的影响已触目惊心：地球发动机加速造成的潮汐吞没了北半球三分之二的大城市；发动机带来的全球高温融化了极地冰川，更给这大洪水推波助澜，波及南半球。爷爷在30年前目睹了百米高的巨浪吞没上海的情景，他现在讲这事的时候眼还直勾勾的。事实上，我们的星球还没起程就已面目全非了，谁知道在以后漫长的外太空流浪中，还有多少苦难在等着我们呢？

我们乘上一种叫"船"的古老交通工具，在海面上航行。地球发动机的光柱在后面越来越远，一天以后就完全看不见了。这时，大海处在两片霞光之间——一片是西面地球发动机的光柱产生的青蓝色霞光，一片是东方海平面下的太阳产生的粉红色霞光——它们在海面上的反射使大海也分成了闪耀着两色光芒的两部分，我们的船就行驶在这两部分的分界处，这景色真是奇妙。但随着青蓝色霞光的渐渐减弱和粉红色霞光的渐渐增强，一种不安的气氛在船上弥漫开来。甲板上见不到孩子们了，他们都躲在船舱里不出来，舷窗的帘子也被紧紧拉上。一天后，我们最害怕的时刻终于到来了。我们集合在那间用来做教室的大舱中，小星老师庄严地宣布："孩子们，我们要去看日出了。"

没有人动。我们目光呆滞，像突然冻住一样僵在那儿。小星老师又催了几次，还是没人动。她的一位男同事说："我早就提过，环球体验课应该放在近代史课后面，学生在心理上就比较容易适应了。"

"那没什么用的。在近代史课前，他们早就从社会上知道一切了。"小星老师说。她接着对几位班干部说："你们先走，孩子们，不要怕，我小时候第一次看日出也很紧张的，但看过一次就好了。"

孩子们终于一个个站了起来，朝着舱门挪动脚步。这时，我感到一只湿湿的小手抓住了我的手，回头一看，是灵儿。

"我怕……"她嘤嘤地说。

"我们在电视上也看到过太阳，反正都一样的。"我安慰她说。

"怎么会一样呢，你在电视上看蛇和看真蛇一样吗？"

"……反正我们得上去，要不这门课会扣分的！"

我和灵儿紧紧拉着手，和其他孩子一起战战兢兢地朝甲板走去，去面对我们人生中的第一次日出。

"其实，人类把太阳同恐惧连在一起也只是最近这三四个世纪的事。这之前，人类是不怕太阳的，相反，太阳在他们眼中是庄严和壮美的。那时地球还在转动，人们每天都能看到日出和日落。他们对着初升的太阳欢呼，赞颂落日的美丽。"小星老师站在船头对我们说。海风吹动着她的长发，在她身后，海天连接处射出几道光芒，好像海面下的一头大得无法想象的怪兽喷出的鼻息。

终于，我们看到了那令人胆寒的火焰。开始只是天水连线上的一个亮点，但很快增大，渐渐显示出了圆弧的形状。这时，我感到自己的喉咙被什么东西掐住了，恐惧使我窒息，脚下的甲板仿佛突然消失，我在向海的深渊坠下去，坠下去……和我一起下坠的还有灵儿，她那蛛丝般柔弱的小身躯紧贴着我颤抖不已。还有其他孩子，其他所有人，整个世界，都在下坠。这时我又想起了那个谜语，我曾问过哲学老师，那堵墙是什么颜色的，他说应该是黑色的。我觉得不对，我想象中的死亡之墙应该是雪亮的，这就是为什么那道等离子体墙让我想起了死亡。这个时代，死亡不再是黑色的，而是闪电的颜色。当那最后的闪电到来时，世界将在瞬间变成蒸汽。

三个多世纪前，天体物理学家就发现太阳内部氢转化为氦的速度突然加快，于是，他们发射了上万枚探测器穿过太阳，最终建立了这颗恒星完整精确的数学模型。巨型计算机对这个模型计算的结果表明，太阳的演化已向主星序外偏移，氦元素的聚变将在很短的时间内传遍整个太阳内部，由此产生一次叫"氦闪"的剧烈爆炸。之后，太阳将变为一颗巨大但暗淡的红巨星，它膨胀到如此之大，地球将在太阳内部运行！事实上，在这之前的氦闪爆发中，我们的星球已被气化了。

这一切将在四百年内发生，现在已过了三百八十年。

太阳的灾变将炸毁和吞没太阳系所有适合居住的类地行星，并使所有类木行星完全改变形态和轨道。自第一次氦闪后，随着重元素在太阳中心的反复聚集，太阳氦闪将在一段时间内反复发生，这"一段时间"是相对于恒星演化来说的，其长度实际上可能是人类历史的上千倍。所以，人类在以后的太阳系中已无法生存下去，唯一的生路是向外太空恒星际移民。而照人类目前的技术力量，全人类移民唯一可行的目标是半人马座比邻星，这是距我们最近的恒星，有四点三光年的路程。在这个问题上，人们已达成共识，争论的焦点在移民方式上。

为了加强教学效果，我们的船在太平洋上折返了两次，又给我们制造了两次日出。现在我们已完全适应了，也相信了南半球那些每天面对太阳的孩子确实能活下去。

以后我们就在太阳下航行了。太阳在空中越升越高，凉爽下来的天气又热了起来。我正在自己的舱里昏昏欲睡，忽然听到外面有喧闹纷乱的人声。灵儿推开门，探进头来。

"嗨，飞船派和地球派又打起来了！"

我对这事儿不感兴趣，他们已经打了四个世纪了。但我还是到外面看了看，在那打成一团的几个男孩儿中，一眼就看出了挑起事儿的是阿东。他爸爸是个顽固的飞船派，因参加一次反联合政府的暴动，现在还被关在监狱里。有其父，必有其子。

小星老师和几名粗壮的船员好不容易才拉开架，阿东鼻子血糊糊的，振臂高呼："把地球派扔到海里去！"

"我也是地球派，也要扔到海里去？"小星老师问。

"地球派都扔到海里去！"阿东毫不示弱。现在，全世界飞船派情绪又呈上升趋势，所以他们也狂起来了。

"为什么这么恨我们？"小星老师问。

"我们不和地球派傻瓜在地球上等死！"其他几个飞船派小子接着喊了起来。

"我们要坐飞船走！飞船万岁！"

……

小星老师按了一下手腕上的全息显示器，我们面前的空中立刻显示出一幅全息图像，孩子们的注意力被它吸引过去，暂时安静下来。那是一个晶莹透明的密封玻璃球，直径大约十厘米，球里有三分之二充满了水，水中有一只小虾、一小枝珊瑚和一些绿色的藻类植物，小虾在水中悠然地游动着。小星老师说："这是阿东的一件自然课设计作品，小球中除了这几样东西外，还有一些看不见的细菌，它们在密封的玻璃球中相互依赖，相互作用。小虾以海藻为食，从水中摄取氧气，排出含有机物质的粪便和二氧化碳废气。细菌将这些东西分解成无机物质和二氧化碳。然后，海藻利用这些无机物质和二氧化碳在人造阳光的照射下进行光合作用，制造营养物质，进行生长和繁殖，同时放出氧气，供小虾呼吸。这样的生态循环应该能使玻璃球中的生物在只有阳光供应的情况下生生不息。这是我见过的最好的课程设计。我知道，这里面凝聚了阿东和所有飞船派孩子的梦想。这就是你们梦中飞船的缩影啊！阿东告诉我，他按照计算机中严格的数学模型，对球中每一样生物进行了基因设计，使它们的新陈代谢正好达到平衡。他坚信，球中的生命世界会长期存在下去，直到小虾寿命的终点。老师们都很钟爱这件作品。我们把它放到所要求强度的人造阳光下，默默地祝福他创造的这个小小的世界，能像阿东预想的那样长存。但现在，时间只过去了十几天……"

　　小星老师从随身带来的一个小箱子中小心翼翼地拿出了那个玻璃球。死去的小虾漂浮在水面上，水混浊不堪，腐烂的藻类植物已失去了绿色，变成一团没有生命的毛状物覆盖在珊瑚上。

　　"这个小世界死了。孩子们，谁能说出为什么？"小星老师把那个死亡的世界举到孩子们面前。

"它太小了！"

"说得对，太小了。小的生态系统，不管多么精确，也是经不起时间的风浪的。飞船派想象中的飞船也一样。"

"我们的飞船可以造得像上海或纽约那么大。"阿东说，声音比刚才低了许多。

"是的，按人类目前的技术最多也只能造这么大。但同地球相比，这样的生态系统还是太小了，太小了。"

"我们会找到新的行星。"

"这连你们自己也不相信。半人马座没有行星，最近的有行星的恒星在 850 光年以外，目前人类能建造的最快的飞船也只能达到光速的百分之零点五，这样就需 17 万年才能到那儿，飞船规模的生态系统连这十分之一的时间都维持不了。孩子们，只有像地球这样规模的生态系统、这样气势磅礴的生态循环，才能使生命万代不息！人类在宇宙间离开了地球，就像婴儿在沙漠里离开了母亲！"

"可……老师，我们来不及了，地球来不及了——它还来不及加速到足够快，航行到足够远，太阳就爆炸了！"

"时间是够的，要相信联合政府！这我说了很多遍。如果你们还不相信，我们就退一万步说：人类将自豪地去死，因为我们尽了最大的努力！"

人类的逃亡分为五步：第一步，用地球发动机使地球停止自转，使发动机喷口对准地球运行的反方向；第二步，全功率开动地球发动机，使地球加速到逃逸速度，飞出太阳系；第三步，在外太空继续加速，飞向比邻星；第四步，在中途使地球重新自转，掉转发动机方向，开始减速；第五步，地球泊入比邻星轨道，成为这颗恒星的行星。人们把这五步分别称为刹车时代、逃逸时代、流浪时代Ⅰ（加速）、流浪时代Ⅱ（减速）、新太阳时代。

整个移民过程将延续2500年时间，一百代人。

我们的船继续航行，到了地球黑夜的部分。在这里，阳光和地球发动机的光柱都照不到，在大西洋清凉的海风中，我们这些孩子第一次看到了星空。天啊，那是怎样的景象啊，美得让我们心醉。小星老师一手搂着我们，一手指着星空。看，孩子们，那就是半人马座，那就是比邻星，那就是我们的新家！说完她哭了起来，我们也都跟着哭了，周围的水手和船长，这些铁打的汉子也流下了眼泪。所有的人都用泪眼望着老师指的方向，星空在泪水中扭曲抖动，唯有那颗星星是不动的。它是黑夜大海狂浪中远方陆地的灯塔，是冰雪荒原中快要冻死的孤独旅人前方隐现的火光，是我们心中的太阳，是人类在未来一百代的苦海中唯一的希望和支撑……

在回家的航程中，我们看到了起航的第一个信号：夜空中出现了一颗巨大的彗星，那是月球。人类带不走月球，就在月球上也安装了行星发动机，把它推离地球轨道，以免在地球加速时相撞。月球上行星发动机产生的巨大彗尾使大海笼罩在一片蓝光之中，群星看不见了。月球移动产生的引力潮汐使大海巨浪滔天，我们改乘飞机向南半球的家飞去。

起航的日子终于到了！

我们一下飞机，就被地球发动机的光柱照得睁不开眼，这些光柱比以前亮了几倍，而且所有光柱都由倾斜变成笔直。地球发动机开到了最大功率，加速产生的百米巨浪轰鸣着扑向每个大陆，灼热的飓风夹着滚烫的水沫，在林立的顶天立地的等离子光柱间疯狂呼啸，拔起了陆地上所有的大树……这时从宇宙空间看，我们的星球也成了一颗巨大的彗星，蓝色的彗尾刺破了黑暗的太空。

地球上路了，人类上路了。

就在起航时，爷爷去世了，他身上的烫伤已经感染。弥留之际，他反复念叨着一句话："啊，地球，我的流浪地球啊……"

逃逸时代

学校要搬入地下城了，我们是第一批入城的居民。校车钻进了一个高大的隧洞，隧洞呈不大的坡度向地下延伸。走了有半个钟头，我们被告知已入城了，可车窗外哪有城市的样子？只看到不断掠过的错综复杂的支洞和洞壁上无数的密封门，在高高洞顶的一排泛光灯下，一切都呈单调的金属蓝色。想到后半生的大部分时光都要在这个世界中度过，我们不禁黯然神伤。

"原始人就住洞里，我们又住洞里了。"灵儿低声说，这话还是让小星老师听见了。

"没有办法的，孩子们，地面的环境很快就要变得很可怕很可怕。那时，冷的时候，吐一口唾沫，还没掉到地上呢，就冻成小冰块儿了；热的时候，再吐一口唾沫，还没掉到地上，就变成蒸汽了！"

"冷我知道，因为地球离太阳越来越远了。可为什么还会热呢？"同车的一个低年级的小娃娃问。

"笨，没学过变轨加速吗？"我没好气地说。

"没有。"

灵儿耐心地解释起来，好像是为了缓解刚才的悲伤："是这样，跟你想的不同，地球发动机没那么大劲儿，它只能给地球很小的加速度，不能把地球一下子推出绕日轨道。在地球离开太阳前，还要绕着它转 15 个圈儿呢！在这期间，地球会慢慢加速。现在，地球绕太阳转着一个挺圆的圈儿，可它的速度越快呢，这圈儿就越扁，越快越扁，越快越扁……所以后来，地球有时会离太阳很远很远，当然冷了……"

"可……还是不对！地球到最远的地方是很冷，可在扁圈的另一头儿，它离太阳——嗯，我想想，按轨道动力学，它离太阳还是现在这么近啊，怎么会更热呢？"

真是个小天才，记忆遗传技术使这样的小娃娃具备了成人的智力水平，这是人类的幸运，否则，像地球发动机这样连神都不敢想的奇迹，是不会在四个世纪内变成现实的。

我说："还有地球发动机呢，小傻瓜。现在，一万多台那样的大喷灯全功率开动，地球就成了火箭喷口的护圈了……你们安静点吧，我心里烦！"

我们就这样开始了地下的生活，像这样在地下 500 米处人口超过百万的城市遍布各个大陆。在这样的地下城中，我读完小学并升入中学。学校教育都集中在理工科，艺术和哲学之类的教育被压缩到最少——人类没有这份闲心了。这是人类最忙的时代，每个人都有做不完的工作。历史课还是有的，只是课本中前太阳时代的人类历史在我们听来就像伊甸园中的神话一样。

父亲是空军的一名近地轨道宇航员，在家的时间很少。记得在变轨加速的第五年，在地球处于远日点时，我们全家到海边去过一次。运行到远日点顶端那一天，是一个如同新年或圣诞节一样的节日，因为这时地球距太阳最远，人们都有一种虚幻的安全感。像以前到地面上去一样，我们必须穿上带有核电池的全密封加热服。外面，地球发动机林立的刺目光柱是主要能看见的东西，地面世界的其他部分都淹没于光柱的强光中，看不出变化。我们乘飞行汽车飞了很长时间，到了光柱照不到的地方，到了能看见太阳的海边。这时的太阳只有棒球大小，一动不动地悬在天边，它的光芒只在自己的周围映出了一圈晨曦似的亮影。天空呈暗暗的深蓝色，星星仍清晰可见。举目望去，哪有海啊，眼前是一片白茫茫的冰原。在这封冻的大海上，有大群狂欢的人。焰火在暗蓝色的空中绽放，冰冻海面上的人们以一种反常的情绪狂欢着，到处都是喝醉了在冰上打滚儿的人，更多的人在声嘶力竭地唱着不同的歌，都想用自己的声音压住别人。

"每个人都在不顾一切地过自己想过的生活，这也没有什么不好。"爸爸突然想起了一件事，"呵，忘了告诉你们，我爱上了黎星，我要离开你们和她在一起。"

"她是谁？"妈妈平静地问。

"我的小学老师。"我替爸爸回答。我升入中学已两年，不知道爸爸和小星老师是怎么认识的，也许是在两年前那个毕业仪式上？

"那你去吧！"妈妈说。

"过一阵子我肯定会厌倦，那时我就回来，你看呢？"

"你要愿意当然行。"妈妈的声音像冰冻的海面一样平，但很快激动起来，"啊，这一颗真漂亮，里面一定有全息散射体！"她指着刚在空中绽放的一朵焰火，真诚地赞美着。

在这个时代，人们看四个世纪以前的电影和小说时都莫名其妙。他们不明白，前太阳时代的人怎么会在不关生死的事情上倾注那么多的感情。当看到男女主人公为爱情而痛苦或哭泣时，他们的惊奇是难以言表的。在这个时代，死亡的威胁和逃生的欲望压倒了一切。除了当前太阳的状态和地球的位置，没有什么能真正引起他们的注意并打动他们了。这种注意力高度集中的关注，渐渐从本质上改变了人类的心理状态和精神生活。对于爱情这类东西，他们只是用余光瞥一下而已，就像赌徒在盯着轮盘的间隙抓住几秒钟喝口水一样。

过了两个月，爸爸真从小星老师那儿回来了，妈妈没有高兴，也没有不高兴。

爸爸对我说："黎星对你印象很好，她说你是一个有创造力的学生。"

妈妈一脸茫然："她是谁？"

"小星老师嘛，我的小学老师，爸爸这两个月就是同她在一起的！"

"哦，想起来了！"妈妈摇头笑了，"我还不到四十，记忆力就成了这个样子。"她抬头看看天花板上的全息星空，又看看四壁的全息森林，"你回来挺好，把这些图像换换吧，我和孩子都看腻了，但我们都不会调整这玩意儿。"

地球再次向太阳跌去的时候，我们全家已经把爸爸和小星老师的事忘了。

有一天，新闻报道海冰在融化，于是我们全家又到海边去。地球正在通过火星轨道，按照这时太阳的光照量，地球的气温应该仍然是很低的，但由于地球发动机的影响，地面的气温正适宜。能不穿加热服或冷却服去地面，那感觉真令人愉快。地球发动机所在的半球天空还是老样子，但到达另一个半球时，真正感到了太阳的临近：天空是明朗的纯蓝色，太阳在空中已同起航前一样明亮了。可我们从空中看到海冰并没融化，还是一片白色的冰原。当我们失望地走出飞行汽车时，听到惊天动地的隆隆声，那声音仿佛来自这颗星球的最深处，真像地球要爆炸一样。

"这是大海的声音！"爸爸说，"因为气温骤升，厚厚的冰层受热不均匀，这很像陆地上的地震。"

突然，一声雷霆般尖厉的巨响插进这低沉的隆隆声中，我们后面看海的人群欢呼起来。我看到海面上裂开一道长缝，其开裂速度之快如同广阔的冰原上突然出现的一道黑色闪电。接着在不断的巨响中，这样的裂缝一条接一条地在海冰上出现，海水从所有的裂缝中涌出，在冰原上形成一条条迅速扩散的急流……

回家的路上，我们看到荒芜已久的大地上，野草在大片大片地钻出地面，各种花朵竞相怒放，嫩叶给枯死的森林披上绿装……所有的生命都在抓紧时间焕发活力。

随着地球和太阳的距离越来越近，人们的心也一天天揪紧了。到地面上来欣赏春色的人越来越少，大部分人都深深地躲进了地下城中。他们这不是为了躲避即将到来的酷热、暴雨和飓风，而是躲避那对越来越近的太阳的恐惧。有一天，在我睡下后，听到妈妈低声对爸爸说："可能真的来不及了。"

爸爸说："前四个近日点时也有这种谣言。"

"可这次是真的，我是从钱德勒博士夫人口中听说的，她丈夫是航行委员会的那个天文学家，你们都知道他的。他亲口告诉她，已观测到氦的聚集在加速。"

"你听着，亲爱的，我们必须抱有希望，这并不是因为希望真的存在，而是因为我们要做高贵的人。在前太阳时代，做一个高贵的人必须拥有金钱、权力或才能，而在今天，你只需要拥有希望。

希望是这个时代的黄金和宝石，不管活多长，我们都要拥有它！明天把这话告诉孩子。"

　　和所有的人一样，我也随着近日点的到来而心神不定。有一天放学后，我不知不觉走到了城市中心广场，在广场中央有喷泉的圆形水池边呆立着，时而低头看着蓝莹莹的池水，时而抬头望着广场圆形穹顶上梦幻般的光波纹，那是池水反射上去的。这时我看到了灵儿，她拿着一个小瓶子和一根小管儿，在吹肥皂泡。每吹出一串，她都呆呆地盯着空中飘浮的泡泡，看着它们一个个消失，然后再吹出一串……

　　"都这么大了还干这个，好玩吗？"我走过去问她。

　　灵儿见了我喜出望外："我俩去旅行吧！"

　　"旅行？去哪儿？"

　　"当然是地面啦！"她挥手在空中划了一下，用手腕上的计算机甩出一幅全息景象，显示出一片落日下的海滩。微风吹拂着棕榈树，白浪拍打着金黄的沙滩，一对对情侣在铺满碎金的海面前相依相偎。"这是梦娜和大刚发回来的，他俩现在还满世界转呢，他们说外面现在还不太热，外面可好呢，我们去吧！"

　　"他们因为旷课刚被学校开除了。"

　　"哼，你根本不是怕这个，你是怕太阳！"

　　"你不怕吗？别忘了你因为怕太阳还看过精神病医生呢！"

　　"可我现在不一样了，我受到了启示！你看，"灵儿用小管儿吹出了一串肥皂泡，"盯着它看！"她用手指着一个肥皂泡说。

　　我盯着那个泡泡，看到它表面上光和色的狂澜，那狂澜以人的感觉无法把握的复杂和精细在涌动，好像那个泡泡知道自己生命短暂，所以要疯狂地把浩如烟海的记忆中的无数梦幻和传奇向世界演绎。很快，光和色的狂澜在一次无声的爆炸中消失了。我看到了一小片似有似无的水汽，这水汽也只存在了半秒钟，然后什么都没有了，好像什么都没有存在过。

"看到了吗？地球就是宇宙中的一个小水泡，啪一下，什么都没了，有什么好怕的呢？"

"不是这样的，据计算，在氦闪发生时，地球被完全蒸发掉至少需要 100 个小时。"

"这就是最可怕之处了！"灵儿大叫起来，"我们在这地下 500 米，就像馅饼里的肉馅一样，先给慢慢烤熟了，再蒸发掉！"

一阵冷战传遍我的全身。

"但在地面就不一样了，那里的一切瞬间被蒸发，地面上的人就像那泡泡一样，啪一下……所以，氦闪时还是在地面上为好。"

不知为什么，我没同她去，她就同阿东去了，我以后再也没见到他们。

氦闪并没有发生，地球高速掠过了近日点，第六次向远日点升去，人们绷紧的神经松弛下来。由于地球自转已停止，在绕日轨道的这一侧，亚洲大陆上的地球发动机面朝地球的运行方向，所以在通过近日点前都停了下来，只是偶尔做一些调整姿态的运行，我们这儿处于宁静而漫长的黑夜之中。美洲大陆上的发动机则全功率运行，那里成了火箭喷口的护圈。由于太阳这时正悬挂在西半球，那儿的高温更是可怕，草木生烟。

地球的变轨加速就这样年复一年地进行着。每当地球向远日点升去时，人们的心也随着地球与太阳距离的日益拉长而放松；而当它在新的一年向太阳跌去时，人们的心就一天天紧缩起来。每次到达近日点，社会上就谣言四起，说太阳氦闪就要在这时发生。直到地球再次升向远日点，人们的恐惧才随着天空中渐渐变小的太阳平息下来，但下一次恐惧又在酝酿……人类的精神像在荡着一个宇宙秋千，更恰当地说，在经历着一场宇宙俄罗斯轮盘赌——升上远日点和跌向太阳的过程是在转动弹仓，掠过近日点时则是扣动扳机！每扣一次时的神经比上一次更紧张。我就是在这种交替的恐惧中度过了自己的少年时代。其实仔细想想，即使在远日点，地球也未脱离太阳氦闪的威力圈，如果那时太阳氦闪爆发，地球不是被气化而是被慢慢液化，那种结果还真不如在近日点。

在逃逸时代，大灾难接踵而至。

由于地球发动机产生的加速度及运行轨道的改变，地核中铁镍核心的平衡被扰动，其影响穿过古腾堡不连续面，波及地幔。各个大陆地热逸出，火山爆发，这对于人类的地下城市是致命的威胁。从第六次变轨周期后，在各大陆的地下城中，岩浆渗入灾难频繁发生。

那天警报响起来的时候，我正走在放学回家的路上，听到市政厅的广播："F112 市全体市民注意，城市北部屏障已被地应力破坏，岩浆渗入！岩浆渗入！现在岩浆流已到达第四街区！公路出口被封死，全体市民到中心广场集合，通过升降梯向地面撤离。注意，撤离时按《危急法》第五条行事。强调一遍，撤离时按《危急法》第五条行事！"

我环视了一下四周迷宫般的通道，地下城现在看上去并没有什么异常。但我知道现在的危险：只有两条通向外部的地下公路，其中一条去年因加固屏障的需要已被堵死，如果剩下的这条也堵死了，就只有通过经竖井直通地面的升降梯逃命了。升降梯的载运量很小，要把这座城市的 36 万人运出去需要很长时间，但也没有必要去争夺生存的机会，联合政府的《危急法》把一切都安排好了。

古代曾有过一个伦理学问题：当洪水到来时，如果一次只能救走一个人，是去救父亲呢，还是去救儿子？在这个时代的人看来，这个问题很不可理解。

当我到达中心广场时，看到人们已按年龄排起了长队。最靠近电梯口的是由机器人保育员抱着的婴儿，然后是幼儿园的孩子，再往后是小学生……我排在队伍靠前的部分。爸爸现在在近地轨道值班，城里只有我和妈妈。我现在看不到妈妈，就顺着长长的队伍跑，没跑多远就被士兵拦住了。我知道她在最后一段，因为这座城市是学校集中地，家庭很少，她已经算年纪大的那批人了。

长队以让人心里着火的慢速度向前移动。三个小时后，轮到我跨进升降梯时，心里一点都不轻松，因为这时在妈妈和生存之间，还隔着两万多名大学生呢！而我已闻到了浓烈的硫黄味……

我到地面两个半小时后，岩浆就在 500 米深的地下吞没了整座城市。我心如刀绞地想象着妈妈最后的时刻：她同没能撤出的 1.8 万人一起，看着岩浆涌进市中心广场。那时已经停电，整个地下城只有岩浆那可怕的暗红色光芒。广场那高大的白色穹顶在高温中渐渐变黑，所有的遇难者可能还没接触到岩浆，就被这上千度的高温夺去了生命。

但生活还在继续。在这残酷可怕的现实中，爱情仍不时闪现出迷人的火花。为了缓解人们的紧张情绪，在第十二次到达远日点时，联合政府居然恢复了中断达两个世纪的奥运会。我作为一名机动雪橇拉力赛选手参加了奥运会，驾驶机动雪橇，从上海出发，沿冰面横穿封冻的太平洋，再横穿美洲大陆，到达终点纽约。

发令枪响过之后，上百只雪橇在冰冻的海洋上以每小时 200 千米左右的速度出发了。开始还有几只雪橇相伴，但两天后，它们或前或后，都消失在地平线之外。这时，背后地球发动机的光芒已经看不到了，我正处于地球最黑暗的部分。在我眼中，世界就是由广阔的星空和向四面无限延伸的冰原组成的，这冰原似乎一直延伸到宇宙的尽头，或者它本身就是宇宙的尽头。而在无限的星空和无限的冰原组成的宇宙中，只有我一个人！雪崩般的孤独感压倒了我，我想哭。我拼命地赶路，名次已无关紧要，只是为了在这可怕的孤独感杀死我之前尽早地摆脱它，而那想象中的彼岸似乎根本就不存在。

　　就在这时，我看到天边出现了一个人影。近了些后，我发现那是一个姑娘，正站在她的雪橇旁，长发在冰原上的寒风中飘动。你知道这时遇见一个姑娘意味着什么——我们的后半生由此决定了。她是日本人，叫山彬加代子。女子组比我们先出发 12 个小时，她的雪橇卡在冰缝中，把一根滑竿卡断了。我一边帮她修雪橇，一边把自己刚才的感觉告诉她。

　　"您说得太对了，我也是那样的感觉！是的，好像整个宇宙中就只有你一个人！知道吗？我看到您从远方出现时，就像看到太阳升起一样呢！"

　　"那你为什么不叫救援飞机？"

　　"这是一场体现人类精神的比赛。要知道，流浪地球在宇宙中是叫不到救援的！"她挥动着小拳头，以日本人特有的执着说。

　　"不过现在总得叫了，我们都没有备用滑竿，你的雪橇修不好了。"

　　"那我坐您的雪橇一起走好吗？如果您不在意名次的话。"

　　我当然不在意，于是，我和加代子一起在冰冻的太平洋上走完了剩下的漫长路程。经过夏威夷后，我们看到了天边的曙光。在被那个小小的太阳照亮的无际冰原上，我们向联合政府的民政部发去了结婚申请。

当我们到达纽约时，这个项目的裁判们早等得不耐烦，收摊走了。但有一个民政局的官员在等我们，他向我们致以新婚的祝贺，然后开始履行职责：他挥手在空中画出一个全息图像，上面整齐地排列着几万个圆点，代表这几天全世界有几万对男女向联合政府申请结婚。由于环境的严酷，法律规定每三对新婚配偶中只有一对有生育权，抽签决定。加代子对着半空中那几万个点犹豫了半天，点了中间的一个。当那个点变为绿色时，她高兴得跳了起来。但我的心中却不知是什么滋味。我的孩子出生在这个苦难的时代，是幸运还是不幸呢？那个官员倒是兴高采烈，他说每当一对儿"点绿"的时候，他都十分高兴。他拿出了一瓶伏特加，我们三个轮着一人一口地喝，为人类的延续干杯。我们身后，遥远的太阳用它微弱的光芒给自由女神像镀上了一层金辉。对面，是已无人居住的曼哈顿的摩天大楼群，微弱的阳光把它们的影子长长地投在纽约港寂静的冰面上。醉意朦胧的我，眼泪涌了出来。

地球，我的流浪地球啊！

分手前，官员递给我们一串钥匙，醉醺醺地说："这是你们在亚洲分到的房子，回家吧。哦，家多好啊！"

"有什么好的？"我漠然地说，"亚洲的地下城充满危险，这你们在西半球当然体会不到。"

"我们马上也有你们体会不到的危险了，地球又要穿过小行星带，这次是西半球对着运行方向。"

"上几个变轨周期也经过小行星带，不是没什么大事吗？"

"那只是擦着小行星带的边缘走，太空舰队当然能应付，他们可以用激光和核弹把地球航线上的那些小石块都清除掉。但这次……你们没看新闻？这次地球要从小行星带正中穿过去！舰队要对付的是那些大石块，唉……"

在回亚洲的飞机上，加代子问我："那些石块很大吗？"

我父亲现在就在太空舰队干那种工作，所以尽管政府为了避免惊慌照例封锁消息，我还是知道一些情况。我告诉加代子，那些石块大得像一座大山，5000万吨级的热核炸弹只能在上面打出一个小坑。"他们就要使用人类手中威力最大的武器了！"我神秘地告诉加代子。

"你是说反物质炸弹？"

"还能是什么？"

"太空舰队的巡航距离是多远？"

"现在他们力量有限，我爸说只有150万千米左右。"

"啊，那我们能看到了！"

"最好别看。"

加代子还是看了，而且是没戴护目镜看的。反物质炸弹的第一次闪光是在我们起飞不久后从太空传来的，那时加代子正在欣赏飞机舱窗外空中的星星，这使她的双眼失明了一个多小时，以后的一个多月眼睛都红肿流泪。那真是让人心惊肉跳的时刻，反物质炮弹不断地击中小行星，强光在漆黑的太空中此起彼伏地闪现，仿佛宇宙中有一群巨人围着地球用闪光灯疯狂拍照似的。

半小时后，我们看到了火流星，它们拖着长长的火尾划破长空，给人一种恐怖的美感。火流星越来越多，在空中划过的距离越来越长。突然，机身在一声巨响中震颤了一下，紧接着又是连续的巨响和震颤。加代子惊叫着扑到我怀中，她显然以为飞机被流星击中了，这时舱里响起了机长的声音。

"请各位乘客不要惊慌，这是流星冲破音障产生的超音速爆音。请大家戴上耳机，否则您的听力会受到永久性损害。由于飞行安全已无法保证，我们将在夏威夷紧急降落。"

这时我盯住了一颗火流星，那个火球比别的大出许多，我不相信它能在大气中烧完。果然，那火球疾驰过大半个天空，越来越小，但还是坠入了冰海。我从万米高空看到，海面被击中的位置出现了一个小白点，那白点立刻扩散成一个白色的圆圈，圆圈迅速在海面扩大。

"那是浪吗？"加代子颤着声儿问我。

"是浪，上百米的浪。不过海封冻了，冰面会很快使它衰减的。"我自我安慰地说，不再看下面。

我们很快在檀香山降落，由当地政府安排去地下城。我们的汽车沿着海岸走，天空中布满了火流星，那些红发恶魔好像是从太空中的某一个点同时迸发出来的。一颗流星在距海岸不远处击中了海面，没有看到水柱，但水蒸气形成的白色蘑菇云高高地升起。涌浪从冰层下传到岸边，厚厚的冰层轰隆隆地破碎了，冰面显出了浪的形状，好像有一群柔软的巨兽在冰下排着队游过。

"这颗流星有多大？"我问那位来接应我们的官员。

"不超过5公斤，不会比你的脑袋大吧！不过刚接到通知，在北方 800 千米外的海面上，刚落下一颗 20 吨左右的。"

这时他手腕上的通信机响了，他看了一眼后对司机说："来不及到 204 号门了，就近找个入口吧！"

汽车拐了个弯，在一个地下城入口前停了下来。我们下车后，看到入口处有几个士兵，他们都一动不动地盯着远方，眼里充满了恐惧。我们顺着他们的目光看去，在天海连线处，我们看到一道黑色的屏障，乍一看好像是天边低低的云层，但那"云层"的高度太整齐了，像一堵横在天边的长墙，再仔细看，墙头还镶着一线白边。

"那是什么呀？"加代子怯生生地问一个军官，得到的回答让我们毛发直竖。

"浪。"

地下城高大的铁门隆隆地关上。约莫过了十分钟，我们听到从地面传来低沉的声音，咕噜噜的，像一个巨人在地面打滚。我们面面相觑，大家都知道，百米高的巨浪正在滚过夏威夷，也将滚过各个大陆。但另一种震动更吓人，仿佛有一只巨拳从太空中不断地击打地球。在地下，这震动并不大，只能隐约感到，但每一次震动都直达我们灵魂深处。这是流星在不断地击中地面。

我们的星球所遭到的残酷轰炸断断续续持续了一个星期。

当我们走出地下城时，加代子惊叫："天啊，天怎么是这样的！"

天空是灰色的，这是因为高层大气弥漫着小行星撞击陆地时产生的灰尘，星星和太阳都消失在这无际的灰色中，仿佛整个宇宙在下着一场大雾。地面上，滔天巨浪留下的海水还没来得及退去就封冻了，城市幸存的高楼形单影只地立在冰面上，挂着长长的冰凌柱。冰面上落了一层撞击尘，于是这个世界只剩下一种颜色——灰色。

　　我和加代子继续回亚洲的旅行。在飞机越过早已无意义的国际日期变更线时,我们见到了人类所见过的最黑的黑夜。飞机仿佛潜行在墨汁的海洋中。我们看着机舱外那没有一丝光线的世界,心情也黯淡到了极点。

　　"什么时候到头呢?"加代子喃喃地说。我不知道她指的是这段旅程,还是这充满苦难和灾难的生活,我现在觉得两者都没有尽头。是啊,即使地球航出了氦闪的威力圈,我们得以逃生,又怎么样呢?我们只是那漫长阶梯的最下一级,当我们的一百代子孙爬上阶梯的顶端,见到新生活的光明时,我们的骨头都变成灰了。我不敢想象未来的苦难和艰辛,更不敢想象要带着爱人和孩子走过这条看不到头的泥泞路。我累了,实在走不动了……就在我被悲伤和绝望窒息的时候,机舱里响起了一声女人的惊叫:"啊!不!不能,亲爱的!"

　　我循声看去,见那个女人正从旁边的一个男人手中夺下一把手枪,他刚才显然想把枪口凑到自己的太阳穴上。这人很瘦弱,目光呆滞地看着前方无限远处。女人把头埋在他膝上,嘤嘤地哭了起来。

　　"安静。"男人冷冷地说。

　　哭声消失了,只有飞机发动机的嗡嗡声在轻响,像不变的哀乐。在我的感觉中,飞机已粘在这巨大的黑暗中,一动不动;而整个宇宙,除了黑暗和飞机,什么都没有了。加代子紧紧钻在我怀里,浑身冰凉。

　　突然,机舱前部一阵骚动,有人在兴奋地低语。我向窗外看去,发现飞机前方出现了一片朦胧的光亮,那光亮是蓝色的,没有形状,十分均匀地出现在前方弥漫着撞击尘埃的夜空中。

　　那是地球发动机的光芒。

　　西半球的地球发动机已被陨石击毁了三分之一,但损失比起航前预测的要少。东半球的地球发动机由于背向撞击面，完好无损。从功率上来说，它们是能使地球完成逃逸航行的。

在我眼中，前方朦胧的蓝光，如同从深海漫长上浮后看到的海面的亮光。我的呼吸又顺畅起来。

我又听到那个女人的声音："亲爱的，痛苦呀恐惧呀这些东西，也只有在活着时才能感觉到。死了，死了什么也没有了，那边只有黑暗，还是活着好。你说呢？"

那瘦弱的男人没有回答，他盯着前方的蓝光，眼泪流了下来。我知道他能活下去了。只要那代表希望的蓝光还亮着，我们就都能活下去，我又想起了父亲关于希望的那些话。

下了飞机，我和加代子没有去我们在地下城中的新家，而是到设在地面的太空舰队基地去找父亲。但在基地，我只见到了追授给他的一枚冰冷的勋章。这勋章是一名空军少将给我的，他告诉我，在清除地球航线上的小行星的行动中，一块被反物质炸弹炸出的小行星碎片击中了父亲的单座微型飞船。

"当时那个石块和飞船的相对速度有每秒 100 千米，撞击使飞船座舱瞬间气化了，他没有一点痛苦，我向您保证，没有一点痛苦。"将军说。

当地球又向太阳跌回去的时候，我和加代子又到地面上来看春天，但没有看到。世界仍是一片灰色。阴暗的天空下，大地上分布着由残留海水形成的一个个冰冻湖泊，见不到一点绿色。大气中的撞击尘埃挡住了阳光，使气温难以回升。甚至到了近日点，海洋和大地也没有解冻，太阳只是一片朦胧的光晕，仿佛是撞击尘埃后面的幽灵。

　　三年以后，空中的撞击尘埃才有所消散，人类终于最后一次通过近日点，向远日点升去。在这个近日点，东半球的人有幸目睹了地球历史上最快的一次日出和日落。太阳从海平面上一跃而起，迅速划过长空，大地上万物的影子快速地变换着角度，仿佛是无数根钟表的秒针。这也是地球上最短的一个白天，只有不到一个小时。当太阳没入地平线，黑暗再度降临大地时，我感到一阵伤感。这转瞬即逝的一天，仿佛是对地球在太阳系45亿年进化史的一个短暂总结。直到宇宙末日，地球也不会再回来了。

　　"天黑了。"加代子忧伤地说。

　　"最长的一夜。"我说。东半球的这一夜将延续2500年，一百代人后，半人马座的曙光才能再次照亮这片大陆。西半球也将面临最长的白天，但比这里的黑夜要短得多。在那里，太阳将很快升到天顶，然后一直静止在那个位置上，渐渐变小。在半个世纪内，它就会融入星群难以分辨了。

　　按照预定的航线，地球升向与木星的会合点。航行委员会的计划是：地球第十五圈的公转轨道是如此之扁，以至于它的远日点会到达木星轨道，地球将与木星在几乎相撞的距离上擦身而过。在木星巨大引力的拉动下，地球将最终达到逃逸速度。

　　离开近日点后两个月，就能用肉眼看到木星了。它开始只是一个模糊的光点，但很快显出圆盘的形状。又过了一个月，木星在地球上空已有满月大小，呈暗红色，能隐约看到上面的条纹。这时，15年来一直垂直的地球发动机光柱中有一些开始摆动，地球在做会合前最后的姿态调整。木星渐渐沉到了地平线下。以后的三个多月，木星一直处在地球的另一面，我们看不到它，但知道两颗行星正在交会之中。

有一天我们突然被告知东半球也能看到木星了，于是人们纷纷从地下城中来到地面。我走出城市的密封门来到地面，发现开了15年的地球发动机已经全部关闭了。我再次看到了星空，这表明同木星最后的交会正在进行。人们都在紧张地盯着西方的地平线。地平线上出现了一片暗红色的光，那光区渐渐扩大，伸延到整个地平线的宽度。我现在发现，那暗红色的区域上方同漆黑的星空有一道整齐的边界，那边界呈弧形，从地平线的一端跨到了另一端，在缓缓升起，巨弧下的天空都变成了暗红色，仿佛一块同星空一样大小的暗红色幕布逐渐把地球同整个宇宙隔开。当我回过神来时，不由倒吸一口冷气，那暗红色的幕布就是木星！我早就知道木星的体积是地球的1300倍，现在才真正感觉到它的巨大。这宇宙巨怪在整个地平线上升起时引发的恐惧和压抑是难以用语言描述的。一名记者后来写道："不知是我身处噩梦中，还是这整个宇宙都是造物主巨大而变态的头脑中的噩梦！"木星恐怖地上升着，渐渐占据了半个天空。这时，我们可以清楚地看到它云层中的风暴，那风暴把云层搅动成让人迷茫的混乱线条。我知道，那厚厚的云层下是沸腾的液氢和液氦的大洋。著名的大红斑出现了，这个在木星表面维持了几十万年的大旋涡大得可以吞下整整三个地球。这时木星已占满了整个天空，地球仿佛是浮在木星沸腾的暗红色云海上的一只气球！而木星的大红斑就处在天空正中，如一只红色的巨眼盯着我们的世界，大地笼罩在它那阴森的红光中……谁都无法相信小小的地球能逃出这巨大怪物的引力场。从地面上看，地球甚至连成为木星的卫星都不可能。我们似乎就要掉进那无边云海覆盖着的地狱中去了！但领航工程师的计算是精确的。暗红色的迷乱的天空继续缓缓移动，不知过了多长时间，西方的天边露出了黑色的一角，那黑色迅速扩大，其中有星星在闪烁——地球正在冲出木星的引力魔掌。这时警报尖叫起来，木星产生的引力潮汐正在向内陆推进。后来得知，百多米高的巨浪再次横扫了整个大陆。在跑进地下城的密封门时，我最后看了一眼仍占据半个天空的木星，发现木星的云海中有一道明显的划痕。后来知道，那是地球引力作用在木星表面留下的痕迹——我们的星球也在木星表面拉起了如山的液氢和液氦的巨浪。这时，木星巨大的引力正在把地球加速甩向外太空。

离开木星时，地球已达到了逃逸速度，它不再需要返回潜藏着死亡的太阳系，而是向广漠的外太空飞去。漫长的流浪时代开始了。

就在木星暗红色的阴影下，我的儿子在地层深处出生了。

叛乱

离开木星后，亚洲大陆上一万多台地球发动机再次全功率开动。这一次，它们要不停地运行 500 年，不停地加速地球。这 500 年中，发动机将把亚洲大陆上一半的山脉当作燃料消耗掉。

从四个多世纪的死亡恐惧中解脱出来，人们长出了一口气。但预料中的狂欢并没有出现，接下来发生的事情出乎所有人的想象。

在地下城的庆祝集会后，我一个人穿上密封服来到地面。童年时熟悉的群山已被超级挖掘机夷为平地，大地上只有裸露的岩石和坚硬的冻土，冻土上到处是白色的斑块，那是大海潮留下的盐渍。面前那座爷爷和爸爸度过了一生的曾有千万人口的大城市现在已是一片废墟，钢筋外露的高楼残骸在地球发动机光柱的蓝光中拖着长长的影子，好像是史前巨兽的化石……一次次的洪水和小行星的撞击已摧毁了地面上的一切，各大陆上的城市和植被都荡然无存，地球表面已变成火星一样的荒漠。

这一段时间，加代子心神不定。她常常扔下孩子不管，一个人开着飞行汽车出去旅行，回来后，只是说她去了西半球。最后，她拉我一起去了。

我们的飞行汽车以四倍音速飞行了两个小时，终于能够看到太阳了。它刚刚升出太平洋，看上去只有棒球大小，给冰封的洋面投下一片微弱的、冷冷的光芒。加代子把飞行汽车悬停在5000米的空中，然后从后面拿出了一个长长的东西。去掉封套后，我看到那是一架天文望远镜，业余爱好者用的那种。加代子打开车窗，把望远镜对准太阳，让我看。

从有色镜片中，我看到了放大几百倍的太阳，我甚至清楚地看到太阳表面缓缓移动的明暗斑点，还有日球边缘隐隐约约的日珥。

加代子把望远镜同车内的计算机连起来，记录下一幅太阳影像。然后，她又调出了另一幅太阳图像，说："这是四个世纪前的太阳图像。"接着，计算机对两幅图像进行比较。

"看到了吗？"加代子指着屏幕说，"它们的光度、像素排列、像素概率、层次统计等参数都完全一样！"

我摇摇头说："这能说明什么？一架玩具望远镜，一个低级图像处理程序，加上你这个无知的外行……别自寻烦恼了，别信那些谣言！"

"你是个白痴。"她说着，收回望远镜，把飞行汽车向回开去。这时，在我们的上方和下方，我又远远地看到了几辆飞行汽车，同我们刚才一样悬在空中，从每辆车的车窗中都伸出一架望远镜对着太阳。

以后的几个月中，一个可怕的说法像野火一样在全世界蔓延。越来越多的人自发地用更大型、更精密的仪器观测太阳。后来，一个民间组织向太阳发射了一组探测器，它们在三个月后穿过太阳。探测器发回的数据最后证实了那个传言。

同四个世纪前相比，太阳没有任何变化。

现在，各大陆的地下城已成了一座座骚动的火山，随时可能喷发。一天，按照联合政府的法令，我和加代子把儿子送进了养育中心。回家的路上，我俩都感到维系我们关系的唯一纽带已不复存在了。走到市中心广场，我们看到有人在演讲，另一些人在演讲者周围向市民分发武器。

"公民们！地球被出卖了！人类被出卖了！文明被出卖了！我们都是一个超级骗局的牺牲品！这个骗局之巨大之可怕，上帝都会为之休克！太阳还是原来的太阳，它不会爆发，过去现在将来都不会，它是永恒的象征！爆发的是联合政府中那些人阴险的野心！他们编造了这一切，只是为了建立他们的独裁帝国！他们毁了地球！他们毁了人类文明！公民们，有良知的公民们！拿起武器，拯救我们的星球！拯救人类文明！我们要推翻联合政府，控制地球发动机，把我们的星球从这寒冷的外太空开回原来的轨道！开回到我们的太阳的温暖怀抱！"

加代子默默地走上前去，从分发武器的人手中接过一支冲锋枪，加入拿到武器的市民的队列中。她没有回头，同那支庞大的队列一起消失在地下城的迷雾里。我呆呆地站在那儿，手在衣袋中紧紧攥着父亲用生命和忠诚换来的那枚勋章，它的边角把我的手扎出了血……

三天后，叛乱在各个大陆同时爆发了。

叛军所到之处，人民群起响应。到现在，很少有人不怀疑自己受骗了。但我加入了联合政府的军队，这并非出于对政府的信任，而是因为我三代前辈都有过军旅生涯，他们在我心中种下了忠诚的种子，不论在什么情况下，背叛联合政府对我来说都是一件不可想象的事。

美洲、非洲、大洋洲和南极洲相继沦陷，联合政府收缩防线，死守地球发动机所在的东亚和中亚。叛军很快包围了这里。他们对政府军占有压倒性优势，之所以在相当长一段时间里没有取得进展，完全是由于地球发动机。叛军不想毁掉地球发动机，所以在这一广阔的战区没有使用重武器，联合政府得以苟延残喘。双方这样相持了三个月后，联合政府的 12 个集团军相继倒戈，中亚和东亚防线全线崩溃。两个月后，大势已去的联合政府连同不到十万军队在靠近海岸的地球发动机控制中心陷入重围。

我就是这残存军队中的一名少校。控制中心有一座中等城市大小，它的中心是地球驾驶室。我拖着一条被激光束烧焦的手臂，躺在控制中心的伤兵收容站里。就是在这儿，我得知加代子已在澳洲战役中阵亡。我和收容站里所有的人一样，整天喝得烂醉，对外面的战事全然不知，也不感兴趣。不知过了多久，我听到有人在高声说话。

"知道你们为什么这样吗？你们在自责。在这场战争中，你们站到了反人类的一边，我也一样。"

我转头一看，发现讲话的人肩上有一颗将星，他接着说："没关系，我们还有最后的机会拯救自己的灵魂。地球驾驶室距我们这儿只有三个街区，我们去占领它，把它交给外面理智的人类！我们为联合政府已尽到了责任，现在该为人类尽责任了！"

　　我用那只没受伤的手抽出手枪，随着这群突然狂热起来的受伤和没受伤的人，沿着钢铁通道，向地球驾驶室冲去。出乎意料，一路上我们几乎没遇到抵抗，倒是有越来越多的人从错综复杂的钢铁通道的各个分支中加入我们。最后，我们来到了一扇巨大的门前，那钢铁大门高得望不到顶，它轰隆隆地打开了，我们冲进了地球驾驶室。

　　尽管以前无数次在电视中看到过，所有的人还是被驾驶室的宏伟震惊了。很难判断这里的实际大小，因为驾驶室淹没在一幅巨型太阳系全息图中。整幅图实际就是一个向所有方向无限伸延的黑色空间，我们一进来，就悬浮在这空间之中。由于尽量反映真实的比例，太阳和其他行星都很小很小，小得像远方的萤火虫，但能分辨出来。以那遥远的代表太阳的光点为中心，一条醒目的红色螺旋线扩展开来，像广阔的黑色洋面上迅速扩散的红色波纹。这是地球的航线。在螺旋线最外层的一点上，航线变成明亮的绿色，那是地球还没有完成的路程。那条绿线从我们的头顶掠过，顺着看去，我们看到了灿烂的星海。绿线消失在星海的深处，我们看不到它的尽头。在这广漠的黑色空间中，还漂浮着许多闪亮的灰尘，其中几颗尘粒漂近，我发现那是一块块虚拟屏幕，上面翻滚着复杂的数字和曲线。

　　我看到了全人类瞩目的地球驾驶台，它好像是漂浮在黑色空间中的一颗银白色的小行星。看到它，我更难以想象这里的巨大——驾驶台本身就是一个广场，现在在上面密密麻麻地站着5000多人，包括联合政府的主要成员、负责实施地球航行计划的星际移民委员会的大部分成员，以及那些最后忠于政府的人。这时，我听到最高执政官的声音在整个黑色空间响了起来：

　　"我们本来可以战斗到底的，但这可能导致地球发动机失控，这种情况一旦发生，过量聚变的物质将烧穿地球，或蒸发全部海洋，所以我们决定投降。我们理解所有的人，因为在还要延续一百代人的艰难奋斗中，永远保持理智确实是一个奢求。但也请所有的人记住我们。站在这里的这 5000 多人里，有联合政府的最高执政官，也有普通的列兵，是我们把信念坚持到了最后。我们都知道自己看不到真理被证实的那一天，但如果人类得以延续万代，以后所有的人都将在我们的墓前洒下眼泪。这颗叫地球的行星，就是我们永恒的纪念碑！"

控制中心巨大的密封门隆隆开启，5000 多名最后的地球派成员一群群走了出来，在叛军的押送下向海岸走去。一路上两边挤满了人，所有人都冲他们吐唾沫，用冰块和石块砸他们。他们中有人密封服的面罩被砸裂了，外面零下 100 多摄氏度的严寒使那些人的脸麻木了，但他们仍努力地走下去。我看到一个小女孩，举起一大块冰用尽全身力气狠命地向一个老者砸去，她那双眼睛透过面罩射出疯狂的怒火。

当我听到这 5000 人全部被判处死刑时，觉得太宽容了。难道让他们仅仅一死吗？这一死就能偿清他们的罪恶吗？能偿清他们用一个离奇变态的想象和骗局毁掉地球、毁掉人类文明的罪恶吗？他们应该死一万次！这时，我想起了那些作出太阳爆发预测的天体物理学家、那些设计和建造地球发动机的工程师，他们在一个世纪前就已作古，我现在真想把他们从坟墓中挖出来，让他们也死一万次。

真感谢死刑的执行者，他们为这些罪犯找了一种"最佳"的死法：他们收走了被判死刑的每个人密封服上加热用的核能电池，然后把他们丢在大海的冰面上，让零下百摄氏度的严寒慢慢夺去他们的生命。

这些人类文明史上最险恶、最可耻的罪犯在冰海上站了黑压压的一片，岸上有十几万人在看着他们，十几万副牙齿咬得咔咔响，十几万双眼睛喷出和那个小女孩一样的怒火。

这时，所有的地球发动机都已关闭，壮丽的群星出现在冰原之上。

我能想象出严寒像无数把尖刀刺进他们的身体，他们的血液在凝固，生命从他们的体内一点点流走。这想象中的感觉变成一种快感，传遍我的全身。看到那些人在严寒的折磨中慢慢死去，岸上的人快活起来，他们一起唱起了《我的太阳》。我唱着，眼睛看着星空的一个方向。在那个方向上，有一颗刚刚显出圆盘形状的星星发出黄色的光芒，那就是太阳。

啊，我的太阳，生命之母，万物之父，我的大神，我的上帝！还有什么比您更稳定，还有什么比您更永恒？我们这些渺小的、连灰尘都不如的碳基细菌，拥挤在围着您转的一粒小石头上，竟敢预言您的末日，我们怎么能蠢到这个程度！

一个小时过去了，海面上那些反人类的罪犯虽然还全都站着，但已没有一个活人，他们的血液已被冻结了。

我的眼睛突然什么都看不见了。几秒钟后，视力渐渐恢复，冰原、海岸和岸上的人群又在眼前慢慢显影，最后完全清晰了，而且比刚才更清晰，因为这个世界现在笼罩在一片强烈的白光中，刚才我眼睛的失明正是由于这突然出现的强光的刺激。但星空没有重现，所有的星光都被这强光所淹没，仿佛整个宇宙都被强光融化了。这强光从太空中的一点迸发出来，那一点现在成了宇宙中心，那一点就在我刚才盯着的方向。

太阳氦闪爆发了。

《我的太阳》的合唱戛然而止，岸上的十几万人呆住了，似乎同海面上那些人一样，冻成了一片僵硬的岩石。

太阳最后一次把光和热洒向地球。地面上冰结的二氧化碳干冰首先融化，腾起了一阵白色的蒸汽；然后海冰表面也开始融化，受热不均的大海冰层发出惊天动地的巨响；渐渐地，照在地面上的光柔和起来，天空露出了微微的蓝色；后来，强烈的太阳风产生的极光在空中出现，苍穹中飘动着巨大的彩色光幕……

在这突然出现的灿烂阳光下，海面上最后的地球派们仍稳稳地站着，仿佛5000多尊雕像。

太阳氦闪爆发只持续了很短的时间，两个小时后，强光开始急剧减弱，很快熄灭了。在太阳的位置上，出现了一颗暗红色球体，它的体积慢慢膨胀，最后达到了从原来地球轨道上看到的太阳大小。这意味着它的实际体积已大到越出火星轨道，而水星、金星和火星这三颗地球的伙伴行星，已在上亿度的辐射中化为一缕轻烟。但那个红球已不是太阳，它不再发出光和热，看去如同贴在太空中的一张冰冷的红纸，它那暗红色的光芒似乎是周围星光的散射。这就是小质量恒星演化的归宿——红巨星。

五十亿年的壮丽生涯已成为飘逝的梦幻。太阳死了。

幸运的是，还有人活着。

流浪时代

当我回忆这一切时，半个世纪已过去了。20年前，地球航出了冥王星轨道，航出了太阳系，在寒冷广漠的外太空继续着孤独的航程。

最近一次去地面是十几年前的事了，那是儿子和儿媳陪我去的。儿媳是一个金发碧眼的姑娘，就要做母亲了。

到地面后，我首先注意到，虽然所有地球发动机仍在全功率运行，巨大的光柱却看不到了，这是因为地球大气已消失，等离子体的光芒没有散射的缘故。我看到地面上布满了奇怪的黄绿相间的半透明晶体块，这是固体氧氮，是已冻结的空气。有趣的是，空气并没有均匀地冻结在地球表面，而是形成了小山丘似的不规则的隆起。在原来平滑的大海冰原上，这些半透明的小山形成了奇特的景观。银河纹丝不动地横过天穹，也像被冻结了，但星光很亮，看久了还刺眼呢！

地球发动机将不间断地开动 500 年，到时地球将加速至光速的千分之五，然后地球将以这个速度滑行 1300 年，走完三分之二的航程，然后掉转发动机的方向，开始长达 500 年的减速。地球将在航行 2400 年后到达比邻星，再用 100 年时间泊入这颗恒星的轨道，成为它的一颗行星。

我知道已被忘却

流浪的航程太长太长

但那一时刻要叫我一声啊

当东方再次出现霞光

我知道已被忘却

起航的时代太远太远

但那一时刻要叫我一声啊

当人类又看到了蓝天

我知道已被忘却

太阳系的往事太久太久

但那一时刻要叫我一声啊

当鲜花重新挂上枝头

……

　　每当听到这首歌，一股暖流就涌进我这年迈僵硬的身躯，我干涸的老眼又湿润了。我好像看到半人马座三颗金色的太阳在地平线上依次升起，万物沐浴在温暖的光芒中。固态的空气融化了，天变蓝了。2000 多年前的种子从解冻的土层中复苏，大地绿了。我看到我的第一百代孙子孙女们在绿色的草原上欢笑，草原上有清澈的小溪，溪中有银色的小鱼……我看到了加代子，她从绿色的大地上向我跑来，年轻美丽，像个天使……

　　啊，地球，我的流浪地球……

王尚 ●————— 搬运海洋
改造火星

　　海很平静，远远看去没有什么起伏。只有当海浪轻轻地打在脚下的沙滩上时，才能让人感觉到大海此刻平缓而又有力的脉搏。

　　一个年迈的老人由一个十岁左右的小男孩搀扶着，拄着拐杖在沙滩上散步。

　　天空中，一颗只有橘子大小的橘红色恒星已经落到了海面上。

　　"爷爷，您去过地球吗？"小男孩突然问道。

　　"嗯，去过几次。那是很久很久以前的事情了。"老人回答，扶着拐杖的右手有些吃力地颤抖。

　　"地球是什么样子的？"

　　"嗯，和火星差不多。不过气候更加温和一些。"老人一面说着，一面举起手有些滑稽地照着自己的脑袋比画着，"而且那里的太阳有这么大。"

　　小男孩咧嘴笑了起来。

　　"不过从前的火星可不是现在这个样子，从前这里可荒凉了，全是沙漠，而且人也不能在户外自由的呼吸……"

　　"老师都跟我们讲过。"

"那你知道不知道曳冰和曳气啊？"

"知道！"小男孩大声地说。

"是嘛，我们的聪聪知道的真多。"老人微笑着摸了摸孙子的头。

祖孙俩说着笑着，不知不觉天已经黑了下来。

"看见天上的那颗星星了没有？那就是土星。"老人指着天上一颗不大起眼的小星星说道，"我从前去过土星。那是一个很美丽的星球，有着漂亮的环。"

"但是它看上去好小啊！"小男孩儿说道，"爸爸说，宇宙是个很无聊的地方。"

"土星可不小，而且宇宙一点也不无聊。不如这样吧，我讲一个关于火星，木星和土星的故事怎么样？"

"好啊！"小男孩儿高兴地说。

"那年我只有十四岁，对一切都半懂不懂。我的爸爸有一艘曳冰船，专门从木星或是土星的卫星那里拖拽一些冰块然后扔进火星的大气层，以用来增加火星地表的水量。这是政府主持的项目，前后一共进行了九十三年。"

"爷爷，这些我都知道。"小孙子已经有些不耐烦了。

"不要急嘛，让我慢慢地进入状态。"老人轻轻拍了一下孙子的脑门，全然没有责备的意思。

"我爸爸绰号'金二爷'，是曳冰行当中的好手。他不光有自己的船，而且在帕西瓦尔·罗威尔的码头还有自己的办公室。他的船——来福号和他的办公室是他第一珍贵和第二珍贵的东西。他第三珍贵的是从地球上原产的雪茄——产地叫古巴，一个很奇怪的名字——所以当他不出航的时候，他总会坐在那间不大的办公室里，将双腿跷在办公桌上，望着窗外停在船坞中的来福号，悠闲自得地抽着雪茄。

"至于他还喜欢什么我就不太清楚了，但我可以肯定的是他最不喜欢的东西就是我。我十一岁就辍学回家，整天只知道开着自己攒的电动摩托车在罗威尔的大街小巷里乱窜。我爸爸基本上见我一次就骂我一次，不过我妈妈却总是护着我。

"我那时候很喜欢去码头，因为在那里能看见摩天大厦一样的飞船。另外那里的船员对我也一向很好。他们喜欢绘声绘色地向我讲他们碰到的海盗，太阳风暴或是神秘的幽浮等等。有时他们还会瞒着我父亲偷偷塞给我几根香烟。我当时好奇，就学着大人的样子吸了一口——聪聪，你可不能抽烟哦——立刻就被呛得直咳嗽，然后他们就哄笑起来。

"但那段时间我却不敢去码头了。因为我爸爸刚刚完成了一趟生意回来。其实说'完成'并不恰当，来福号比合同规定的时间晚到了半天。结果他们被迫在火星轨道上等了两个星期。几百万方的冰块被火星的引力撕碎，坠入了大气层。他们不但没有拿到酬劳，还要交付一大笔罚款。所以你太爷爷那两天心情特别差，我怕遇见他又要挨骂。

"那天晚上爸爸在餐桌上宣布了一个重要的决定：下一趟远航的时候我必须参见。我当时就高兴地跳了起来，而我妈妈却哭了出来。

"'你现在是个男子汉了，应该去见见世面，去吃点苦。'爸爸这次的语气出人意料地和蔼。

"'小宝今年才十四啊！我还听说这次你要雇老萝卜来带队。他是疯子啊！你怎么这么狠心啊你？'我妈妈哭着向我爸爸埋怨道。

"'正因为这样小宝才更得去。只有这样才能表明我对赵虎有信心，也只有这样我才能招到船员。本来曳冰就不是坐在办公室里面喝茶看报纸，小宝将来是要接受来福号的。现在不磨炼磨炼，到时候他怎么能胜任？这事情就这么定了！你个老娘们儿懂个屁。'

"很快出发的日子就到了。妈妈前一天夜里忙到很晚，给我打了一个大的莫名其妙的行李包，里面鼓鼓囊囊的，里面装满了吃的零食，换洗的衣服，还有很多我也说不出用途的东西。

"来福号安静地矗立在那里，在它的旁边是星际运输公司的巨大广告牌，上面写着'上帝创造了地球，而我们创造了火星！'在广告牌下面站着几个人，他们便是此次航行的船员了。在他们中间，我认出了肌肉约翰，他跟随我爸爸多年。他是个大个子的白种人，两块发达的肱二头肌上还分别文着两个汉字——'武'和'勇'。剩下的几个人我从来没有见过。其中有个很瘦小的男人，大约三十四五岁。头顶上几乎没有什么头发了，干瘪的两颊紧紧地箍在脸上。我心想这个人应该就是'老萝卜'了。在他身边则站着一个只有十七八岁的女孩儿，留着乌黑的齐耳短发，长得非常漂亮。她看见我在盯着她看，狠狠地瞪了我一眼，吓得我咽了口口水。

"站在那个女孩旁边还有个又高又胖的黄种人。他友善地向我招了招手。

"我爸爸拿出一个飞船模型，样子是当时很流行的电视剧《快速六号》里的快速六号。他将那个模型朝着来福号的方向摆好，然后跪下对着那个模型恭恭敬敬地磕了三个响头。

"'大家都来给船老爷磕个头。'我爸爸又招呼其他人给那个模型磕头。

"几个人收拾了一下东西，开始往船坞那个方向走去。我妈妈当时就哭出来了，抓住我的手不放。我当时也想挤出几滴眼泪，但我脑子全是远航的事情，无论如何也挤不出眼泪来。

"'行了！老娘们儿就是麻烦。又不是不回来了，哭哭啼啼的，多不吉利。把船老爷收好，记得要天天拜！'我爸爸又朝我妈妈吼道。

"上传后发现飞船比我想象的还要狭小，船员的休息室和驾驶室紧挨着。在船员休息区的后面是餐厅和厨房。厨房里面的食物很单调，主要是一些容易保存的干面包，脱水蔬菜，以及一些处理过的牛肉和猪肉。不过吧台里的酒却种类丰富：各种牌子的啤酒、红酒、威士忌、白兰地、中国白酒、日式烧酒等等，一应俱全。肌肉约翰刚把行李一扔就跑到吧台摸出一瓶啤酒，咕噜咕噜地喝了起来。在厨房的后面则是来福号的发动机舱和曳冰操作舱。

"放好行李后，我和大家一起来到驾驶室，却惊奇地发现驾驶室里还坐着一个高大的男人。他的肩很宽，脖子却比较短，留着笔直的短发，浓密的眉毛下面长着一双有些凶恶的眼睛。他分明是个黄种人，却有着白种人那样高挺的鼻梁。凌乱而又浓厚的络腮胡子布满了他那大得略显夸张的下巴。总而言之，这是个很有威慑力的人。他有些傲慢地看了看大家，做出一个让我们都坐好的手势。大家落座之后，他清了清嗓子，说道：'既然二爷抬爱让我做来福号的船长，那么从现在开始，船上的事情我说了才算。我知道大家听说过我老萝卜的很多传闻。这些传闻中的有些是真的，有些是假的。至于什么是真的，什么是假的，你们试试就知道了。'"

"这么说那个大胡子才是老萝卜？"小孙子突然向爷爷问道。

"不错。当时我也很惊奇。一个如此魁梧凶悍的人怎么会有这样的绰号。那个人之后也没有多说什么，就让我们坐在椅子上系好安全带，准备出发。

"那时候的飞船还是用旧式的引擎，主要靠核聚变反应堆提供动力。来福号在颤抖了一段时间后才缓缓地开始爬升。我当时紧张得不行，脑袋里全是嗡嗡的声音。我之前从没有离开过火星，也从没想到火星也有如此巨大的力量。

　　"不知过了多久，终于一切都安静下来。周围的人都解开了安全带，在驾驶舱里横七竖八地飘着。我也解开身上的安全带，然后轻轻地一推座椅，飘了出来。这时约翰飘过来对我说：'看外面！'

　　"我扭头从舷窗向外张望。一个巨大的橙红色球体几乎充满了所有的地方。那就是火星，我长大的地方。此时它显得很荒凉，几乎看不见太大的水体。在靠近北极的地方火星大气发出一片片的红色光亮，仿佛无数流星从那里坠落。即使现在是向阳面，那光亮依然非常炫目。

　　"'那是……'我惊讶地看着那壮观的场面，有些结巴地问。

　　"'那是人们从远方拖曳而来的冰在坠入火星。'我爸爸说道。不知怎么的，我又想起了星际运输公司的广告语。

　　"你太爷爷接着说道：'人类先用核弹点燃火星的地核，让火星重新拥有磁场。然后我们又从远方拖来冰和氮气，按照我们的意愿改造这个星球。我们要创造一个新世界。'"

　　老人说到这里，突然停了下来。他出神地仰望着天空，仿佛在看着一位老朋友。

　　"爷爷？"小孙子拉着他的手，打断了他的思绪。

　　"哦，时间不早了。我们回去吧。"老人对小孙子说道。

　　"可故事还没有讲完呢！"

　　老人摸了摸小男孩的头，"不急。我们明天再接着说。"

这是一座离海滩不远的别墅，在黑暗中它发光的流线型屋顶就像一块美丽的贝壳。尽管稍微有点常识的人都知道这栋别墅的创意是抄袭一座远在地球上的古老建筑，但模仿地球的文化风格永远是火星的时尚。

走进门是一个明亮的客厅，仿古的大吊灯悬挂在房间的正中，发出柔和而又明亮的光。在客厅的远端是一张长得离谱的餐桌，分坐在餐桌的两端的男人和女人也许需要电话才能顺利的交流。

"爸，你们去哪了？这么晚才回来？"那个男子是老人的儿子。他向父亲埋怨道。他平时工作很忙，晚上难得回来吃饭。

"我带聪聪去看海了。"老人回答。

"现在外面有多冷啊，别把聪聪冻着。"那个女人是老人的儿媳。她平时工作也很忙，也很少回来吃饭。

"聪聪，洗完手再来吃饭。"孩子的妈妈严厉地对小男孩说。

晚餐是一份颇为精致的果蔬沙拉，几片白面包和一扎不知道是什么榨成的果汁。

"我不想吃沙拉，我想吃肉！"小孙子有些不满地说道。

"你应该少吃一些高热量高脂肪的食品，那些东西会影响到你的智力发育的。"孩子的妈妈优雅地吃下一段芹菜，然后对孩子说道。

"就是，多吃蔬菜身体好。我们当年在曳冰船上的时候可没有这些新鲜的蔬菜可以吃。"老人一边说着，一边夸张地咽下一大口沙拉。可真够难吃的，老人在心里想道。

"爷爷今天跟我讲他小时候曳冰的故事了。"小孙子想父母汇报道。

"是吗？"老人的儿子有点心不在焉，他也很讨厌妻子"兔子食谱"，"那你从中学到了什么？"

"啊？"小男孩有些茫然地看着自己的父亲。

"如果你不能从一个故事中学到有益的东西，那么你听一个故事还有什么意义？"老人的儿子尽量让自己显得循循善诱。

小孙子吃力地想了一会儿，然后说："做远航船员很好玩。他们既可以抽烟又可以喝酒。"

"什么？"孩子的妈妈猛地放下手中的杯子，也不顾嘴边沾满了绿色的泡沫。

"你就学到了这个？"

"不，不是。"小男孩明白自己说错话了。

"嗨，小孩子嘛，他懂什么，想到什么就说什么呗……"老人想护着孙子。

"就是因为他什么都不懂所以才麻烦啊！暑假结束后他就要去地球上学了。寄宿学校里的孩子都是出类拔萃的，他现在这个样子拿什么跟那些孩子竞争啊！"老人的儿子有些生气地对老人说道。

"爸，您也是的。没事跟孩子说什么曳冰的事。那都是蛮荒时代的事情了。"孩子的母亲此时已经擦掉了嘴角的泡沫，又恢复了平时优雅的姿态。

"但是那些故事很有趣嘛！"小男孩小声地抗议道。

"大人说话，小孩不要插嘴！"老人的儿子训斥他的儿子。

"跟你说了多少次了，不要朝小孩子大喊大叫，这对于他的成长不好。"老人的儿媳埋怨自己的丈夫。

"你平时也多花些时间去教育教育孩子。整天待在办公室里搞什么经济分析，也没见你预报出这次金融危机！"老人的儿子也开始埋怨自己的妻子。

"那你呢？一周在办公室七天。天天半夜三更才回家，你怎么不来管管孩子？"

"我哪里有时间？星际运输公司这次要大裁员，甚至是中层管理人员也不能幸免。我哪里有时间来管孩子？"丈夫申辩道。

"你没时间？难道我就有时间了？你知不知道一个女人在职场上打拼有多么艰难？"

吃完晚饭，夫妻二人依然在喋喋不休地埋怨对方。而老人和小孙子洗漱之后就各自回房休息了。

老人坐在房间里看着昏暗的床头灯，叹了口气，然后准备关灯睡觉。

没睡一会儿，突然床前传来窸窸窣窣的声音，紧接着一个瘦小的身躯爬到了床上。

"爷爷，刚才的故事还没说完呢！"是小孙子的声音。

"故事很长的。"老人说道。

"那你就先说一部分，剩下的明天再说。"

"真服了你了，去把灯打开。"老人说。

小男孩欢呼了一声，跳下床把台灯扭开，然后又飞快地转进了被窝里。

老人把枕头竖起来，然后自己舒服地靠在上面，开始说起来。

"我先简单介绍一下这几个船员吧！那个瘦小的男人（还记得吗？）叫齐伟，不过别人都管他叫大龙。那个很高很胖的人叫弗兰克，大龙和约翰叫他肥弗。那个女孩叫做陶梅，其他人叫她小梅，她都答应。唯独我要叫她全名，叫'梅姐'都不行。

　　"这次旅行的目的地是土星。在土星周围有一个巨大的环，实际上是由无数的碎石和冰块所组成的。这些冰块比那些在埋在卫星上的冰要好取的多，所以大多数的曳冰船都会选择这里。其实就在小行星带里也有很大的冰储量。但最近整个小行星带都被星际运输公司包下来了，像我们这样的私人曳冰船只能去更远的地方曳冰。当时星际运输公司依靠着自己的垄断优势和来自政界的支持，故意压低运冰和运气的价格。很多个体经营的飞船都破产了。对于那些还在勉强坚持的飞船，他们甚至还会用各种不法的手段来进行打压和排挤。"

　　"爸爸也在星际运输公司公司工作，那爸爸也是坏人吗？"小男孩有点担心地问道。

　　"当然不是。时代已经变了，曾经的恩怨现在已经不重要了。"

　　小男孩似懂非懂地点了点头。

　　"下面我们继续。老萝卜是一个非常……奇怪的人。他并不在休息室里睡觉，而是住在驾驶舱里。而他又是极不注意个人卫生的，换洗的衣服也不放在袋子里，结果驾驶舱里常常会飘着他穿过的内裤和袜子什么的。他抽烟很凶，几乎烟不离手。有次他抽烟入了神，没留神从身后飘过来的一只袜子，结果还引发了一场不大不小的火灾。

　　"他的第一个命令就很奇怪。他要求来福号直接从小行星带穿过，而不是选择绕行。小行星带中的碎石很多，对于高速飞行的飞船来说十分危险。

　　"'小行星带那里那么多碎石，随便碰上一个我们就玩完了。'肥弗说道。

"'直接穿过小行星带可以节省很多时间。'老萝卜简单地解释道。

"'我们现在时间还比较充裕没有必要赶时间。'肌肉约翰说道。

"'这谁都不好说。'老萝卜说。

"'那碰到碎石怎么办?'约翰又问道。

"'我自有办法。'

"'你能有什么办法……'肌肉约翰刚说了一半,见我爸爸盯了他一眼,只好停了下来。

"'你是船长,你说了算。'我爸爸一句话结束了大家的争论。

"回到休息室,约翰依然嘟嘟囔囔地说个不停。终于他再也憋不住了,掐灭了手里的烟头,说道:'不行。我要去跟金二爷说道说道。'

"我很好奇约翰会跟我爸爸说什么,就跟出去听听。刚到走廊,就听见肌肉约翰大声说话的声音:'您还没有看出来吗?这个人纯粹是个疯子!'

"'他是最后的希望了。我们上一趟活的时候你也在,什么样的结果你也知道。几百万方的冰块掉得到处都是。我们不光没有赚到一分钱,还被罚了一百多万。'

"'上次不是情况特殊吗?要不是有内鬼……'

"'没有内鬼,还会有别的事情发生。星际运输公司迟早会把我们挤垮的。'我爸爸又接着说道,'你以为我不担心吗?但我真的没有别的办法了。无论如何,我决不能让来福号在我的手里关张。'

"我正聚精会神地听着,突然背后传来一声咳嗽声。扭头一看,发现陶梅面无表情地站在我身后。她穿着一身灰色的工作服,上面沾满了油污,右手里还拿着一个扳手。陶梅是船上的机械师,整天扳手、钳子不离手。

"'你好。'我有些紧张地打了声招呼。

"她一双俏丽的大眼睛上下将我扫了一遍，突然脚下一蹬，整个人便一下子翻到天花板上面，然后她将天花板当做地面，缓缓地离开了。为了节省空间，船上的走道都只有一人宽。平时大家在走道上遇见时都是一个人走下面，一个人走上面。当然这太空中实际上没有真正的上下。

"'这小丫头真是漂亮，可惜就是脾气臭了点儿。'这时大龙也走了过来，'不过你个小屁孩儿就不要痴心妄想了。她喜欢的是像我这样的强壮男人。'大龙虽然长得有点多灾多难，但是他的性格还是很随和的。我才认识他几天就敢和他插科打诨起来。

"'小心她用钳子把你的嘴给拧歪了。'我一把抓住大龙的小蛮腰，将他举起来，然后自己从底下钻过去，回到了自己的房间。

"大家在平静和不安之中度过了最初的两天。终于我们就要接近小行星带了。虽然仅凭肉眼观察，你几乎看不出来小行星带和其他地方有什么区别。但是如果你去看雷达的话就会觉得触目惊心。前方和来福号大小相仿的巨石比比皆是，它们分别以不同的速度漫游着。飞船现在的速度是每小时二十万千米。在这样的速度下，只要一块大龙脑袋大小的石头就可以让我们完蛋。

"'向左转十度二十秒，我们从星际运输公司开辟的通道里穿过去。老萝卜向导航员肥弗说道。

"'什么？'大家又是大吃一惊。

"星际运输公司为了提高星际旅行的速度，在小行星带在离火星较近的位置开辟了一个大约一万千米宽的通道。在那里他们派出了将近一千艘装备着强劲激光炮的飞船，专门负责截击流石。不过其他船只要经过这里则要支付高昂的过路费，利润微薄的曳冰船很少会选择从这条通道穿过。

"'那里收费那么高，要是走那里我们这趟就等于白跑了。你脑袋是不是有问题？'肌肉约翰质问道。

"老萝卜的眼睛里闪出了一丝怒意，'我是船长，执行我的命令，不然你现在就下船。'

"'你他妈的敢！'约翰不服气地骂道。

"'约翰，闭嘴！'我爸爸向肌肉约翰吼道。

"这时大龙走到约翰身边小声地说：'别以为他在吓唬人。他真的把人扔出去过，我就是例子。'

"老萝卜也没有再去理会约翰，仍旧是淡淡地说：'我们伪装成星际运输公司的曳冰船，这样就不需要支付过路费了。'

"'但是通行是需要交换密码的。我们没有密码啊！'我爸爸说道，看得出他也很着急。

"'我有他们的密码生成器。'说着他从他乱七八糟的床上找出了一个长方形的盒子。

"'我靠，这东西你哪里搞来的？'肥弗惊讶地叫起来，'如今这东西不好找了。风声太紧，黑客们都不敢搞这个东西了。'

"'我自有办法。你们做好自己的事情就好了。'老萝卜熟练地将那个盒子接在来福号的主机上。只见那个盒子发出了'嘀'的一声，然后是磁盘高速运转的声音。

"没过多久我们都可以在飞船的前窗里看见快速通道的入口了。

"'前方船只请出示通行密码或按照规定缴纳过路费。'前方的缴费站发出了广播。

"'收到密码请求，正在计算中。'肥弗紧张地看着那个盒子，向其他人解释道。而老萝卜正眯着眼睛盯着那个盒子，看不出在想什么。其他的人则都很紧张地看着前视窗里越来越大的收费站。在收费站的周围建有强磁场，如果强行通过的话整个飞船的导航系统就会瘫痪。

"'前方船只请出示通行密码或按照规定缴纳过路费。'收费站再一次发出了广播。

"'还在计算中。距离收费站八千千米。'肥弗说道。

"大家一齐都屏住了呼吸，好像我们就要撞上一堵无形的墙。

"'距离收费站四千千米，还在计算中。'肥弗说话的声音已经开始颤抖了。

"此时收费站的外轮廓已经初见端倪了，而且它还在不断的变大，变大……"

"好了，我们今天就讲到这里吧。你该回去睡觉了。"老人说到这里突然伸了个懒腰，将背后的枕头拿出来拍了拍，然后放在床头，做出要睡的样子。

"不行！你还没讲完呢！"小孙子不满地叫起来。

"不是跟你说过这个故事很长，今天说不完的吗？"

"可是那也不能说到这里就停啊！"

老人没有回答，只是有些得意地笑起来。

"最后你们冲过去了没有？"小孙子还是不甘心。

"你觉得呢？"

"我觉得你们一定成功了。"小孙子回答。

"明天再告诉你。去睡吧！"

小孙子不舍地爬下床，离开了老人的房间。

小孙子走后，老人自己又笑了一会儿才关上灯准备睡觉。可不知怎么的，他突然没有了困意。老人站起身，拉开窗帘。窗外是稀疏的星光。火星没有卫星，也就没有清凉的月光。他抬头看了看天空，不禁有些感慨。自己最美好的时光都是在这无尽夜空里度过的。"每个人都曾是粒粒星尘，所以太空才是我们真正的家园。"老人又想起当年一个人对他说的话。

火星上的清晨来得非常温柔。阳光花了许久才照亮地面。大海依然平静，因为没有卫星，又离太阳比较远，这里的潮汐很弱。

老人很早就起床了，此时他正站在卧室的窗口眺望着远处的大海。此时外面传来儿媳说话的声音："聪聪，抓紧时间起床了。你和爷爷的早饭都放在桌子上了。一定要吃完。你今天上午还要再练两个小时的钢琴，晚上我回家一定检查。在家要听爷爷的话，听见没有？"这时候门外传来不耐烦的鸣笛声。

"知道了，就来！"小男孩的母亲向外面喊道。

"乖，在家要听话。记得要练钢琴。"然后是一阵急促的高跟鞋跑步的声音。

等大家都走了，老人来到小孙子的卧室，发现他还在那里熟睡着。老人蹑手蹑脚地走出去，又轻轻地把门关好，自己一个人来到餐厅。

早餐是两块面包，一枚煮鸡蛋，一个生西红柿，这比他当年在船上吃的都艰苦。

不久小男孩便揉着惺忪的眼睛，打着哈欠来到了餐桌旁。

"等等。刷牙洗脸了没有？"老人问。

"啊！"小孙子长大嘴，露出两排洁白的牙齿。

"吃吧！"

"又是这些啊，我不想吃。"小孙子说。

"你知道我当年在船上吃的都是什么吗？"

"什么？"小孙子突然又来了兴趣，"对了，爷爷，故事还没有讲完呢。"

"你吃了我就讲。"

小男孩一口吞下了鸡蛋。

"嗯，那好吧！不过今天我先从吃的说起。在远航的船上新鲜蔬菜和水果是比较珍贵的。船员的维生素主要都是靠服用维生素片来补充。通过收费站的那天早上，我只吃了两片煮过的脱水蔬菜和一小块熏肉。那天不知道什么原因，我吃完饭之后一直胃痛。当大家屏气凝神地盯着收费站时，我的胃感到格外的不舒服。

"'还有一千千米，还在计算中。'肥弗的声音已经有点绝望了。

"收费站的模样已经大概可以分辨出来了。在它的背后是一片极为壮观的石海。

"'把钱转给他们，不然我们的飞船就毁了。'我爸爸也沉不住气了。

"'不，再等等！'老萝卜坚持道。

"'就要碰上去了。'肌肉约翰紧张地不停地握紧又松开拳头。

"我感觉心脏就要跳出来了。而此时我的胃里面也是翻江倒海，说不出的难受。

"'前方船只请出示通行密码或按照规定缴纳过路费。'收费站又一次广播通知，但那台该死的机器依旧没有反应。

"'完了。'肥弗绝望地说道。

"就在这时，那台机器传出'嘀嘀'的急促响声。

"'密码已通过，免费船只。请按次序通过。'广播声音刚落，来福号已经疾速地掠过收费站，驶入了通道之中。

"驾驶室里传出一阵欢呼声。而我当时却感到胃部一阵猛烈地抽搐，然后一下吐了出来。由于反作用力的缘故，我还向后退了几步。在晕晕沉沉之中，我隐约听见老萝卜淡淡地说：'这机器比我想象的要慢了些。'

"大龙给我做了大概的检查，说可能是食物单调再加上失重环境造成胃部的不良反应，休息一会儿就好了。

"'我看是被吓着了吧。'陶梅说。

"'刚才大家不都紧张得要命吗？他是第一次出航，有些不适的反应也是正常的。'大龙替我辩解到。

"我觉得很没面子。我在罗威尔城里也算是个刺头了。打架、飙车、把妹子，我什么没干过。这点小事就把我吓吐了……"

"什么是'把妹子'？"小男孩突然插嘴问道。

"嗯，就是一个人……这个问题不重要。你要不要听故事了？"老人一下子被问得措手不及。

小男孩无奈地点了点头。

"我休息了半天，才觉得身体稍微舒服了一些。等我来到驾驶舱时，来福号已经差不多驶出了快速通道。肥弗和我爸爸已经算好了去往土星的最佳航线，剩下的事情就是开足马力向土星飞去了。

"接下来的日子还是比较无聊的。船员们除了每日的例行检查之外，并没有别的事情好做。由于我在家的时候常常鼓捣一些机器，所以我爸爸就安排我跟着陶梅一起巡察船舱里的设备，也让我跟她学一些技术。我自然是十分乐意的，但是她却从不搭理我，总是一个人走在前面。我也不敢说话，只好厚着脸皮跟在她的身后。

"大家没事的时候喜欢聚在一起聊各种各样的八卦，老萝卜毫无悬念地成为我们的中心话题。

"'我说大龙，你真的被老萝卜扔出去过？'肌肉约翰问道。

"'那还有假？那次我是第一次跟他一起出航。对他的臭脾气还不习惯，于是就常常跟他顶嘴。结果他一生气，竟然把我绑在曳冰索上面，然后直接扔到太空里了！五秒钟之后，他才把我拽回来。现在我想起来还后怕。'

"'那你怎么没事呢？'我问道。

"'这你就不懂了吧？人在暴露在太空中，最多可以存活十几秒钟。'肥弗解释道，'他最多也就是皮肤有些冻伤而已。'

"'果然够狠。'约翰说道。

"'虽然老萝卜脾气不好，但他是这个行当里最出色的。'大龙说道。

"'你很佩服他？'

"'当然。我跟他出航也不是一趟两趟了。他的本事我还是很佩服的。比如说这次收费站的事情吧。大家都埋怨他没有事先告诉我们，其实他是怕有内鬼。'

"'那为什么那么多人都说他是疯子？'

"'因为他就是疯子。听着，我也不知道该怎么说才好。但我们这一行本来就是疯狂的。愚公移山，精卫填海听说过没有？我们比那个还不靠谱呢！所以老萝卜这样的人只是让自己的性格适应了这样特殊的工作而已。'

"'传言说他其实是地球人，是真的吗？'

"'从理论上说，我们全是地球人。'大龙自嘲地说，然后大家都一齐笑起来。

"'他是在火星出生，在火星长大的。但是他年轻的时候是在地球上读的大学。'

"'哟，他还留过学呢！'肌肉约翰有点惊讶又有点揶揄地说。

"'那他为什么叫老萝卜呢？'我又问道。对于这个问题我一直很好奇。

"'对呀。他怎么有这样的外号啊？'看来其他人对此也早有疑问。

"'据说由于营养不良，他年轻时又小又瘦，满脸的褶子。在地球留学的时候，他的那些生活优渥的地球同学就给他起了这个外号。后来他就一直坚持让别人叫他这个外号，算是对他悲惨童年的提醒吧！'

"'不明白这有什么意思。'

"'嗨，其实这很好明白，这就跟美国留着亚利桑那号做纪念馆，中国留着圆明园做景点，寡妇总把自己的儿子放在身边是一个道理。'

"我和其他人都笑了起来，虽然我不太明白大龙的话是什么意思。

"'金小宝，该出去巡察了。'不知什么时候陶梅走了进来，对我说完，又转身走了出去。

"'怎么样了小宝？还没有把她搞定？'肌肉约翰向我打趣地说。我有些泄气地向他摆了摆手。

"肥弗也笑着说：'小宝被她搞定了还差不多。这个小丫头是老萝卜招进来的，可能是他的什么亲戚吧！别说这个两人人的脾气倒是比较像……'

"'你走不走？'这是陶梅又出来喊了一声。

"'走，马上就走！'我急忙答道。

"我把在一旁坏笑的大龙推倒约翰的身上，然后跟着陶梅走了出去了。

"'这两天我们要重点检查一下曳冰索和激光切割机是否状态良好。我们还有几天就要到了。'她对我说道。

"'是，是。'我一个劲地点头，然后又问道：'不过怎么检查？'

"陶梅白了我一眼，然后无奈地说：'我先来做，你跟在后面好好学着怎么做。'

"'好，好。'我连声答应。

"其实检查的程序并不复杂。我们将曳冰索释放出去，然后再检查一下在曳冰索最前端的遥控牵索机是否能正确运行就可以了。操控那些遥控牵索机就像打电子游戏一样容易，而激光切割机就更像游戏了。可惜的是我们附近没有冰块石头什么的可以用来试验一下激光切割机的效果。陶梅见我学得很快，表情也缓和了一些。

"'你们几个刚才在说我什么？'陶梅将曳冰索收好后，突然问道。

"我一下不知道该说什么好，只好支吾地回答：'也没什么。'

"'没什么是什么？怎么你们几个笑得那么欢呢？'陶梅的表情看不出喜怒。

"我硬着头皮回答：'就是讨论为什么你不爱理人之类的。'

"'得出结论了没有？'

"'没，没有。'我感觉我的手心开始出汗了。

"陶梅又看了我一眼，然后'啪'的一声将曳冰索控制盒收起来，然后说：'走吧，我们再到别的地方看看。'

"突然她不知道被舷窗外面的什么给吸引住了。她凑到窗前，出神地向外望着。

"我伸头向外面看去，只见在远处有一颗只有拇指大小的球体，发出黯淡的橙色的光。

"'那是木星吗？这么小？'这是我第一次用肉眼看见木星，却没有想到它却如此的不起眼。

"'这是因为我们距离它实在是太远了。即使是这样看上去它也是那么美丽。'陶梅用少有的柔和的语气说。

"'的确。'我言不由衷地说，'的确很美。'

"经过了近一个月的航行之后，来福号终于开始减速了。按照计划，我们能在十天之后进入土星轨道。此时的土星在夜空中已经比较显眼了，再过两天我们就能用肉眼看见土星环了。

"飞船走到这里的时候我们也开始不断地遇见其他来到这里曳冰的飞船。这里也是海盗经常出没的地方，星际运输公司的曳冰船都是成编队的由政府的军舰护送。而像我们这样的私营曳冰船只能多加小心，自求多福了。

"正在我们小心翼翼地通过这段区域的时候，突然前面传来紧急呼救的信号。

"'遭遇海盗。失去动力，请求援助。'广播里传来一个男子焦急的声音。

"你太爷爷迅速地打开了侦察雷达。在我们的正前方大约有一个小时的路程，有一艘型号和我们差不多的曳冰船。

"'我们追上这艘船还需要多长时间。'老萝卜问道。

"'这船离我们有十万千米左右，目前时速十五万千米，并且保持匀速。而我们现在的时速是二十五万千米。我们有可能要错过去了。'

"'什么意思？'我不解地问道。

"'很简单，如果我们要是想在追上它时降到和它一样的速度。假设我们是匀减速的话，我们至少要以 $14m/s2$ 的加速度减速两个小时。'老萝卜稍微思考了一下，就给了一个很精确的数字。

"'这个加速度是火星重力加速度的三倍左右。而且来福号还没有做好迅速减速的准备。'

"'如果我们不救他们，他们会怎么样？'我问道。

"'从这艘飞船的飞行航线上来看，他们被土星俘获，也许最终会坠入土星之中。'我爸爸说道。

"'我们不能见死不救啊！'我焦急地说。陶梅似乎比较认可我的话，也点了点头。

"大家的目光都集中在了老萝卜身上。

"'弗兰克和我驾驶飞船，其他的人站到驾驶舱后墙处，我们开始减速。'老萝卜命令道。

"随着飞船引擎发出隆隆的声音。大家一下子就被吸到了墙上。

我过了好一会儿适应这样大的加速度。我费力地扶着地板（现在变成墙了），在墙上站了起来。刚一抬头却被一块布蒙住了头。我扯下一看竟是老萝卜昨天穿的衬衫，上面还散发着浓重的烟味儿。再看看四周，撒满了老萝卜床上的各种衣服。我把衣服扔掉，伸手想把身边的陶梅扶起来，不过她没有扶我的手，自己轻松地站了起来。

"两个小时之后我们的飞船终于追上了那艘求助的飞船。突然悄无声息地，大家又都飘了起来。

"'你们船上的核辐射指标正常吗？'老萝卜通过广播问道。

"'正常。他们关闭了反应堆，然后取走了所有的燃料。'对方回答道。

"'你们有几个人？'老萝卜又问道。

"'只有我一个。其他人都被海盗劫走了。我躲在一个暗舱里面才侥幸逃脱。'

"肌肉约翰将两艘船对接起来。扫描发现这个人没有携带武器，也没有发现致命的细菌。约翰按下按钮，那个人就走了进来。

"他是个很不起眼的人，显得很紧张而且精神恍惚，看见我们只是一个劲儿地点头，并不说话。

"'你叫什么名字？'老萝卜问道。

"'斯坦。'那个人回答。

"'你好，斯坦。我叫赵虎，别人都叫我老萝卜。欢迎来到来福号。'

"斯坦有些吃惊：'你就是老萝卜？'

"'先去休息一会儿吧，小宝你把斯坦带到休息室休息一会儿。'老萝卜又说道：'大龙，打开主雷达。周围一旦有不明飞船就马上报告。

其他人也提高警惕。陶梅，你再去调试一下激光切割机，必要的时候那就是我们唯一的武器了。我跟海盗的关系可不怎么好，我可不想落到他们手里。'

"那人显然是很长时间没有睡好了。一到休息室他就像一头死猪一样睡着了。

"大约过了几个小时，那个叫斯坦的人才醒来回到了驾驶室。老萝卜见他来了，问道：'斯坦。你来得正好。我有几个问题想问你。你们船上当时有几个人。'

"'连我六个人。海盗登船的时候我正在操作舱检修机械。听见报警声就躲在了一个暗舱里面。后来等我再出来的时候，发现船上只剩下我一个人了。'

"'这么说你连海盗的影子都没有见着？'肌肉约翰有些嘲讽地问道。

"'没，没有。'

"'那他们拿走了什么东西吗？'老萝卜又问道。

"'燃料，还有一些生活补给品。其他的就没有什么了。'

"'这么说他是抓人质想要赎金了？'老萝卜又问道。

"'应该是吧，一定是。'斯坦说，语气中有些诌媚的意思。

"'大家都紧张起来！我都快破产了，要是被抓去了，还真的没钱去赎你们。'我爸爸说道。

"'我能干点什么。也让我帮帮忙吧！'斯坦说道。

"'你还是躲着吧。这个你比较擅长。'肌肉约翰没好气地说。

"斯坦蔫儿着头，说不出话来。

　　"'你不是机械师吗？你跟着小梅和小宝，看看他们有什么要帮忙的。'我爸爸说道。

　　"'好的，好的。'斯坦赶紧凑到我面前，紧紧握住我的手，'你好，你好。幸会，幸会。'

　　"陶梅带着我和斯坦正要离开，老萝卜突然拉住在我耳边小声地说：'帮我多留意斯坦。'

　　"斯坦是坏人吗？"小孙子突然打断爷爷的讲述。

　　"为什么这么问？"老人反问道。

　　"因为你好像不喜欢这个人。"小孙子说道。

　　"鬼机灵。不过现在我还不能告诉你，等我把故事讲完你就知道你猜得对不对了。"

　　"好吧。"

　　"今天我们就说到这里吧。你还得练钢琴呢！"

　　"再讲一会儿嘛！"小孙子撒娇地说。

　　"不行。你再不练钢琴，你妈回来又要骂你了。快去吧！"

　　小孙子嘟着嘴离开了。不一会儿琴房里传来优美的钢琴声。老人并不知道小孙子弹的是什么曲子。他受过的教育不多，很多时候儿子和儿媳在餐桌上聊的事情他都听不懂。不过他现在却很喜欢这首曲子。

　　老人突然想起自己十岁时候的样子。那时候罗威尔城户外的空气依然不适于呼吸，他只能戴着氧气面罩满街地乱跑。要是父亲不在家，那他就成了山大王。那时罗威尔只是一个小城，只有很少的房子和很多的工地。那时他对于每条街每栋房子都了如指掌。不过如今的罗威尔早已经没有了曾经的模样。现在他站在市中心人潮涌动的广场上时，他似乎觉得自己是站在纽约或是上海的街头，丝毫没有了当初的归属感。当初他们这些人花了这么大的力气去改造火星，难道仅仅是为了复制另外一个地球？老人有些失望。

中午的时候，儿媳打电话来说平时来给祖孙俩做饭的钟点工今天有事来不了了，所以老人要亲自下厨弄点吃的了。

老人打开冰箱，却发现冰箱里除了果蔬和牛奶之外什么都没有。

"聪聪啊，午饭想吃什么啊？"老人向练不下琴跑来看热闹的小孙子问道。

"我不想吃这些东西。整天都是这些，我早就吃够了。"小孙子说道。

"那你想吃什么？"

"我想吃汉堡，不，我要吃火锅！"

"火锅？家里没有火锅啊！"

"那就去市里面吃啊！"小孙子还没说完却又犯愁了，"不过爸爸妈妈把车开走了，我们没法去市里去了。"

老人看着小孙子，突然想到了什么。他有些神秘地说："也不一定。"

那台电动车摩托车已经扔在车库很长时间了。它是老人最钟爱的坐骑，它曾经让他在各种比赛中出尽了风头。

"酷！"小孙子见到那辆摩托车时兴奋地叫了起来。

"你爸爸小时候就喜欢我骑着摩托车带他出去兜风。那时他对冒险，远航之类的事情可感兴趣了。不知怎么回事，后来书读得多了，人却怂了。"老人试着发动了一下，一切情况都还良好。

老人递给小孙子一个头盔。硕大的头盔套在小男孩细细的脖子上，显得十分滑稽。老人帮小孙子把头盔摆正，然后学着克林特·伊斯特伍德的腔调对他说道："怎么样，准备好了没有？"

小男孩兴奋地地爬上高大的摩托车，然后展开双臂学做飞机的样子，嘴里面还念念有词。

老人自己戴上头盔，戴上手套，然后对后面张牙舞爪的孙子说："抓紧了。我比较赶时间。你要是掉下来了，我可没工夫去捡。"

小男孩又是一阵欢呼，然后摩托车呼啸着冲了出去。摩托车在公路上飞驰着，他们甚至可以听见风在头盔上摩擦产生的声音。

在众人惊异的目光中，老人把摩托车停在饭店的门口，然后把钥匙交给了瞠目结舌的服务员。祖孙俩牵着手，大摇大摆地走进了饭店。接过钥匙的服务员呆呆站在那里，不知如何开动这辆老爷车。

午餐非常丰盛：涮牛肉，涮羊肉，甚至是猪肉，鱼肉。小男孩儿被辣得不断地伸舌头喝水，却仍旧大口津津有味地吃着。

一个小时之后，他们就只能捧着撑得浑圆的肚子，坐在那里说不出话来。

这时候一个服务生走过来礼貌地问道："请问你们还需要不需要一些饭后的果品？"

"不要了，谢谢。"老人礼貌地向服务生摆了摆手。

"这些果品是免费的。"服务员又说。

"真的不需要，谢谢。"

服务员有些诧异地摇了摇头。

那个服务员一离开，祖孙俩都哈哈大笑起来。

"斯坦后来怎么样了？"小男孩儿还在想着那个故事。

"斯坦？后来我们成了好朋友。"

"怎么会？"

"听我慢慢跟你说。"老人摆好姿势正要开始的时候，却突然忘了自己说到哪里了，"我讲到什么地方了？"

"讲到你们救了斯坦。"

"对，想起来了。我们救了人之后并没有遇见海盗，一路都很顺利，比原计划提前了三天到达了木星附近。

"现在的土星已经非常壮观了。巨大的淡蓝色球体的周围是绚丽的环。在这里凭肉眼就可以很明显地看见土星的环分成很多层。这里漂浮着很多冰块，而且开采难度比在土星的庞大的卫星上进行开采要小得多，是理想的曳冰场所。我们也遇见了很多来此曳冰的飞船。他们有的已经开始返航了。一艘和来福号相仿的曳冰船可以拖拽大约一千万方的冰，大概是飞船体积的五百倍左右。看过电视里播放蚂蚁拖运比自己大很多倍的物体了没有？这个比那个还夸张。

"我趴在舷窗上看着远处回程的曳冰船缓缓地移动着。其实你并看不见船，只能看见远处缓缓前行的冰块。但即使是那块巨大的冰块在土星巨大身躯的映衬之下，依然非常的渺小。

"'太渺小了，是吧？'我循声回头，看见老萝卜站在我的身后。

"我有些害怕地看了看他，然后点头说：'有些不太起眼。'

"'的确。我们确实是很不起眼。再伟大的人，他的成就和这宇宙相比都不值一提。不够我们仍然要坚持下去，因为未来什么都有可能。'

"'我让你看着斯坦，你有什么发现？'我正奇怪他为什么要和我说这些，老萝卜却突然转变了话题。

"'斯坦还是唯唯诺诺的，见人都是点头哈腰的。不过他的机械技术很好，我和梅姐都很佩服他。'

"'好，我知道了。'老萝卜说完转身离开了。

"这几天我爸爸看我顺眼多了。我帮着陶梅和斯坦他们成功地处理了几次机械问题，就连陶梅偶尔也会夸我学得快。我自己也感到非常的充实，那是一种发觉自己正参与一项伟大的事业而且还能做出贡献时所产生的自豪感和满足感。这会让人感到真正的快乐。

"终于，来福号到达了目的地。此时巨大的土星已经占满了整个天际，它反射出来的光似乎比遥远的太阳还要明亮。

"接下来是老萝卜和我爸爸大显身手的时候了。一旦选中合适的冰体，他们就放出曳冰索。在曳冰索的尽头有遥控牵索机可以绕过冰块将其捆住，然后飞船再逐渐靠近将冰体绑牢。有时冰块的个头过大，或者在边角的地方有杂质，就需要用激光切割机进行切割。还有时所能发现的冰块个头太小，也可以用激光切割机将几块冰焊在一起。

"虽然说起来很容易，但是即使像他们这样的行家通常也需要两天的时间才能完成选冰和捆冰。飞船的速度、位置和曳冰索的捆绑都非常讲究。有些时候还需要先对冰块的构造进行扫描才能算出最符合力学结构的绑法。

"老萝卜选中了在两万千米之外的一块冰。雷达显示这块冰很纯，形状也比较规则，大小在八百万立方米左右。如果可以搞定它，那么我们的任务就完成了一多半了。我们小心地在土星环中行驶着，并且不断地在雷达上跟踪那块冰。

"'那是什么？'老萝卜突然指着雷达的显示屏说道。

"在雷达的显示屏上有一个亮点，信号很强。

"'是艘飞船。个头还不小呢。'大龙说道。

"'它要干什么？'我爸爸问道。

"'他们盯上那块冰了。'老萝卜说道，'告诉他们我们已经先锁定了那块冰，让他们重新再找。'

"肥弗发送了信息。不一会儿，广播里传来了他们的回复：'这块冰是我们先发现的，你们需要再重新寻找。'

"'我们距离冰块更近而且处在冰块运行轨道的后方，按照惯例这块冰应该属于我们。'老萝卜回复道。

"'是星际运输公司的飞船。'肥弗从雷达上辨认出了对方的机型。

"'先到先得。'那艘飞船回复说。

"'弗兰克，加速行驶。'老萝卜说道。

"'这些小兔崽子们！'肌肉约翰破口大骂起来。

"当我们赶到那里，那艘星际运输公司的曳冰船已经在那里开始捆冰了。

"'再警告一次，这块冰是我们的，请马上离开。'老萝卜又通过广播喊道。

"'先到先得。'对方仍是这一句回复。

"'大龙，跟我到操作舱来。'老萝卜说道。

"我和其他人站在驾驶舱正搞不清状况时，突然看见对方船上的曳冰索闪出了几下火花，然后全都断开了。

"'警告，这是攻击行为。'那艘船说道。

"'我们的激光切割机已经瞄准了你们的引擎舱，如果不马上离开的话，你们就知道什么是攻击行为了！'老萝卜在操作舱里向那边喊道。

"对方的飞船沉默了一会儿，然后回复说：'你他妈的是赵虎吧？'

"'无可奉告。现在马上离开。'

"'你们会后悔的。'那艘飞船加速离开了。

"我高兴地跳起来，结果头重重地磕在了天花板上，其他人也都哈哈大笑起来。

"我爸爸和老萝卜两人忙了两天，终于来福号开始拖着重达一千两百万吨的冰块缓缓地开始返航。来福号按照螺旋的轨道，逐渐而缓慢地挣脱土星的控制。在这个过程中，老萝卜还要对绑好的冰的姿态进行微调，以达到最稳定的状态。

"由于没什么工作，我常常和大龙他们一起聊聊天，打打牌，玩些电子游戏什么的。老萝卜让我多注意斯坦，我也一直没有放松。不过这个人老实得很，跟谁都是客客气气的，看不出有什么可疑的地方。

"我和大龙常常争论我和他谁的力气更大。两个人吵了几天，依然没有结论。肌肉约翰实在忍不住了，就说：'你们掰一掰手腕不就行了吗？'

"于是我们两个人就坐在厨房的椅子上，用安全带将自己绑牢，开始较量起来。肥弗和约翰则在一旁不断地撺掇起哄。

"我和大龙僵持了很长的时间。肥弗和约翰则在一旁不断地给我加油鼓劲。这时陶梅竟然也站在一边饶有兴趣地看着。看见她站在那里，面若桃花，我恨不得当时就把大龙摆平了。不过我们两人实在是旗鼓相当，不一会儿我们的汗珠就开始'飘'起来了。突然大龙怪叫了一声，整个人一下子翻了上去，若不是我和他的手一直紧紧握着，他一定要趴到天花板上去了。约翰和肥弗则笑得在空中不断地打滚。原来肥弗趁大龙不注意，悄悄解开了安全带。

"'你们两个人敢阴我，看我怎么收拾你。'大龙反应过来后向他们两个人破口大骂起来。其他人更是笑得前仰后合。

"这时斯坦从外面冲进来，慌张地说：'不好了，出事了！'

"等我们来到驾驶室，老萝卜和我爸爸已经在那里了。他们盯着大屏幕，默不吭声。

"'出什么事了？'肌肉约翰问道。

"'我们的飞行路线出现问题了，来福号现在已经被木星的引力俘获了。'斯坦说道。

"'怎么可能？'大家都很惊诧。

"肥弗走到操作台前，快速地计算了一下，说：'不错。我们现在已经成了木星的卫星了。'

"'那怎么办？'我问道。

"'不知道。我们现在这么重，不知道什么时候才能加速到逃逸速度。即使我们成功逃逸了，我们那时候的方向可能也需要很大的调整，那样一来我们可能无法按时交货了。'肥弗说道。

"肌肉约翰突然冲过去，掐住了斯坦的脖子。巨大的冲量使得两个人重重地撞在对面的墙上。

"'说！是不是你搞的鬼？'约翰恶狠狠地说。有了上次的教训，这次一出事约翰第一反应就是出了内鬼，而这个内鬼一定是斯坦。

"'不，不是。'斯坦断断续续地说。

"'你还敢说你不是海盗派来的奸细？'约翰又吼起来。斯坦被约翰卡住脖子，说不出话来。

"'约翰，你先把他绑起来，待会儿再处理他。'我爸爸对约翰说。

"肌肉约翰像抓一只小鸡一样地将斯坦按在一张椅子上，然后扯下斯坦的腰带把他绑在那里。

"'我们现在怎么办？'我爸爸问老萝卜。

"'我们朝木星的近轨道去。'

"'什么？'我觉得老萝卜的每次决定都可以让我感到震惊。

"不过我爸爸却兴奋地说：'好主意！到近轨道去可以利用势能帮助我们加到足够的速度。而且近轨道的周期既不太长也又有充足的时间让引擎加速。好主意！'

"大家分头忙了起来。大龙和约翰去帮老萝卜和我爸爸两人调整后面的冰山的位置，防止因为突然转向造成冰体碎裂或是曳冰索断开。我和陶梅则去反应堆那里调试，争取使反应堆再增加一些功率。不过反应堆已经十分接近满负荷运行了，我们能做的只是些可有可无的优化而已。

"舷窗外的木星个头越来越大，它那橙红的巨大身体就像我爸爸醉酒后的眼睛扩大了无数倍，让我感到不寒而栗。

"'都怪星际运输公司的那些混蛋！也怪这木星，没事长这么大的个头干什么！'我有些蛮不讲理地发着火，就像一个不懂事的孩子在摔倒之后总会去责怪火星一样。

"'其实若不是木星有如此巨大的质量，很多流星就会进入火星甚至地球的轨道，威胁人类的生存。我从前也像你这样痛恨木星，我妈妈所驾驶的飞船就是坠落在木星上面的。'

"我惊讶地看着陶梅，嘴张了半天才说出了一句：'什么？'

　　"她没有理会我的惊讶，继续说道：'但是后来我慢慢想明白了。木星并没有过错，它只是一个没有任何偏向性的巨大气体球而已。我们应该爱憎分明，而且这就我们曳冰者的生活。我们每天都要面临这样的危险。你知道吗，每个人都曾是粒粒星尘，所以太空才是我们真正的家园。我妈妈只是回家了而已。'

　　"我点了点头，'我能问你妈妈的事故是怎么回事吗？'

　　"'不能。'陶梅干脆地回答道。

　　"'哦，那我就不问了。'我知趣地闭上了嘴。

　　"来福号成功地完成了转向。我们也明显感到了飞船的加速，大家也都松了一口气。危机解除之后，大家又想到了斯坦。其实我们对斯坦都有所怀疑。毕竟如果来福号有人捣鬼，那么一定是他。

　　"'再不说实话，就把你扔出去。'约翰说道。

　　"'你们救了我，我感激还来不及呢，怎么会去害你们呢？'斯塔申辩道。

　　"老萝卜听了，沉默了一会儿，然后说：'大龙，还有约翰。你们把斯坦带到外面溜达一圈，直到他说实话为止。'

　　"'外面？哪里？'大龙不解地问道。

　　"'飞船外面。'老萝卜面无表情地说。大家听了都面面相觑。

　　"'不要，不要。我说的都是实话，我真的什么也没干！'斯坦惊恐地叫起来。

　　"'你们还在等什么？'老萝卜见大龙和约翰有点犹豫，就朝他们吼道。

　　"两人只好把斯坦架起来，然后开始往驾驶舱外面拖。斯坦此时已经说不出完整的话了，只是惊恐地叫着。

"就在这时肥弗突然喊道：'等等！'

"大家都停下来看着肥弗。他语气凝重地说：'也许真不是他干的。'

"'什么意思？'

"'我们的飞船又偏离航道了！'肥弗说道。

"在大屏幕上，来福号的行驶轨道和预计轨道已经走出了很大的偏差。

"'怎么回事？'我爸爸问道。

"'我也不知道。我明明设定好了轨道，而且在刚才检查的时候飞船还在按计划航行。没想到我和土卫六上面的测距点进行校对后却发现我们偏了这么多。'

"'按照目前的航线恐怕我们要坠入木星了。'肥弗大概分析了一下数据，然后有些绝望地说。"

老人说到这里，停顿了下来，似乎陷入了回忆。

"在调整航向之后，斯坦一直是被捆起来的。那么也就是说他是无辜的。如果他不是坏人，那么谁是坏人呢？"小孙子在一旁分析道。

"不错。斯坦的确不是坏人。而且来福号上根本就没有坏人。"

"那怎么可能？"

"想不明白吧？告诉你吧，当时来福号的主机中毒了。"

"怎么回事？"小孙子很费解的样子。

"是老萝卜发现这个问题的。他在飞船的主机上发现了一个极为隐蔽的电脑病毒。这种病毒可以欺骗船上的导航系统，偷偷地改变飞船的航线。

"'还记得跟我们抢冰块的星际运输公司吗？他们一定是在广播中加密了电脑病毒，造成来福号的主机被感染了。'老萝卜说道。

"肌肉约翰放开斯坦，有些歉疚地看看他，不知道该说什么才好。

"'现在我们该怎么办？'我爸爸问道。

"'必须杀毒后，重启主机。'老萝卜回答。

"'重启最起码要半天以上。如果现在飞船失去动力，我们很快就要葬身木星了。'我爸爸又说道。

"'我们可以手动驾驶。'

"肥弗也提出了异议：'我们现在所处的环境太复杂，手动驾驶稍有不慎就会让我们送命的。'

"'不能再按照原来的轨道行驶了。我们必须丢掉一部分的冰，然后直接加速摆脱木星。'老萝卜说道。

"大家沉默了。显然这是唯一可行的办法了，但丢弃冰块就意味着我们这次航行失败了。按照合同我们应该拖来一千万吨的冰，如果不能足量完成就会造成违约。而违约是我爸爸最不想看到的。

"'我们至少要扔掉多少的冰？'

"肥弗计算了一下，然后回答：'五百一十万吨。'大家再一次陷入沉默之中。

"我们扔掉了五百多万吨的冰块，然后勉强离开了木星。大家的情绪都很低落，毕竟突然一下子就失败了，谁都很难接受。我当时就难过地哭了起来……不要笑话我，当时谁处那种环境中都会感到难受。约翰和大龙他们也没了说说笑笑的心情，他们只是拍了拍我的头，叹着气离开了。"

祖孙两人吃晚饭从饭店里出来，又在罗威尔城的街道里转了两圈，直到下午太阳快落山的时候，他们才回去。

还没到家门口，就见老人的儿子远远地从屋子里冲出来，不停地招着手，嘴里还在不断地说着什么。

"完了。这下你爸爸又该数落我了。"老人对坐在身后的小孙子说道。

老人刚刚把摩托车停下，儿子就冲了上来："你们今天上哪儿去了？"

"去城里去了。"老人回答。

"去城里去了？就骑着这个东西？"

"是啊，怎么了？"

"爸爸，您知道我下午打电话回家没人的时候我又多担心吗？我正开着会就直接赶回来了。您也不想想您都多大岁数了，这老摩托车都多大岁数了。这该多危险啊！"

"危险？我没觉得。"老人满不在乎地说道。

"还有聪聪你也太不懂事了。你整天在家也不学习，就光知道玩。你现在的水平，去地球上怎么能跟得上人家的课程？"

晚上老人的儿媳也回家了。她回家的第一件事就是检查小男孩的钢琴，结果她很不满意。当她听说了老人带着小孙子去罗威尔城里转了半天之后，更是怒不可遏。

"你们到底想要聪聪怎么样？你们把他送的这么远你们忍心

吗？"老人不高兴地说道。

"爸，这个事情我们不是讨论过了。这是为聪聪的未来着想。再说了，现在到地球最快只要几天，并不是很远，他放假的时候还能回来。他有的是时间，可以常常回来。"

"他有，但是我没有时间了！"老人愤怒地撇下这句话，然后离开了。

老人晚上也没有吃饭，一个人待在卧室里生闷气。

晚上睡觉的时候，小孙子又跑来找自己的爷爷，手里还端着一块蛋糕。

"爷爷，我不想去地球，那里太远了。"

"其实地球是很好的地方。风景很美，而且人多很热闹。再说地球根本不算远，我还去过海王星那里呢！"老人接过蛋糕，吃了两口。

"但是在那里我就不能天天看到爷爷了。"

"不是还有视频电话吗？"

"我不喜欢电话。"

"我也不喜欢电话。电话里你就没办法帮我拿蛋糕了。"

"爷爷，再给我讲故事吧！"

"今天算了吧，爷爷有点累。明天再跟你讲。"老人感觉有些不舒服。

"爷爷？"

"嗯？"

"是不是生活就像你们曳冰一样，总是那么艰难？"

老人愣了一会儿，回答道："是的，生活中总是有你意想不到的困难，一件接着一件，直到你无奈退出为止。"

"你们最后退出了？"

"聪聪，你知道我多么想告诉你，我们坚持到了最后一刻……但可惜的是，后来我亲手把来福号卖给了星际运输公司。"

"为什么？"

"那是很多年后的事情了。你太爷爷早就不在了，你奶奶也去世了，所有的私人曳冰船都破产了，政府也不再雇佣我们了。那时连象征性的坚持也没有了任何意义，我们只有认输离场。"老人的表情里没有悲哀，也没有无奈。

"但你们是那么的勇敢。"小孙子说着，声音里有了些哭腔。

"当你长大了，你就会明白，生活有时候并不奖赏勇敢者。"

小孙子离开后，老人躺在床上依旧睡不着。年纪大了之后，睡眠就变少了。他常常不知道该如何打发着这漫漫的长夜。当他睡着时，他梦见了来福号——那艘斑驳的旧船孤零零地站在那里，时不时地飞船外层的保护膜从船体上洒落下来。他的朋友们都站在那里，默默看着来福号。在他身边，一个美丽的女孩儿站在那里，脸上带着淡淡的微笑。

第二天清晨的时候，老人没有醒来。

他再也没有醒来。

葬礼将于明天举行，老人的儿子此时正在老人的屋里收拾老人的遗物。老人的东西并不是很多，除了衣物之外，只有一只大箱子。打开箱子，里面放着一些锤子，扳手之类的东西——应该是他当年所用的工具。里面还有一张老式的 3D 照片，照片上是一个微笑着的美丽姑娘。

"这是奶奶吗？"不知道什么时候，聪聪来到了房间里，他指着这张照片问道。

老人的儿子正看着照片发呆，他沉默了一会儿才说："是的。这就是你奶奶。怎么样，她很漂亮吧？"

聪聪点了点头。

"爸爸，人死了之后有灵魂吗？"

小孩儿的父亲沉默良久，然后摇摇头说道："不知道。但我希望有，这样我们就能和爷爷说话了。"

"那灵魂能从火星飞到地球吗？"小男孩儿又问道。

老人的儿子有些哽咽地说："你爷爷是最棒的宇航员，我想他一定能。"

"快速六号！"聪聪从箱子里抓出了一个飞船模型。

"真的是快速六号！"老人的儿子接过那个模型，会心地笑了出来。

"在我还很小的时候，我经常会摆弄你爷爷的航模收藏。弄丢了，弄坏了，他从来不说我。但是唯独我不能碰快速六号，说它是来福号的护身符。必须小心保存。如今来福号都已经不在了，没想到这个模型却依然还在。"

"爷爷说他最后还是卖掉了来福号，这是真的吗？"

"他当时别无选择。不过他们是最后还在坚持的人。来福号是最后一艘个体经营的曳冰船，如今的历史书上还有你爷爷的名字。"

"如果他们注定要失败，那么他们的努力还有什么意义呢？"

"要想知道自己是不是注定失败，只有一个办法，那就是坚持到最后。Battles are lost in the same spirit in which they are won。将来你会知道这句诗是什么意思的。我小的时候特别喜欢听他讲他们远航的故事，就像你一样。"

"爷爷没有把故事说完。"聪聪说道。

老人的儿子愣了一下，然后摸了摸儿子的头："是吗？的确爷爷走得太匆忙了。不过他一定想让你把故事听完。这样吧，坐到床上来，我来跟你讲。"

小男孩儿抱起那个"快速六号"的模型，坐在床上，然后说："爷爷讲到他们丢掉了冰块，然后逃离了木星。"

"讲到这里了？下面该你爷爷大显身手了。"老人的儿子开始回忆。

"就在大家还在难过的时候，老萝卜又提出了一个疯狂的计划——'打劫彗星。'雷达显示在来福号的前方有一颗彗星。彗核的含冰量在 60% 以上，所以他们可以弄些彗核来充当冰块。这就像开着一架喷气战斗机去追一颗导弹，然后再把它拆除一样，可行但是从来没有人干过，不过这次大家对老萝卜却非常支持。

"经过一段时间急刹车，来福号靠近了这个巨大的彗星。

"彗星非常非常的丑。它的表面呈暗黑色，布满了各种裂纹和小孔。这是一颗周期为 2500 年的彗星，在以前经过太阳附近时其中的一部分水分和气体受热从表面喷出，造就了这样丑陋多孔的样子。

"'这东西上面有水吗？'大龙问道。

"'这是个脏雪球。但是大部分依然还是水。'肥弗回答道。

"'这玩意好切割吗？'约翰有些担心地问。

"'放心吧！除了液体和气体，激光切割机什么都搞得定。'

　　"这是一颗大彗星，老萝卜只选择了彗核突出的一角上面的很小的一部分。而这一小块彗星的重量预计要超过七百万吨（因为彗核的杂质比较多，所以要多取一些）。

　　"老萝卜顺利地将那块彗核切了下来。你太爷爷则在一旁放出曳冰索，小心地去绑这块冰。绳索顺利地绕过这小块彗星，然后开始缓慢地缠绑。但所有人都忽略了一点，那就是这颗彗星有着极低的自转速度，令人难以觉察。正是因为自转的缘故，彗核的主体撞到了他们从土星上带来的冰块。就在他们要大功告成时，整个船体突然剧烈地摇晃起来。他们这才发现原来带来的那块冰块和新绑好的小块彗星已经撞在一起了。几根曳冰索断开了，还有几根曳冰索前面的牵引机不知去向，整个绳索都和其他的曳冰索缠在了一起。

　　"'我们能用激光切割机把这些绳索割断吗？'你太爷爷问老萝卜。

　　"老萝卜迅速分析了一下受力的情况，然后回答：'不行。如果不小心把这几根好的绳索也隔断的话，我们就拉不住这两块冰了。我必须出舱作业。'

　　"'不行！你是船长，让我出去。'你太爷爷说。

　　"'还是让我来吧。我对于出舱工作比较有经验，再说这活又不是多危险。'老萝卜说道。

　　"'不行……'

　　"'我是船长，我说了算。'老萝卜坚持道。

　　"你太爷爷看了老萝卜好久，然后说道：'好吧。不过千万要小心。'

　　"你爷爷和其他人一起担心地看着老萝卜穿上宇航服，然后顺着飞船背部的出舱口来到了真空中。就在这个时候，一直在驾驶室里操作雷达的肥弗通过广播对老萝卜说道：'船长，您得快点儿了。前方有一群碎石，可能需要用激光来拦截。到时产生的残渣可能会对你的宇航服造成破坏。'

　　"'我操，这么倒霉。还有多长时间？'老萝卜问道。

　　"'三分钟，最多四分钟。'

　　"'三分钟？够了。'

　　"说着老萝卜将宇航服的推进器开到了最大，熟练而轻巧地绕过飞船背部的雷达和其他设施，即使接近尾部的时候仍然没有减速。只见他猛地抓住来福号尾部一根曳冰索，整个身体潇洒地划了个弧线，翻到了飞船的后面。总共用时只有两分钟左右。

　　"他先用便携的激光器仔细地切割已经断开的曳冰索，然后再用手抓住绳索，依靠推进器的力量把绳索拖开。虽然这些绳索都是用很轻的碳纳米材料做成，但是每根绳索都很长而且有人的胳膊那么粗，所以整条曳冰索的质量还是很大的。虽然几乎没有重力，但是要拖动这些绳索还是十分费力。老萝卜用了十分钟才解开了第一根绳子。还有三根要解。与此同时，你太爷爷则不停地用激光切割机对迎面飞来的大块碎石进行破碎，破碎后的细小石块则像速度极快的雨滴一样打在来福号的背部。老萝卜所处的尾部由于船体和冰块的保护，暂时没有受到流石的侵袭。

　　"老萝卜接着又吃力地解开了一根绳索。然后是另外一根。终于他把最后一根绳索也接了下来。大家都高兴地欢呼起来。

　　"'干得漂亮，老萝卜！'你太爷爷通过广播对老萝卜高兴地说。老萝卜在舱外挥手向我们致意。

"'船长，你现在不能原路返回了。目前出舱口那面的碎石还是太多，不安全。'肥弗在驾驶室又说道：'在飞船尾部有个小舱，以前是用来存放出舱机器人的，和飞船内部并不相通。你可以暂时先到那里去，等这段碎石过去之后再从出舱口那里进来。'

"'好的，没问题。'老萝卜回答道，听声音也知道他的心情很好：'我在外面看一会儿风景，你们还有谁要出来陪陪我。'

"大家又哄笑起来。可就在这时，两块巨大的冰块一次突然的挤压喷出了几块巨大的碎片，其中一块击中了老萝卜。他在空中转了很多圈，接着撞在一根曳冰索上面，然后没有了动静。

"'赵虎！'你太爷爷通过广播使劲地叫他，但是没有任何的反应。

"'快遥控宇航服，把他停在安全的地方。'大龙通过广播对身在驾驶室里的肥弗喊道。

"'宇航服的推进器没有反应，可能是坏了。'肥弗回答道。

"陶梅突然显得很激动：'给我件宇航服，我要出去救他。'

"'你是个女孩，这事应该我去。'你爷爷抢着说。

"'你们谁也不能去。外面全是流石，谁也过不去。'你太爷爷说道。

"'那怎么办？'你爷爷和陶梅一齐问道。

"'他现在生命体征如何？'你太爷爷没有搭理他们两个人，而是转身问大龙。

"'暂时正常。但是监视器显示宇航服里的压力出现了下降，说明有漏气现象。我们需要把他马上救出来。'大龙回答。

"'我要出去救他！'陶梅又喊道。

"'太危险了！'你太爷爷向她说道。

"'我不管，他是我爸爸。我不能看着他不管。'陶梅说道。

"大家一下全都愣住了。肌肉约翰惊讶地问道：'他是你父亲？'

"陶梅没有回答他的问题，依然坚持道：'我要去救他！'

"'也许我有一个办法。'这时一直站在旁边的斯坦说道。

"'什么办法？'

"'飞船的尾部并不是没有和外界联通的地方。'斯坦说道。

"'哪里？'

"'垃圾处理室，我们平时从那里把垃圾扔到太空中的。我们可以从那里出去。'斯坦说。

"'但那个垃圾投放口很小，人很难钻得过去，穿上宇航服之后就更不可能了。'你太爷爷说道。

"'不用穿宇航服。那个垃圾口和弗兰克刚才所说的那个存放机器人的舱室，以及老萝卜正好处在一条直线上，而且距离很近。如果一个人从垃圾口冲出，只要几秒钟就可以抱着老萝卜冲进那个舱室。我刚才检查了那个舱室，外面的门可以合上。'

"'但是那个舱里没有空气啊？'你太爷爷又问道。

"'那里有几个废旧的电路口，稍加改装一下，我们就可以向里面鼓入空气。'斯坦又说道。

"你太爷爷看了看斯坦，然后说：'也没有别的办法了，你现在就过去准备吧。我从垃圾口那里出去。'

"'二爷，恐怕不行。我刚刚查了那个口。实在是太小了，大人都过不去。'大龙说道。

"'那我去！'陶梅抢着说道。

　　"'我去！'你爷爷这时也抢着说，'我的个子比你小，再说这事本来就该让男的来。'

　　"'小宝说得没错，这事应该是他来。'你太爷爷一句话结束了他们的争论。

　　"你爷爷和其他人来到垃圾口那里。那口果然很小，成人无法穿过。你太爷爷拍了拍你爷爷的肩膀，然后有些紧张地说：'你钻过去之后，我们一按按钮外面的舱门就会打开。这时你就有可能被带出去，所以在舱门打开之前一定要吸足一口气，并且抓紧门上的栓子。你冲出去的时候要快、要准，因为你在空中没有动力，只能靠惯性——你是好样的，一定能行。'

　　"你爷爷也没有再说什么，顺着狭窄的垃圾道勉强地爬了进去。里面此时还存放着一些垃圾，空气中散布着难闻的气味。

　　"'小宝，准备好没有？'外面你太爷爷喊道。

　　"'再等等。'你爷爷深深地吸了口难闻的空气，紧紧抓住门后的栓子，然后对外面喊道：'好了！'

　　"'三，二，一！'

　　"舱门打开之后，舱内的空气在瞬间就冲了出去，你爷爷紧紧地抓住门的把手。等到再也没有空气向外排出的时候，他感到了刺骨的寒冷。他感到自己的血管即要爆炸开来同时又要凝固了，浑身说不出的难受。

　　"前面大约十米的地方就是老萝卜，他一条腿挂在绳索上，已经失去了知觉。

　　"你爷爷回头看了看后面，什么也看不见。现在已经没有空气了，里面的人不论说什么，他也听不见了。他瞄准老萝卜的方向，猛地一蹬腿，一下子飞了出去。你爷爷抱到老萝卜之后，将他的腿从绳子上拿开。此时他觉得自己的四肢快要失去知觉了。他用尽最后的力气，踩了一下绳子，冲进了那个原来停放机器人的舱中。他们刚一进来，身后的舱门就闭合起来。你爷爷眼睛一黑就昏了过去。"

"爷爷太帅了！"小男孩兴奋地大叫起来。

"你也这么认为？"老人的儿子说。

"后来怎么样了？"小男孩又问道。

"等你爷爷醒来之后，他发现自己已经在休息舱中了。大家全都围在一旁，看着他笑着。这时老萝卜走过来，郑重地伸出自己的右手。你爷爷愣了一下，然后握住了老萝卜伸出的手。后来你爷爷告诉我，正是从那刻开始，他知道了成为一名男子汉是什么样的感受了。

"等他恢复的时候，来福号已经带着足量的冰按时地来到了火星轨道上。第二天他们就可以把冰投入到大气层中。

"当时轨道上停着上千艘的曳冰船和曳气船。曳气船将从土星和木星带来的大量氮气从高压罐中释放出来，让它们顺着火星的引力缓缓地融入大气中。由于气体之间的摩擦，你可以清楚地看见大气中带状的红光。而冰块投入大气时的场面更加壮观，太空中看来，这些冰块就像无数盏霓虹灯，闪着美丽的光芒。

"'很壮观吧？'陶梅对着正看得发呆的你爷爷说道。

"'嗯。我回到火星的第一件事就是去北极看看冰块从天而降是什么样子。'你爷爷说道。

"'好啊，我们一起去吧！'陶梅又说道。

"你爷爷有些惊讶地看了看陶梅，然后高兴地点了点头。

"'谢谢你救了我爸爸。'

"'老萝卜真的是你的爸爸？'你爷爷问道。

"'不错。当时他和我妈妈分别是两艘曳冰船的船长。他们虽然相爱，但却都很好强。一次在执行任务的时候，他们两个人非要比一比谁的船先返回火星。我爸爸的船先走了，可我妈妈的船却遇到了海盗。她的船被击坏了，然后沉重的冰山带着他们坠入了木星。所以我一直都很恨他，觉得他没有照顾好妈妈。'

"'你现在不恨他了？'

"陶梅摇了摇头，'不是特别恨了，但是我现在还是不想理他。'

"'其实这并不是他的错。是海盗害了你妈妈。一个人应该爱憎分明，不是你说过的吗？'你爷爷开导她说。

"'也许吧。这就是我们的生活，死亡和离别是我们每时每刻都要面临的问题。也许勇敢地活着，勇敢地死去，是一种高贵的活法。'陶梅说道。

"'我同意。'这次你爷爷由衷地说。"

"陶梅是我奶奶吗？"小男孩儿突然问道。

"你觉得呢？"

"我希望她。我很喜欢她。"

"如果她能活着见到你，她也一定很喜欢你。"老人的儿子又说道。

"这么说她是我的奶奶了？"

老人的儿子又拿起那张照片，"这就是陶梅，我的母亲。"

"太好了！"小男孩儿高兴地说。

葬礼是罗威尔城的老港口举行的，这里现在已经改成了博物馆。按照老人的遗愿，他的骨灰被装进一个金属小球里面，然后由电磁炮弹射到太空中。

葬礼的那天来了很多人。他们都没有特别伤心，只是安静地聚在一起说着老人年轻时的故事。小男孩坐在一旁，抱着快速六号的模型，看着这群已经白发苍苍的老人。

"你手中的是快速六号吧？"突然一个很老很老的人向他问道。

小男孩点了点头。

"要知道那么多年我们都多亏了他的保佑。"那个老人戴着一副老花镜，腰驼得很深。他吃力地坐下，咧开满脸皱纹的脸朝小男孩笑了笑。

"你一定是聪聪。"那个老人又说。

小男孩又点了点头。

"你长得很像你的爷爷。"

聪聪没有说话，只是有些紧张地看着他。

"我是斯坦。很高兴认识你。"那个老人说道。

聪聪一下子笑了，伸出自己的小手，高兴地说："你好，斯坦。"

刘维佳 —————● 黑月亮升起来

行面对死亡

一

　　耳机里传出的没完没了的嘈杂声音令毕晓普越来越烦躁不安，他感到浑身燥热难受，就连头盔中的空气也似乎有一股辛辣的味道。死亡绝对是不可避免的了，哭哭喊喊就能找到活路吗？各位为什么就不能在生命的最后时光里保持安静？

　　毕晓普抬起头，透过头盔上的透明面罩向四周望去。目力所及之处，荒原一望无际，遍地嶙峋的怪石一直延伸到天边的地平线。火星的大地是如此红，甚至连空气都被染红了，橘红色的光线充塞了火星大气层内的每一寸空间。真难以令人相信拥有这样的暖色调的空间其温度竟在零下好几十摄氏度。死在这种地方，我们的躯体大概可以完好地保存很久，下一批拓荒者到来时，他们也许会认为我们都仅仅是睡着了呢。毕晓普在心中对自己说。

　　"有人自杀啦！"一个声音在耳机中猛然炸响。一瞬间，耳机中那些没完没了的抽噎和毫无意义的自言自语全部戛然消失了，所有人的目光全都集中到了那个自杀者身上。只见那个人正在遍地的碎石上翻来滚去地挣扎着，他的氧气瓶已从他的背上脱落下来，静静地躺在一边。那个人的挣扎越来越剧烈,但奇怪的他是竟然一声也没吭。

一直安静地守护着救生舱大门的副舰长此刻站了起来,慢慢地向那个自杀者走去。他的两个手下仍然坐在地上,警惕地望着坐在救生舱周围的三十多个拓荒者,他们手中的步枪在火星红色的空气中反射着冰冷的光。副舰长走到那个自杀者身边,伸手从腰上摘下手枪,拉开扳机看了一下,然后弯下腰将枪口顶在自杀者的面罩上扣动了扳机。顿时一股鲜血和着脑浆喷泉般从面罩的破口处喷出,旋即溅落在火星的尘埃上,和血红的大地永远地融为一体了。

凝滞了片刻,副舰长站直身子,离开那具已经不再动弹了的躯体,几步走到那个氧气瓶前,将它提起来,走回自己的领地,重又一动不动地坐在救生舱的大门边。现在这三个人就是这个小社会的法律化身,维护秩序和公平就是他们存在的理由和活着的意义。虽然这个社会存在的时间已绝无可能超过一百个小时,他们仍要保护公平不被破坏、正义不受践踏,因为只有这样他们才不至于空虚地死去。

久违了的沉寂如水一般注满了毕晓普的头盔,然而这沉寂却让毕晓普感到不习惯,他下意识地摇了摇头,似乎想要甩掉这令人窒息的沉寂。终于有人忍受不了了。到这时生命还是保不住,当初又何必那样拼命地抢占救生舱里的位置呢?毕晓普不由自主地想到了舰长下令弃舰时的情景,那时他只一个劲而地问自己:安琪去哪儿了?后来才看见她被慌乱的人群拥进了三号救生舱。等他拼命挤过去,三号救生舱的门已经关上了,于是他只好挤进了旁边的二号救生舱。他没有看见那些被金属门挡在救生舱之外的人的面容,但他听见了传进来的哭喊声。那些声音充满了绝望、惊恐和乞求,但又是那么微弱,仿佛是来自地狱的声音,让人灵魂战栗。

　　现在毕晓普反复权衡着，想弄清楚究竟谁更不幸一些。对于那些人来说，恐惧也好，绝望也好，都只是短暂的一瞬，然后就永远地解脱了。可是对于他这些当时的幸存者来说，恐惧与绝望的煎熬却是漫长的。火星的一天只比地球上的一天长四十分钟左右，但在现在这种情形下它恐怕长得直如一个世纪。毕晓普不知道在这么长的时间里自己能否挺得住，能否在死亡来临前精神不至于崩溃，就像刚才那个自杀的人那样。

　　宛若涨潮时的海水一般，耳机中的各种声音又出现了，而且正在逐渐加大。虽然刚才的沉寂令毕晓普感到不习惯，但现在这卷土重来的声音令他更难于忍受。在这儿待下去迟早会发疯，毕晓普厌倦了。反正横竖就是一死，制氧设备已随失事的飞船化为灰烬，所有的幸存者都只有两个氧气瓶，生命已被压缩为几十个小时。与其坐在这群神智已趋错乱的人中间在烦躁不安和恐惧中走向死亡，还不如抓紧时间干点儿自己最想干的事。毕晓普下定了决心，他站了起来，向救生舱走去。

　　"你要干什么？坐下！给我坐下！"救生舱门左边的一名舰员喊道。同时他手中的枪口对准了毕晓普。他的声音中充满了杀气，但却有点儿颤抖。

　　"我要我的备用氧气瓶。"毕晓普停住脚步大声说。

　　那名舰员低着头看了看手中的秒表，说："现在你的氧气瓶中至少还有五分之二的氧气存量，现在还不到换瓶的时候，再过一段时间才能把备用瓶给你。"

　　"不，我要我的备用氧气瓶，现在就要！快点儿给我！"

　　"不行！你……"

"呃，给他吧，给他吧。"副舰长插话说。

于是那名舰员走进救生舱取出了一个备用氧气瓶，扔给了毕晓普。

毕晓普提起在火星的重力状况下显得轻飘飘的氧气瓶，转过身一言不发地向着远方的地平线走去。

"喂，你上哪儿去？站住！你给我站住！听到了没有？"那名舰员厉声喊。

"算了算了，你让他走吧！"毕晓普从耳机中听见副舰长这么说。

二

毕晓普在血红的火星大地上蹒跚前行着。火星表面重力仅及地球的百分之三十八，照理走起来应很轻松才对，可实际上他每走一步都很费力。他全身上下乱七八糟一大堆装备，脚下又是嶙峋怪石，穿着底垫那么厚的太空鞋都不免硌得脚疼，再加上地球人躯体的运动系统明显不适应火星的重力状况，重心不好掌握，他已经开始流汗了。

为什么当初在地球训练基地的人造重力室里训练时，却从未这般吃力过呢？毕晓普寻思着。这时他的脑海里浮现出了他和安琪在人造重力室里笨手笨脚地跳来跃去的情景。安琪的适应能力显然比他强得多，没多久就能在人造重力室里像只小狐狸似的跳动自如了。而他就像是一个笨拙的猎手，眼睁睁地看着这只漂亮活泼的小狐狸在他眼前嬉戏，却无法把她捕捉到手。每当他失足摔倒在地时，安琪就发出一连串欢快好听的笑声。

　　"咯咯咯……"记忆中的笑声犹如一串铃声，将许许多多旧事的片段，从并不遥远的过去纷纷唤醒了过来。明晰的往事在毕晓普的脑中闪现，将已随时间流逝的往日的情感再次注入心田。毕晓普的心头一阵发热，喉咙也一阵梗阻，他真希望此刻能和安琪一块儿静静地沉浸于对往昔的追忆回味之中，他此刻太需要她了。可是头盔中投影显示屏上的电子地图显示他和安琪所在的三号救生舱还有相当远的距离，他还必须继续努力。

　　毕晓普一直搞不懂，安琪这么温柔的女孩子怎么会下决心投身这人类历史上头一次的火星开发计划。这个计划太过庞大、太过复杂了，复杂的东西就容易出错，下决心投身这个计划是需要魄力、需要胆量的。不过话又说回来，他毕晓普的胆量就不大，也不敢自认魄力过人，可他仍然报了名。因为他希望到一个主要矛盾是人与自然的关系的环境中去开创一片天地，而不愿陷在都市里纠缠于那些人与人之间的毫无意义的争斗之中。他的动机就是这个。人有时会为心中的理想所惑，而无视危险的存在。安琪又是被什么所惑呢？她的体质是那么柔弱，但她却顽强地挺过了一道又一道训练中的难关，没有被淘汰掉。一定有一种非常强大的精神力量在支撑着她。那精神力量究竟是什么呢？毕晓普是知道的，那就是安琪对他的爱。

　　片刻之后，毕晓普被一阵自责咬住了灵魂，正是安琪对他无私的爱使她陷入了这死亡的陷阱中。她爱他，愿意跟他到环境险恶吉凶莫测的火星上去吃苦。毕晓普知道安琪对自己的爱有多深，可是他爱安琪吗？他自己也不知道。安琪虽然活泼可爱，但他和她相处时并没有那种身心激荡、爱得直想哭的感觉。他还没有完全领悟爱情的真正含义，可能是太年轻的缘故吧。他不知道全身心爱上一个人到底是种什么滋味，也不能肯定自己这一生是否能体味到。他之所以和安琪恋爱，主要是想逃避孤独和生活中的沉闷，而并不是认为安琪就是自己今生感情的唯一寄托。有个女孩子相伴，生活可以变得丰富多彩。对于这场恋爱，毕晓普并不看得太认真，初恋成功的人并不多，他潜意识中还在等待着能令自己全心投入爱恋的人。不过此刻毕晓普连想也不愿去想自己与安琪建立恋爱关系的真正动机，他的心里此刻只愿接受他与安琪相处时的美好回忆，因为死亡已近在眼前，他需要安琪。

死亡，死亡……这个词在毕晓普的脑海中回响，可是他并没有感到真正意义上的恐惧。虽然不久前他经历了一次和死神擦肩而过的大爆炸，虽然他刚刚目睹了一个人的死亡过程，但他却似乎仍然没有领会到死亡的真正含义。他的潜意识里总认为死亡是个游离于自身之外很遥远的东西，和自己没有什么关系。他一直都是这么认为的。小时候每当长辈中有人去世时，他只是感到有几丝隐约的悲伤，但他从不认为那些耸立于阴沉的天空之下的火葬场烟囱和其喷出的灰色烟云与自己有什么关系。他从未感到过真正令人灵魂战栗的恐惧。长大以后，他学会了思考，他对世间事物都做过仔细的思考，但却从未在这一主题上耗费过时间，大概是年轻使然吧。安琪是怎么看待死亡的呢？她也是年轻人。她思考过死亡这一主题吗？毕晓普在自己记忆的积水潭里搜索着。

在他和安琪的大学生涯中，曾经历过一次涉及死亡的讨论会。当时安琪和她的好友们在校园里一座凉亭下闲聊，不知怎么，一来就争论起自杀是否可取这一点了。"我认为，有勇气结束已毫无意义可言的生命，留一点儿凄美于世间，未尝不是一件可取的事。人总是要死的，既然生不能留美于世间，那么至少要死得美丽。"一位戴眼镜的女生用哲学家似的口吻这么说。

"可是，人就仅仅只是为了什么意义而活吗？"安琪慢吞吞地说，"谁又说得清有意义与无意义的确切界限呢？人的生命难道只是意义的奴隶？生活中的美随处可见，为什么非要以死亡为代价来换取美呢？活着是多么美好呀，为什么要选择死亡呢？"

她们就死亡这个话题谈论了很长时间，但毕晓普现在只能回忆起这么两句，别的都不记得了。

毕晓普反复玩味着安琪当年的那句话，想从中悟出点儿什么，但他总也无法真正集中精力，他只觉得安琪似乎有些害怕死亡。安琪，不要害怕，等着我，我就要来到你身边了。毕晓普深吸了一口气，振奋精神加快了脚步。

前方上空，半个太阳已沉入了地平线，苍茫的暮色笼罩了四野，光线红得像烈性威士忌酒似的，让人全身发热。这样的色彩让毕晓普想起了自己的童年。不知为什么，这暗红的光线令他联想到了小学时的学校教学楼那光线暗淡的走廊。往昔的气息从毫不引人注目的地方悄然袭来。毕晓普不由自主地放慢了脚步，放开视野贪婪地看起来。

太阳已经完全沉入了地平线，但福波斯①却并没有从地平线下出现，光线越来越暗淡，毕晓普扭头搜索西方的天际，也没有发现福波斯的兄弟德莫斯②的身影。毕晓普的目光一下子被此刻星空中最亮的星体吸引住，那就是地球。毕晓普的脚步骤然停住了，一缕乡愁宛若纤细的竹箭，从神秘的天穹射下，正中他的心脏。在心脏悸跳的恍惚中，毕晓普怔怔地站在原地一动也不动。

---

① 福波斯：即火卫一。
② 德莫斯：即火卫二。

福波斯终于升起来了，它给被夜色完全笼罩的火星大地送来了相当数量的光粒子。正是这些光粒子激活了毕晓普那暂时凝滞了的意识，他慢慢动了起来。在迈开步子之前，他扭头向后又看了一下，德莫斯仍然没有出现，天空中只有福波斯。看来德莫斯此刻正在火星的另一面，照耀着那片亘古未有人迹的土地。

　　毕晓普默默地一步一步走着。空旷的大地寂静无比，毕晓普的大脑也同样空旷，什么思绪都没了，他只是机械而茫然地迈动着双腿走啊，走啊……天空中，福波斯向着天顶飞快地奔跑着，它的光芒越来越亮。

　　蜂鸣器发出了嘟嘟的警报声，毕晓普知道背上的氧气瓶已经完成了它的使命了。他把它卸下来，将手中的备用瓶换了上去，然后，他松开手，让空瓶坠于异星的土地上。

　　毕晓普的脚底感受到了轻微的震动。这震动是那么微小，以至于毕晓普都不能确定自己是否真正感受到了。然而这震动却奇妙地顺着神经一直上升，直达他的心脏，并引起了一阵剧烈的共振。毕晓普突然间意识到了，再也没有退路！自己的生命只余下最后一段了。他仿佛看到，死神正迈着冷酷的脚步匀速地逼近过来。恐惧宛若采煤井中的地下水一样汨汨升起。这恐惧在他心中冰封了许多年，此刻突然冲破了冰层，灌满了他的全身。毕晓普全身冰冷，僵立在原地不能动了。

　　就在这时，大地骤然变暗。毕晓普仰起头，无比惊恐地看见天顶处福波斯正在逐渐收敛它的光芒。不一会儿，福波斯全部身影都隐入了火星的阴影之中，完全暗下去了，成了一轮黑月亮！

　　毕晓普感到冰冷的恐惧涌到了喉咙，然后在那儿冻结为冰块，就这么卡住了，令他喘不上气来。然而在他体内，令人发狂的肾上腺素在急速流动，使他的心脏如同汽车发动机活塞般狂跳不止，手也抖得厉害。他全身所有的神经节都在噼啪作响。这一刹那死亡真正攫住了他，他终于彻底领悟到死亡的真正含义。这个世界马上就要离自己远去了，无论自己这一生有何思想、有何德行、有何罪恶、有何情感、有何爱恋，再过二十来个小时就都将不复存在了，宛若洒落于夏日街道上的雨滴一样，瞬间就挥发得了无痕迹，无处可寻了。

　　毕晓普迈开双脚全速前进，他害怕周身寒彻透骨的阴冷，他害怕头上那轮黑月亮，他渴望摆脱它。但黑色的福波斯洒下的黑暗却无处不在，无法摆脱。慌乱中，毕晓普的脚被一块石头绊了一下，轰然摔倒了。在极度的绝望和孤独中，悲哀潜入心头，毕晓普像个孩子似的放声哭了起来。他渴望安琪此刻能在自己身边，渴望远在地球上的亲人们能在自己身边，他想他们，想得不行。

三

　　东方的天际出现第一抹光芒时，毕晓普的脸上露出了惊喜。在黑夜疾行的漫长时间里，他一直在祈望着太阳的出现，现在终于把它盼到了。

　　红红的太阳整个跃出了地平线。虽然由于火星距离太阳较远，太阳看上去比在地球上要小，毕晓普仍然感到了温暖。火红的阳光直射入毕晓普的心脏，驱散了他周身的阴寒，给他注入了生命的活力。毕晓普向着太阳飞快地走去，一路上感动得几乎要掉眼泪了。他已有许多年没有流过泪了，他不明白现在自己为什么变得这么敏感、这么多愁善感，从前他深以脆弱为耻，他从不愿让自己的内心感情溢于言表。

　　阳光越来越强烈，天空中的群星都已看不见了。毕晓普竭尽全力快步走着，他知道时间正在一分一秒地流逝着，生命正一丝一丝地从自己身上溜走，但是他不愿多想这些，此刻他脑海中只有一个越来越强烈的愿望：一定要赶到安琪的身边，和她共同度过生命的最后时光。

　　远方的地平线上，一个突兀的黑影映入了毕晓普的眼帘。由于距离尚远，且又迎着阳光，毕晓普还看不清那究竟是什么，但他几乎可以肯定那是一个人造物体，它的几何形状太规则了。由于那个物体正好在毕晓普的前进之路上，毕晓普决定顺便去看清楚它究竟是什么。

　　毕晓普和那个物体之间的距离一步一步慢慢缩短着。

　　突然间，一声极微弱的爆响穿透头盔传入了毕晓普的耳朵。毕晓普吃了一惊，这是爆炸声。究竟出了什么事呢？毕晓普不由得加大了步幅，向目标冲去。

　　渐渐地，毕晓普看清了，那是一辆火星车。这时又一声爆炸声传入了耳中，这次响亮多了，看来这车是有主人的。毕晓普想见见这个人，毕竟这一生能见到的人不多了，并且他想弄清楚那爆炸声究竟是怎么一回事。

　　毕晓普在绕到火星车向阳的一面之前，又听见了一声爆炸声。

　　当毕晓普停住脚步后，他看见了车的主人。此人正端着支步枪向前方瞄准着，这支步枪和二号救生舱那两个舰员所使用的是同一种型号。顺着枪口所指的方向看去，前方约一百米的地方，间距较大地错落排列着二三十个圆柱形的物体，地上散落着许许多多反射着阳光的金属碎片。无疑它们就是这个人的枪靶子。毕晓普定睛细看，不禁大吃了一惊，原来那些枪靶子全是清一色的氧气瓶！毕晓普使劲眨了几下眼睛再看，不错，全都是在此时此地宝贵如生命的氧气瓶。每一个氧气瓶就意味着一天的生命，它们可以减缓死神的脚步。看着它们，毕晓普的心脏狂跳起来。

　　火星车主人手中的枪身抖动了一下，一声爆响，又一个氧气瓶炸得粉碎。不错，它们都是充足了氧气的，并不是空瓶。毕晓普的心脏随着爆炸声收缩了一下，他感到似乎生命被撕碎了。

　　"嘿，小子！"火星车主人发现了毕晓普，他垂下枪口扭头向毕晓普打招呼，"你还没有死吗？告诉我你还可以活多久？"此人的双眼分外醒目，隔着头盔面罩看去仿佛两朵黑色的火苗在他那棱角分明、胡子拉碴的脸上跳动。

　　毕晓普知道此人的问话相当无礼，但却不觉得刺耳，现在的环境非同寻常，人人都难免失态，毕晓普不想在彼此的言语是否礼貌上浪费精力。他指了指背上的氧气瓶，摊开两手，说："没多久了。"

　　"这没什么。"火星车的主人脸上露出了恶意的微笑，"也许明天这个时候，你就已经投胎，做了别的什么动物了。"

　　毕晓普沉默不语。

　　"嗯——"片刻之后火星车的主人拖长了声音又问，"害怕吗？"

　　毕晓普的心颤动了一下，昨夜那轮黑月亮马上出现在他的脑海中，毕晓普一下子丧失了维护自尊的勇气，他点了点头，轻声说："害怕。"

　　"害怕……你也害怕……"火星车的主人轻声地嘀咕着，突然他一子提高了嗓门，"你们全都害怕！人人都害怕！这是中了什么邪？真让人受不了！其实在征服宇宙的过程中，不管我们是否需要，灾难和死亡终将到来，这是偶然中的必然，是规律，是不可逃避的。我真不明白死有什么可怕的？每个人都会死的，百人之百！你们在这个世界上使出种种手段互相倾轧，竭尽全力为不死而卑贱地挣扎，但是死亡终将来临！死亡是这个宇宙中唯一永恒不变的东西，甚至宇宙有朝一日也会死亡，这才是最高的真理。可是你们这些家伙在虚幻的世界上待得太久了，居然反而认定死亡是不真实的！我要让你清醒清醒……"说到这儿，此人猛地将枪托顶上了肩，又一个氧气瓶炸成了碎片。

毕晓普暗自为此人的枪法吃惊。这么远的距离，异星陌生的环境，体积只及灭火器的目标，他居然抬手就中。这一切显示此人在地球上的经历非同一般。

"一切都不值得留恋，"此人继续大放厥词，"芸芸众生稀里糊涂，毫无意义！地球上的生活混乱不堪，毫无秩序，毫无公平，唯一的公平就是死亡！在死亡面前谁也耍不了滑头。你们的一生中充满了尔虞我诈，可这全是空忙……人从永恒中走来，就该回永恒中去，有什么可怕的呢？我就见不得面对死亡哭喊个没完。挣扎有什么用？人总是要死的，死后就不必担心受到任何伤害了，死后就不会有任何痛苦了，死亡是一种解脱……生命不值得留恋，生与死毫无区别……我就不怕死亡。我不怕它，我什么都不怕！"

此人咄咄逼人的气焰令毕晓普害怕，他本来并不想和这人争论，但不知怎的，他不由自主地发出了一句问话："你真的什么都不怕吗？"

"不错，什么也不能令我感到害怕。因为什么对我来说都无所谓，我不怕失去任何东西，包括生命。宇宙是冷酷的，所以我们也应是冷酷的，这样才符合……宇宙的规律。"

坚硬的岩石也有害怕的东西……毕晓普心想，他觉得必须亮出自己撒手锏。"黑月亮，"毕晓普慢慢地说，"你不怕黑月亮吗？当黑月亮升起来的时候，你没感到过恐惧？"

"黑月亮？什么黑月亮？我不知道。有也不怕，大不了一死。"

毕晓普突然间失去了和这个人继续争论下去的兴趣。宝贵的时间正在一分一秒地流逝，安琪还在远方苦苦地等待，可他却在这儿和精神病人纠缠不清。不能再在这儿浪费生命了，毕晓普向自己的双腿发出重新迈动的神经脉冲信号。

"小子。"火星车的主人突然又发问了，"你这么急匆匆地要去哪儿啊？到处乱走不累吗？"

"我要去见我的未婚妻，她没能和我乘上同一艘救生艇。"

"找她干吗？命都要没了，找她又有什么用？她能让你活下去吗？"

"不能。"

"那还找她干吗？"

"因为我需要她，她也需要我，我们彼此相爱，我要和她共同度过生命的最后时光。我觉得……这样的一段时光将是我一生中最有意义、最令我难忘怀的时光。我一定要给她以支撑，使她不致孤独地走向死亡。"

"爱……爱……"枪法超群的火星车的主人反复轻声念叨着，他漆黑的双眸透出迷幻之色。他的枪口逐渐下垂，直到与地面呈九十度垂直。双方在火星橘红色的空气中陷入了凝滞状态，看上去仿佛两人都已经走进永恒，成了化石。

良久，火星车的主人又问："你的未婚妻在几号救生舱？"

"三号救生舱……"

"三号救生舱……"火星车的主人眯起他那双黑火似的眼睛凝望着远方的地平线。

"好吧，你快走吧，"半分钟之后此人开腔了，"找你的爱去吧，别再耽误我消灭那些让人发狂的氧气瓶了。"

毕晓普转过身，迈开双腿重新起程了。

"我想我应该提醒你一下。"火星车主人的声音又从耳机中传出来，"你最好避开我的射击范围。子弹不长眼，如果你由于粗心大意而死在我的枪下，你就找不到你的爱了。那可太遗憾了。"

毕晓普闻言诧异地转身看了他一眼。此人刚才一直在情绪激动地否定生命，蔑视生命，怎么这会儿他却突然在意起一个陌生人的生命来了？

然而毕晓普此刻的心思已不在思考问题上了，他要抓紧时间去追寻自己的爱。毕晓普调整了一下自己的前进方向，绕开那人的"靶场"继续前进。身后传来的爆炸声渐趋微弱。

四

他感到无聊，很无聊。

所有的氧气瓶都已被射爆，遍撒于地上的亮闪闪的金属碎片给了异星火红的大地一种奇妙的点缀，看上去颇有些美感。

然而他对此已感到厌倦。毁灭的欲望依然在他的胸中翻滚，但他的毁灭对象已全部被他所毁灭，体内无处发泄的火焰令他烦躁不安，这时他有些后悔刚才放走了那个小伙子。

他端着他的步枪，慢慢来回踱着步，间或漫不经心地踢起地上的砂尘，百无聊赖地磨蹭着。

猛地，他瞄准远方的一块巨石，端起枪就是一枪打去。

巨石上腾起一股淡淡的烟尘。

他心中也腾起一股淡淡的得意之情。他为自己的枪法而骄傲，这手绝活在他的生活中一直很重要。

然而烟尘散尽之后，巨石依旧站立于红色的大地上，并不理睬他的绝技。

他索然无味地放松双臂，怔了一会儿，将枪扔进了火星车里，随后他也进了火星车。

将座椅靠背调低，他放松全身躺在了座椅上。身上一舒坦，心情也安宁了一些。他躺了一阵，开始感到骄傲。他为自己心中没有一丝恐惧而骄傲。多年以来，他一直为此而骄傲，无论发生什么，他都能做到心里没有恐惧，也没有悲哀。他认为这很了不起，同时认为自己极其坚强，他为自己能做到远离软弱而无比骄傲。

软弱的人最讨厌……这时候他想到了数小时前所碰到的那个想在生命的最后时刻与未婚妻待在一起的小伙子。这小子现在在想什么……当他发现自己想寄托生命的爱情已经被我……哈哈，这毛桃子会发疯吗？"爱？爱？操……"他嘲弄地摇着头。为何芸芸众生就是弄不明白？恐惧的根源是什么？就是爱！有爱就会有恐惧！因为你爱上一样东西，你就会害怕失去它，恐惧于是就由此产生。你爱上一个人，你就会害怕被抛弃被欺骗；你爱上一样东西，你就会害怕毁灭；你爱生命爱自己，就会害怕死亡。拒绝恐惧的唯一行之有效的方法，就是……拒绝爱！拒绝一切形式的爱，包括对自己的爱！那小子竟想用爱情来对抗死亡、对抗恐惧，这真是本末倒置不识进退！真是可笑，可笑极了！现在这小子一定在号啕大哭吧？他一定彻底清醒了……他放声大笑了起来，心里感到痛快极了，他觉得自己还从未这么痛快过呢。他笑了好久好久。

这个人就这么时不时间或笑上一阵，偶尔夹杂着带着笑音的"操……"之类的轻声自言自语。看来他所想的事实在太可笑了。不过他的呓语渐渐低落，最终消失了。他睡着了。

他在沉睡中均匀平缓地呼吸着，所以氧气瓶存量显示器的数字也在平缓地改变。生命就在这与死亡差别不大的睡眠中一丝丝流走。不知道这个人在走入永恒的死亡之前所做的最后一个梦，会是什么样的？

当他醒来后，他为自己还活着而略感惊异。这时满天已是繁星点点。他打了个哈欠，扭头扫视这陌生的星空，但他也不知道自己想看什么？

等他的目光落在了正在冉冉上升的福波斯上时，他的脑海中灵光蓦地一闪，似有所悟。他盯着这颗闪光的小月亮，皱着眉头慢慢思索着……

终于，他想起来了。他想起来，福波斯运行到天顶处时就会被火星的阴影所遮住，失去它的光芒。嗨，原来这就是他娘的什么黑月亮！操！……他恍然大悟，又呵呵笑了起来。

福波斯依着它自己的恒定速度不紧不慢地向着天顶爬升着。一个运动物体的速度一旦是恒定不变的，它就总是给人一种不紧不慢的感觉。他望着它，想看看它有什么了不起。"说得那么邪乎……操！"

他认真地盯着福波斯，聚精会神，目光须臾不离。

然而，他的心脏随着福波斯在天空中的脚步居然不可思议地逐渐颤抖了起来。这种颤抖起先宛如微风吹拂的湖面，有几丝若有若无的波纹，而后风力开始加大，湖面变得波光粼粼，再后就出现了细浪拍打湖岸。这让他大惊。他已有许多年未感受过自己的心跳了，他早已习惯了没有心跳的生活，早已忘掉了心跳的感觉，所以他认为此刻这种现象实为不祥之兆。

福波斯依旧不紧不慢地在黑暗的太空中行走着。而他的面色渐趋凝重，他的手不由自主地将躺在车里的步枪握在了手中，似乎这玩意儿能给他以力量。

在福波斯光芒的映照下，他的嘴唇越抿越紧，握枪的手也越来越用力。

当福波斯在天顶处洒下黑暗之时，他皱紧了双眉，向着它射出凶狠的目光。他许久也不曾眨一下眼皮，似乎正在以对视的方式和上帝比拼意志。

双方就这么僵持着。

他的呼吸越来越急促。

突然间，他猛吸了一口气霍然起立跳下车来。

"去你妈的！"随着这一声大吼，他将手上的步枪顶上了肩。黑森森的步枪直指天顶，威胁着星空。

十字形的火焰在枪口闪动，一串高速射弹宛如明亮的火鞭击打着夜空。

一个弹匣扫空了，他没觉得怎么样。于是他换上一个新弹匣，继续扫射。

随着肩头不断感受到后坐力的冲击，无比的畅快盖满了他的全身。他发出了大声的粗野的狰狞笑声。在火舌的映照下，他的双眸火光闪闪。

第二个弹匣射空之后，他又换上了一个新弹匣。这一次他向着每一颗看得见的星星射击。"都去死吧！死亡才是最后的真谛！"他竭尽全力嘶吼着。他的鼻子喷着灼热的气息。同时他的手指使劲地扣动着，将一发发子弹射向星空。他要打断宇宙的脊梁，让自己在天崩地裂的世界末日中死去。他现在只觉得自己在控制着整个宇宙的命运，自己拥有无上的权力，这让他痛快到了极点！昨天的这个时候，他也品尝过这种美妙的滋味……

然而，渐渐地，当他那满腔莫名的激愤和仇恨随着成串的子弹渐次喷出体外，沮丧与空虚无可阻挡地产生了。因为，星星仍在夜空中发光，黑月亮仍在播撒黑暗，时间仍在冷漠地流走，宇宙纹丝未动。他射出的子弹已经全部悄无声息地消没于了夜空之中，再无半点儿踪迹可寻了。他突然明白了，全部明白了，彻底明白了……

枪，从他的手中滑落到了地上。他不想再打下去了，他的杀戮与毁灭的欲望已经消失殆尽。他茫然地四处顾盼，感到前所未有的空虚和寂寞，此刻他的体内空间犹如一个真空的空洞，找不出一丁点儿物质，也不能发出声音。

当他的目光于不经意间落在了地球上时，一口冰凉的空气硬灌入他的喉咙，令他窒息。此刻地球在夜空中清晰可见，就连它身边的月球也可以毫不费力地看到。地球一如亿万年的每一天那样平静地反射着太阳的光芒，它的光芒并不耀眼，可他却如同遭到了极其沉重的一击，一下子虚软地跪了火星的地面。他的心剧烈震动起来，冰层破裂的咔咔声不可挽回地响了起来。

这时在他体内，飓风已然刮起，各种情感犹如火山喷发一般在他体内四处迸射，震得他全身颤抖不止。他双手撑地竭力克制着全身的颤抖。但那飓风拥有势不可挡的能量，轻而易举就将他的努力连同他脑海中的许多年来一成不变的东西一鼓作气全部摧毁，击得粉碎。这时的他，感到全身如同浸在冰水之中，剧烈的寒冷冻彻骨髓，冰山一般巨大而冰冷的恐惧压迫得他无法呼吸。他从内心的最深处感到恐惧，感到害怕，这让他绝望。

突然间，他猛地站起身来，重新握起了他的步枪。他将枪口顶在了头盔面罩上。

"不！"随着这个人一生中的最后一次高喊，一串灼热的子弹飞向星空，但旋即消失在了永恒的黑暗之中。

五

毕晓普怔怔地望着眼前的景象，感到胸腔中悬吊着心脏的肌肉已全都断裂，心脏直向着一个深不可测的黑暗的深洞坠下去、坠下去……

三十多个拓荒者和太空船船员一动不动地躺在地上，好几个人的面罩都已碎了，太空服上还沾着血迹。他们，都死了。在他们所围绕的救生舱高大的舱壁上，一个白色的"iii"字正在反射着耀眼的阳光。

毕晓普默然无言地在死者们身边走动着。他注意到每个死者都是被枪弹击中死亡的，凶手的枪法非常准，几乎所有的死者都是被一枪毙命的，并且每具尸体背上的氧气瓶都不见了。毕晓普走进救生舱，也没有找到备用氧气瓶。他什么都明白了。

毕晓普很快从地上众多死者中找到了他的安琪。

致安琪于死命的那一枪正中她的心脏，立刻死亡，没有痛苦，没有惊慌，也没有恐惧，安琪脸上的神情恬静而又安详，仿佛正在梦乡中漫步。

毕晓普跪坐在安琪的身边，感到难以自制的悲哀。本来他希望能和安琪一起度过生命最后的时光，可是却不能，现实不愿意成全他。

安琪中弹后她的自封式太空服夹层中的速凝胶质修补剂立即封闭住了太空服上的破口，因而血液没有喷出去多少，她脸上依稀还可以看见红晕。毕晓普凝视着她的面容，觉得她从未像现在这样美丽过。

毕晓普小心地把安琪抱在了自己怀里。由于是在火星上，安琪的身体出乎他意料地轻。毕晓普低下头，想让自己的脸颊贴上安琪的额头，但头盔阻止了他，双方的面罩贴在了一起。

毕晓普轻声地向安琪诉说着。在来此的路上，毕晓普一直在斟酌着见了面该说的话。他一直不知道该说些什么才合适。但是现在，他的话语如温泉般流淌不停。他的思维并未高速运转，所说的话更像是源自潜意识层。他喃喃说个不停。他在向安琪诉说自己的爱意、自己的温情以及自己所怀有的一切梦想。从前他一直不知道全心全意地爱上一个人是什么样的感觉，但现在他感觉到了；他一直不能肯定自己是否真的爱安琪，但现在他知道自己一生最爱的人是谁了。毕晓普一刻不停地说着，他要补偿过去所疏漏了的该说但却没有说的所有的话。他沉湎于他和安琪两个人的世界之中，暂时忘却了客观现实世界的一切，他只觉得心情前所未有地安宁、平和、恬适。此刻，他身上和心上的所有伤痕都已然平复，整个人仿佛在温暖的海水中漂荡、漂荡……

　　太阳渐渐沉入了地平线。毕晓普察觉到了光线的暗淡，他抬起了头来。当最后一抹夕阳的光辉散去之时，泪水注满了毕晓普的眼眶。他知道黑月亮就要升起来了，他感到害怕。但他并未被恐惧彻底控制，他只是从未像现在这样觉得活着很美好，他不愿意离开这个世界，他刻骨铭心地渴望能和安琪一块儿活下去！毕晓普不愿逃避，不愿扯断自己的供氧管。有安琪在他身边，他感到充实和满足。

　　太阳，彻底离去了。满天的星斗从宇宙中浮了出来，注视着毕晓普和安琪。毕晓普平生头一次发现星星竟是这么晶莹，他想说："真美啊！"

　　一朵光华从地平线渐渐升起来了。毕晓普紧紧搂住了安琪。他现在只希望自己能再次看到初升的朝阳，只希望自己能在阳光里走到另一个世界去，除此他别无所求。

追寻

刘维佳

明天，再一次见到她之时

我真的能追寻到爱情和幸福吗？

看着右手之中的这个名曰"红线"的精致灵巧的小装置，我不由自主地在心中发出这样的疑问。这种巴掌大的心形小玩意是地球上经久不衰的著名畅销商品，我一走出我们的社区就被它的魔力所吸引，几乎没费任何踌躇就买下了一个。然而它的名气和它的魔力是否真的能将我引向爱情与幸福，我却是心中没底。多少年来我不顾一切苦苦追寻着它们，可结局总是两手空空，这种流水线上诞生的工业制品真能轻易改变这宿命？

"红线"的作用，是将两个素昧平生天各一方的同龄段单身男女联系到一起。它的名称便是取材于古老的民间传说中具有相似功能的神物。功能虽然一样，但两者的本质却截然不同。一个只是虚幻的想象，仅仅只能表达一下人类的美好愿望，另一个却是实实在在灵验无比的现实存在。现在的人们真是幸福，你不需祈求也不必祷告，只需要付出一些信用卡上的数字，即可任意支配、利用过去无比神圣的东西。只消启动这个小巧的信号收发装置，卫星全球定位系统会立刻帮助你收到来自芸芸众生之中的某个异性成员的回音。她或者远在天边，或者近在眼前，但她肯定就位于这地球表层的某个经纬度交叉点，不会是虚幻的想象。

现在，她就在这座城市的某个地方，等待着我。多么奇妙啊。我和她出在相距超过一个天文单位之遥的地方，可现在却在相互追寻着对方，并确实实在逐渐接近。地球上的事情就有这么奇妙。

整个地球上只有她一个人在等我。每对"红线"不会对别的信号有反应，只接收对方的呼唤。我手中紧紧握住这根红线的一端，一步一步循着由无线电波组成的看不见的连线前行着。

随着手中的红色数字的不停跳动，我的感觉越来越强烈：我的心在怦怦跳动，手在微弱但难以控制地颤抖，全身的血液如同涨潮一般悸动奔涌，汗珠在我脸颊上流动，我的口中又干又涩，我的耳朵在嗡嗡鸣响……我简直觉得不用多久我整个人都会燃烧起来。我追寻幸福与爱情已非一朝一夕，自我懂事时起，幸福的生活和甜蜜的爱情就令我魂萦梦牵，多少个闲暇的时间片断，我在纷飞的思绪中苦苦追寻它们，但总是两手空空，对它们的渴望已烧穿了我的骨髓，最终驱使我不惜一切回到了地球。现在，它们终于将要为我所拥有了，我如痴如醉如狂。我故意买的是远程"红线"，为的就是要慢慢地品尝这种喜悦的憧憬。在六个都市中穿行而过，一点一点缩短与她的距离之时，我慢慢品尝着一丝一丝缓缓增强的激动与兴奋，今天，它们达到了最大值。

信号显示她距我已仅有一千米遥了。我深深地长吸了一口气。澎湃的思绪和情感令我头晕目眩，我不得不加大氧气的摄入量。

她是个什么样的姑娘？她真的能给予我我所渴求的一切吗？啊，我想应该是的，我的命运已经够苦的了，上天若还是公平的，就不应该打碎我这最后的希望。我吃力地迈出已经无法规则的步子，一步一步在蓝色的暮霭笼罩之下沿着被路灯和商店橱窗照得雪亮的大街向她走去。

一切都和从前是那么的不同，一种我从未体验过的奇异感觉包裹住了我全身，它使得我眼前的一切都有变得分外的美，连身边的最琐细的小东西都似乎蒙上了五光十色的光彩。本来地球上的繁华都市对我这个回归的游子来说就极富魅力，现在它更是撼人心魄，无法抵挡。我喜欢这感觉，在幸福与爱情被抓在我手中之前我还未体验过比这更美的感觉。

数据显示我正在一米一米地接近她，但是大街上来来往往的人群行色匆匆，我仍旧不见她的身影。蓝色的暮霭令我心慌意乱。我好紧张，我好害怕，我不知道自己还能坚持多久。

千呼万唤始出来，我终于发现她了！在滚滚人流和灯红酒绿之中，她显得是那么出众那么夺目。一点没错，就是她，肯定是她，只能是她。怎么可能不是她呢？这个女孩完完全全就是我的梦中情人，每一点都有恰到好处地与我心底的情影相吻合。那俊俏的面容，玲珑的身段，清纯的气质，朴素大方的衣着打扮，都与我的想像不差分毫。上天呵，你到底还是公平的。我欣喜欲狂，全身打战泪眼蒙眬地向她走近。

千真万确是她了。我们两个手中的"红线"对上了号。我们相距一米的距离，彼此面带着有些不自然的微笑看着对方。"红线"不过是一种媒介一个借口，使命只限于为我和她之间建立起来联系，现在已经联络上了，就好比电话已经接通，余下的对话就完全是我们自己的事了。

然而我却不知道该如何开始。虽然她并非我平生所接触的第一个女孩，但我仍然感到不知所措，她那微笑着的可爱面容令我陷入了滞然迷离状态之中，我的思维就此中止。

我们就这样相互凝视了好久。天色越来越暗，黑沉沉的夜幕已悄无声息地取代了蓝色的暮霭，街灯显得分外明亮。

还是她打破了这尴尬的沉默。她轻启樱唇，用天国仙音般的美妙嗓音向我发出了问候。

我赶紧回答。

交谈就这么开始了。

尽管与她交谈令我心花怒放，但我很快意识到不能老在街头和她交谈，那实在有点不像话，再者天色也实在暗了。于是在我的提议下，我们走进了不远处的一间咖啡厅。

在柔和温暖的灯光下，我和她像店内所有的情侣一样，在属于我们自己的空间里窃窃私语。

在实际上相当漫长但感觉短暂如白驹过隙的交心中，我无比清晰无比真切地感受到了真挚的爱情和无上的幸福。她真是我的梦中情人，而我也正是她心中的白马王子，我需要她，她也需要我，郎有情，妹有意，我们情投意合，我们实实在在是天造地设的天生一对。

到了不能不分手的时刻了，我们在十字路恋恋不舍地相互顾着分道扬镳。分手之际，我们山盟海誓，相约来日一定相会。

从此之后，幸福之门向我敞开。她的介入彻底改变了我的生活，那变化的程度之大，就仿佛一间无门无窗的黑屋子的房顶被突然整个儿掀掉了一样。世界从此变得美不胜收。春日，我和她来到自然公园，尽情品尝花儿的芬芳和从前令我焚骨燃心般渴求的蓝天白云和绿色山林。夏夜，我们在温柔夜色之中缠绵悱恻。秋天，我随她到我们都有向往已久的苍茫大海上随波漂游，在游艇甲板上享用咸味的海风和火红的朝阳。冬季，我们在积雪的高山上呼啸滑行而下，感受高速度和凛冽寒风带来的刺激。她真正是一个天使，总是能给予我我所想要的东西。她那源源不绝奉献给我的温柔爱意，彻底抚平了我心上的累累伤痕，使我终于感受到我确实是活着的人，我是在生活。她拯救了我的生命，能得到她，也是我的造化。我真是幸福，真是幸运，我诚心诚意地爱她……

到此为止吧。

微电流对神经末梢轻微但却十分清晰的刺激使我睁开了双眼。大约只是心跳一次的时间，幸福的幻影便无可挽回地烟消云散了，正常世界的正常现实以排山倒海之势向我席卷而来，迫不及待地收复着它仅仅只失去了片刻的失地。

我缓缓摘下罩在头上的虚拟现实梦幻娱乐系统的电脉冲信号输出头盔，随时手搁在一边，木然凝视着汹涌而至的现实生活。如同沸汤泼雪一般，温柔甜蜜的爱情和幸福的感觉一触即溃，片刻就被赶杀得落花流水片甲不存。没有她，没有风花雪月，没有令人心醉地都市暮色中的初次相会，没有咖啡厅里的绵绵情话……没有！什么都没有！

我的心在疯狂地嚎叫，狂躁恼怒的感情已经彻底淹没了它。我努力克制着正在我体内乱窜的想跳起来乱砸一通的冲动。我恨这儿！我不要待在这儿！我曾花了不计其数的时间和精力努力使自己不要憎恨此地，但我的恨意却固执地越烧越旺。

我不清楚地球上是否有人憎恨他们那蓝莹莹的故乡，反正我怎么也无法彻底消除这憎恨。因为我的故乡无法令我爱它。想想多么可怕，到目前为止我生命的所有时光，都是在这儿渡过的，这么十几间舱室就是我从小到大的全部的生活空间（工作空间除外）。这是多么的不公平……叫我怎么能不恨呀？

我慢慢站起身来，噼啪作响的关节令我皱起了眉头。究竟何时我才能离开此地到一个更广阔的天地中生活？再在这个鬼地方待上几年，恐怕我全身的关节都要锈死了……我哀愁地环顾这间已熟悉得令我厌烦不已的密闭舱室。

这间舱室近乎实心。虽然各种物品都是依电脑测算出的最节省空间的方案摆放的，但仍显得拥挤不堪。无药可救了，它的面积就只这么点儿，有什么办法？

舱室里堆放的都是各种外层空间生活所必需的设备，正常生活所需的各种家具就只好委屈一下折叠着存放在几个壁橱里，用时才允许它们舒展筋骨。衣物什么的扎扎实实地塞满面了衣橱，衣橱下面就是我的床，这张安放我三分之一生命的床嵌在舱壁之中，很窄，仅容身而已，每次租来广告上信誓旦旦"包君满意"的人造电子美人，都因太挤而弄得很不尽兴……呵，只有如刚才在梦幻之中那样在宽达三米的宽大柔软的水床上与心爱的人尽情缠绵，才能令我心生不虚此生之感。

我已经在这难觅一丝生活气息的舱室里浪掷了二十余年时光了！我恼恨得想使劲扯住上帝的胡子，让他老人家低下头来看看我住的地方像不像人的卧室！我过的是什么日子？舱里到处是机器设备，简直像间濒临倒闭的鸡毛小厂的设备仓库……当然，室内最占空间的，就是那套虚拟现实梦幻娱乐系统。这套系统的各个部件横陈竖卧，吞掉了室内不小的空间。可我无论如何也不能没有它呀！

我的生命全赖它给予支撑，不然我简直没有继续活下去的勇气。它是另一个世界的入口，是它帮助我品尝到了远在上亿千米之遥的真正的人间世界的滋味，我由衷地感激它。

我迈开脚步向舱门走去。这间舱室就是个罐头盒，没有窗，只有门，门外则是另一间没有窗的舱室，舱室与舱室首尾相连，组成一个环，这个小小的环形世界就是我从小到大所居住、生活的世界，除此我再未真正踏足过其他任何有人类居住的区域。

我慢慢地走着，穿过一间又一间的舱室，其间只有密封门开启所发出的嘶嘶声，除此万籁俱寂。没有一个人，所有舱室均杳无人迹，只有我在茫然地不停走动。

人都上哪儿去了呢？我困惑不解。我似乎记得从前这个地方还有其他的人的，他们和我在这里一同生活，一起工作……确实如此，我绝对不是一直独自在此生活。可是他们到哪儿去了呢？他们又是谁呢？我想不起来了……不，不是想起来了，而是……我根本就不愿去想。我的思维的焦点如同受惊的小兔，不停躲闪回避，拒绝执行回忆这一指令。我因此而困惑不得其解。这究竟是怎么一回事呢？咳，我究竟为什么独自一人置身此地？为什么人们都抛弃我呀？

没有答案。我仍孑然一身伫立于空荡荡没有人迹的窄小舱室之中。

静立良久，我再也压制不住烦躁的情绪了。这密闭的窄小空间令我郁闷令我窒息，几欲发狂。我再也无法忍受下去了。于是我像从前一样，迈步走向锁气室。

穿好太空服，我关上了锁气室的耐压门。真空泵抽吸空气的呼呼声不一会儿就微弱下去了。当锁气室内的气压接近于真空之时，通向太空的舱门开了。

黑沉沉暗幽幽的宇宙凶猛地吸吞着锁气室的微弱灯光。星星们的光芒清晰但带不来半点温暖，犹如冰凌射出的冷森森的寒光。好在小行星所反射的太阳光还比较可观，我才好歹保持住了精神上的稳定。但是我的心仍然好一阵慌乱，我害怕黑暗。

　　太空服上的喷气推进器轻轻将我推离我的……家。家……我连回首看它一眼的兴致都没有。这种廉价的太空居住系统，说白了就是一截粗大的弯成环形的双层空心金属管子，外面裹着一层太阳能采集面板，夹层里是厚厚的防辐射材料，里面的空心部分就住人，而环的圆点部位则是对接口，由辐条状的四条过道通向居住舱室，我们平时大部分时间就蜗居于这么个不折不扣的弹丸之地，依靠从定期货运飞船上购买生活必需品在这令人发狂的黑漆漆的阴冷太空中坚持生存。在如今的太阳系里，这样的居住系统到处都是，许多的冒险家和他们的家人都以它们为家，在太空中安居乐业。但我怎么也不愿意承认这种地方就是我的家的，不，我的家不应该是这种样子……我想呼吸的是大自然中的空气，而不是罐子里的空气；我想吃真正从泥土里长出来的食物，而不是在太空"农场"的储水泡沫塑料里采用工厂化生产方式生产出来的东西；我想走在五光十色令人眼花缭乱心动神游的都市街头，而不是伸手不见五指的死气沉沉的宇宙；我想怀抱着真正血肉丰满有喜有怒的活生生的地球女孩，而不是和一堆电子元件做爱；我渴望仰起头便能看见温柔的蔚蓝天空和可爱的白色云朵……我的家应该是在地球上的！天经地义！

　　小行星在向我靠近。它的身上向阳处纤毫毕现，背阳处恍若虚无，一副阴阳脸。我也厌恶它，它所给予我的感觉和我的那个车轮似的……家相比好不了多少，若不是实在根本无处可去，我才不肯踏足在它身上呢！

这颗直径八百多米的小行星和我的"家"简直就是一对暹罗双胎，它们之间有好多根钢缆相连，系死了，所以它们只能彼此相伴存在于宇宙之中。这一点，似乎也暗示着我无法离开此地，无法！

着陆了。我关掉喷气推进器，迈开脚步开始行走。我要摆脱正在头上宿命般永不停息地旋转的那个"家"。不用担心什么，这颗小行星我了如指掌。我从七八岁时就开始在它上面像个童工似的苦干不止，还有什么神秘陌生可言？

群星犹如钉在黑暗天穹之上的明亮宝石，太阳的光芒虽然相当可观但却无法彻底驱除黑暗无涯的宇宙向我心中灌注的寒冷与恐慌。我感到难以忍受的孤独。我一边在几乎没有重力的小行星上努力保持身体的平衡，一边全力用目光搜索星空。我知道自己找寻邻居的努力是一种徒劳，虽然主小行星带的小行星多不胜数，但想用人的肉眼看见相邻的小行星却几乎是不可能的事。然而我仍然翘首扫视，徒劳地寻找着。

我的身体与太空服内衬的摩擦声在太空服里回荡，除此一片寂静。

我终于看见我的真正故乡了！亮莹莹的地球犹如上帝的眼珠，在高天之上注视着我。

地球呵，你可知你在我心中的地位是多么的重要，你可知我对你的向往与渴求有多么强烈，你可知飘零宇宙之中的游子的寂寞与痛苦，你知道吗？我慢慢落到地面，双膝轻轻着地跪于异星的表层，又一次双手合十仰头从这宇宙的孤岛上注视着我的真正故乡，无声地祈祷着：我要回去，我想回去！这是发自我心灵最深处的呐喊。

这时我的耳中真正听不见任何声音了。绝对的寂静。只有我心灵那沉默的呐喊在我体内回响。

许久之后，我站了起来。现实还是不肯后退半步，祈祷终归还只是祈祷，我回到地球的愿望还是必须再苦等一段时间才有实现的可能。我必须耐心等到到攒够那笔钱之后，那笔法律规定的在外层空间谋求发展的人要取得地球永久居留权所必须缴纳的天文数字的钱。

　　这是一条专横的法律，制定于人类向太空大规模移民的同时，专门针对到太空来寻找出路谋求发展的私人小业主，作用是防止他们牟取暴利，尤其是不能让他们膨胀到形成势力，从而影响到地球经济圈的稳定，导致难以控制的后果。事情很简单，谁都看得出太空资源开发产业投入小收益大，获利极巨，地球经济圈在与空间经济圈的交换中将会处于极为不利的地位。不平衡肯定将带来矛盾，而这个矛盾如果处理不当，极有可能形成一场巨大的灾难。巨量新资源的飞速输入和资金的大量外流必将导致流动、混乱，以及破坏。原本早已成型并已发展成熟了的地球经济体系有可能彻底被冲得七零八落，世界会发生天翻地覆的变化。究竟会有什么后果，即使最先进的电脑系统也难以准确预测……

　　所以太空开发事业不可以放任自流，更不能发展得太快，必须加以大力控制，因而完全有必要动用行政司法势力和强硬手段。于是，这条法律就这么诞生了。

　　法律规定：所有想在外层空间谋求发展的人，从他离开地球的那一刻起，他就自动地失去了地球公民的身份和权利，今后要想回到地球定居，就得拿出钱来，否则就只能在太空"村落"里生活一辈子了。大体上就是这么个意思。

　　不仅如此，双边贸易也由官方垄断，太空小业主只能向政府出售他们的产品，也只能从政府手中购买必需品，违者以走私罪从重处治。这是一种以不平衡对付不平衡的方法，政府以很低的价位收购矿产制品，而售出的必需品却价位奇高，这样太空小业主们的利润就被狠狠削刮了好几层。此外运输也由官方彻底把持，那运费自然也……另外还有惊人的资源税和管理费，贷款利息更如一头双目眈眈的饿虎……没有任何二话可讲，任何人都知道这一切合法不合理，然而但凡太阳的光芒可及的范围内已不存在讲理的地方。

本来，如果太空开发事业完全由政府官方独营就不会出现这种麻烦事了，但官方独营的生产方式自古以来就是腐败、低效率、低质量、高消耗、高浪费的代名词。再者太空中的小行星也太多了，并且太分散，仅在主小行星带，直径一千米左右的小行星就达五位数，直径一百米的则至少多了一个数量级，更小的那就没法精确统计了……由官方来开发实在不好管理。政府费尽九牛二虎之力霸占了直径上百千米以上的"大块头"——其中大部分仅仅只是封禁了起来，其余的只好让个人或者小集体来开发。

但是，政府的宏观控制实在干得漂亮。地球经济圈在稳定中得到了快速发展和繁荣，却没有出现动荡局势，也没有经历阵痛。而太空小业主们也没有能"一夜暴富"，更没几个最终建立起了那种尾大不掉的超级公司，这就防止了新型贫富分化局面以及各类不良社会后果的出现，更防止了太空公司对地球经济的控制，也阻止住了对太空资源的破坏性的疯狂开采。虽然这种环境对小业主来说似乎不太公平，可虽然难成巨富，捞一把发个财回地球还是不太难的，所以还是有不少的人愿意到太空中来碰碰运气，并且生活。

太空中的生活绝无轻松愉快可言。母亲的温暖怀抱我没有享受太久，严格的训练我自小就开始接受，七八岁就已开始干活，从此一直劳累至今。其间我同冷酷的太空、官气十足的蛮横的地球政府官员、危险的走私贩子、狡猾的必需品供应商、脾气暴躁的运输飞船乘员斗争不息，全力把自己磨炼得刀枪不入百毒不侵心如铁石。很早我就悟出了在这蛮荒之域是没有脉脉温情的地位这一真理，我只能像一头野兽那样拼命搏斗不止，而不可以像天使一样沉溺于爱的海洋。放松的办法就是逃避到虚拟现实娱乐系统所营造的缥缈梦幻之中，或是出钱租个有性程序的人造美人来搓揉一顿……这就是我的生活。

肯定有人喜欢这样的生活，但是我对它深恶痛绝。生活不应该是这个样子的呀！虽然我账户上的阿拉伯数字几乎可以令每一个土生地球公民看了无法无动于衷，但对我却没有什么吸引力，我百分之百愿意用它们来换得在地球上的永久居留权。地球在我眼中，真是可望而不可即的遥远天堂，我不知我的手何日方能抓住天堂的门槛，从而从这地狱之中挣脱出去？多少次，我从美梦之中恋恋不舍地离去，面对这冷酷的现实失声痛哭。我其实根本做不到刀枪不入百毒不侵心如铁石，从未为我所拥有的脉脉温情以及幸福美满的生活向我射出致命的诱惑，令我深陷沙漠深处垂死者一般的痛苦之中。这痛苦日复一日地折磨着我，除非回到地球，我不能得到解脱。只要能回到地球，我甘愿付出除生命以外的任何代价。

然而我就是实现不了这个愿望，有人一直在阻止我。

谁？是谁在阻止我？我恼怒地发问，同时举目四顾。

目力所及之处，一片片白色的斑块漂浮在黑暗的虚无之上，并无任何人迹。

我转动身躯慢慢扫视。

蓦地，一块反光的金属铭牌突如其来不由分说地闯入我的视野。

那是一块墓碑。

专为太空冒险家们设计制作的墓碑。

可是它下面埋葬着谁呢？

我回忆着。

但奇怪的是我的脑中仿佛有一个坚硬的硬块，它阻滞了我的思维，使我什么也想不起来。我想走过去看一看，但是我的双腿却不执行大脑发出的命令，它们固执地僵直不动，不肯向前迈动。于是我只好站在原地皱着眉头苦苦地在漆黑的记忆中摸索。

渐渐地，我感到了一种震颤感。这种感觉很奇特，它很轻微很轻微，但却撼动了我全身的每一个细胞。我屏住气，全身心沉入这种似曾相识的感觉之中，回忆着。

震颤感在不断增强，同时我脑中的那个硬块也逐渐受震松动了，被封闭着的昔日之光星星点点地透了出来。不知为什么我的心慌乱起来，恐惧如同黑色的影子，从地面缓缓向我身上爬升。

震颤感猛烈地摇晃我的全身。哦，对了，这种感觉是……是凿岩机在震动！是我在手执凿岩机挖掘坟墓！脑中的硬块轰然巨响着粉碎了，可怕的记忆如同滔天巨浪，排空呼啸而出，向我劈头猛压下来！我顿时无法呼吸。

就在这当口，我赫然发现那坟墓之上，站着两个人！两个身穿我再熟悉不过的服装而未着太空服的人影。他们在注视着我。这让我毛骨悚然！记忆已变为了一个正在疯狂喷吐熔岩的火山口，将炽热的往昔抛向我全身每一个细胞。他们……他们……

我连连后退，仓皇间转身拼命奔逃。然而不知为何这颗小小的岩石块的重力竟骤然加大，我仿佛是在中子星上迈步奔跑，每一步都重若千斤，艰难极了！我强烈地感到他们正在一步一步不紧不慢但速度远高于我地向我逼近！我怕得要死，汹涌的恐惧如同熊熊大火，在我背上肆意跳舞，我的意识已濒临崩溃。

魂飞魄散的我使出全身之力于双腿之上，拼尽全力奔跑着。却不料我一下子摔倒了！我只看见异星的大地泰山压顶般向我脸上压来……

"哇！什么人？！"我惊悸大叫，从床上一下坐起身来。

十二平方米的斗室寂静无声，稀薄的晨曦正从窗外缓缓飘进来。我坐在床上，连喘粗气。

惊魂稍定，我感到口干舌燥，全身都是汗。这是他们第几回闯进我的梦中了？记不清了，实在记不清了……我竭尽全力拒绝回忆，可是梦境之乡不归我的理性管辖，这实在是一件糟糕的事情。

我无精打采地起身下床，走到门旁的简易洗脸池边，把头伸到水龙头下，拧开水笼哗哗狠冲了一气。

待清醒一点之后，我双手撑住水池边缘，任凭头发上的水珠嘀嘀嗒嗒滴在池中。至此我才相信自己确实已从梦魔之中解脱。

我擦干头发，穿上外衣，胡乱弄了点东西塞进胃里，戴上工厂配发的工作帽，开门走出了这间我租下的廉价小旅店的客房——现在这个人生之河上的孤岛就是我在地球上的家。我得去上班了。

走上这条全镇唯一的商业街宽阔得令人寂寞的路面，我深深地吸了一口清晨的清新空气。这样的空气对我来说比咖啡更为有效，这是真正的大自然中的空气，我的精神为之一振，这更进一步证实了我确实就身处地球的大气层之中。

清晨的薄雾正在散去，这座镇子正在醒来。这镇子确实还不错，环境很好，有青山，有碧水，有绿野。规模也还可以，五脏俱全，该有的基本上都有。至于人口嘛，在一万以上哩！真的不少了，在如今依靠空间资源的输入而遍布硕大无朋复杂无比的巨型都市的地球表层，乡村小镇能保住这么多人口真是相当不简单了。打了激素一般狂长不止的都市提供了无数诱人的机会，毫不留情地将人们大口大口地吸吞了进去。幸存的一些村镇依靠养殖在都市中销路还算不错的天然农产品和花卉，得以苟延残喘，勉强支撑了下来。这个镇子之所以还有万把多人口，经济上全赖有个规模相当可观的养鸡场存在。我就在这个肉食品供应股份公司下属的鸡肉加工厂干活。

进了厂，我换上工作服，准时站到了我的岗位上。我的工作就是手执利刃，一刀一个切割挂在生产流水线铁钩上、已由机器宰好褪了毛的肉鸡的左胸脯肉。就这么简单，一个来了，先伸出右手抓住，再用左手挥刀一割，下来了，好，下一个。挺简单的工作。

我之所以能找到这份工作，唯一的原因就是因为我是个可以左右开弓的人。切割鸡胸脯肉必须人的灵巧，这活计对智能机械的要求不低，所以还是用人成本低些，但普通人不方便切割左胸脯肉，非我这样的人或者左撇子不行。

刚刚宰好的肉用鸡身上还有余热，有时肌肉都还在抽动。刚开始的那几天我认定自己是干不了这种活计的，但四十多天过去了，我再也没有了感觉，只是机械地切着、割着，来一个，切一个……

人类从来就没有尊重过生命。出生于太空的我以前从来不知道生命原来竟是这么的贱，这么的不值钱。看看这些仅用不到两个星期就育成催熟的鸡，在它们还根本不明白生命和世界是怎么一回事时，就上了人类的餐桌……人类一直在没命地吞吃从世界上榨取的资源和生命，身躯因此而不断膨胀，同时胃口也以几何级数增长，于是更加拼命地吃、喝！于是身躯愈加长大……人类的所谓文明便是依靠这种方式才得以建立、维持、发展、壮大的。我，就是因此而被抛进了冰冷冷的太空……可这一切又有何意义呢？我所遭遇的痛苦命运，我所受的那么多年的苦，我所付出的惨重代价，其意义究竟是什么？我其实与眼前的这些鸡没有什么本质上的不同。

但是我不能往深处再想下去了，也不能因此而感到点儿什么，我必须留着神儿，这样才能跟上机器的速度，同时避免切伤自己的手。

本来我完全可以不用干这种辛苦危险的工作的，只要我回到地球当局为我们这种人专门划定的社区，我就又能通过社区的专属银行动用我的财产了。我的财产虽然被地球当局想方设法地削刮了好多，但余下的部分仍然足可供我在地球上受用无穷。然而在地球上，正常的人都应该工作，工作自古以来就是人类生活中很重要的组成部分，人类谓之"事业"，所以我也必须找个工作干干，我不希望我在付出了那样惨重的代价才回到地球后却过上了不正常的生活。

漫长的上午终于头也不回地从我身边走过去了。我放下刀子，脱掉工作服，出厂到街对面的快餐店去吃午饭。

快餐店的伙食味道相当不错，至少比我从前在另一个世界中吃到的东西要有滋味，无论如何也要强，因为这是从真正的泥土里长出来的我认认真真的咀嚼着。

店内的人不少，其中相当一部分是我的同事，他们全都三三两两扎堆儿坐在一起，互相交谈闲侃说笑，只有我一个人孤单单地坐在角落里。一个多月过去了，我和他们基本没说过什么话。回到地球这两年的遭遇使我多少变得聪明些了，我知道我这样的人是不可以轻易和土生地球人交朋友的，因为我无论如何都不能让他们知道我是从外层空间回来的人。倘若我不够谨慎，让他们知道了我的身份，他们之中绝对会有人霍地跳出来对我大加刁难，想方设法地伤害我，在我身上肆无忌惮地施放他们那莫名其妙的怒火，而我不能奢望会有人同情我。这是不可以存有侥幸心理的，不信可以去看看电视新闻。

许多土生地球人都恨我们。没什么别的原因，就是因为我们的财富。他们称我们为"该死的暴发户"，对我们比他们有钱这一点怀有近乎变态的刻骨仇恨。他们认定地球上的一切不公、罪恶和丑恶全都是我们在地球经济活动中兴风做浪所致。这与历史上土生地球人中的犹太人由于太会赚钱结果得罪天下是一个道理。人类向来就有这个爱好，耐心翻翻历史书就一清二楚了，人类其实自丛林中走出来的那一刻起，就不再是一个整体了。我们的出生地不在地球上，这就给了他们一个再好不过的不把我们视做同类的理由。

不过，话又说回来，事实上我们之中的相当一部分人也确实是在兴风作浪。大多数人之所以甘愿忍受危险清苦的太空生活，为的就是钱，攫取财富简直就是他们生存的唯一目地。好不容易吃尽苦头聚敛足了资本，怎么可能叫他们不再继续攫取？回到地球，他们就利用手中的巨额资本在投机市场上翻江倒海，或是四处投资，抢占有利可图的行业。这如何不招人恨？我也跟着受了连累，不得不时时刻刻小心留神，并用沉默和距离感把自己保护起来，结果落得孑然一身。

虽然如此，我仍然认为我从那种专为太空回归者设立的社区中逃出来是正确的。天哪，在那种地方，全部都是从外层空间回归的人，真是叫人发狂……我千方百计逃避回忆，但那儿尽是过去的烙印：书籍、绘画、建筑物风格、自办的电视节目、网上的信息、人们的服饰以及言谈……统统不离对过去的追忆。我不明白这些人为什么那么迷恋过去？真是见鬼了，要是喜欢外层空间的生活，干吗又要回到地球呢？为什么？为什么大家都不害怕回忆？在这种地球上的"太空村"里，我的恐惧显得那么格格不入，我因此而感到压抑，感到孤独，感到窒息。然而我只能一个人在黑夜中的高楼之顶独自嚎叫。

我出逃了。那种社区是给予不了我一直渴望的生活的，在那里我连内心的平静都得不到，触目皆令我伤怀。天哪，我不应该不顾一切地回到了地球却还是得生活在过去的阴影之下呀！在那里，我不敢与别人交朋友，不敢去爱中意的女孩，随时随地，都有可能被某件东西勾起盐酸一般的回忆……这不是真正的地球生活！除了出逃，我看不出还有什么别的出路。

午饭不一会儿就吃完了，还剩下了半个多小时的空闲时间。我买了杯饮料，懒散地坐在椅子上慢腾腾地啜饮着。

这种时候最是令人难于忍受。因为寂静。这镇子最大的缺点就是太安静了，有时静得让人恍惚觉得整个镇子就是一个巨大的墓地，而居民就是一群群半透明的、雾气一般、来去悄无声息的幽灵，就像是一部古老的名叫《帕斯卡尔》的系列卡通片中的形象一样。

我害怕呀。虽然外面艳阳高照，但是我却不敢离开人多的地方，不敢走到中午时分静悄悄几无人迹的大街上，就好像那儿如同南极极点一般寒冷似的。

这个镇子我是颇为喜欢的，我在出逃之初并没有什么明确的目的地，只打算哪儿能吸引我就在哪儿驻足。我前后在六个都市和小镇居住过，目前看来这里最能吸引我，但缺点就是太安静了。没有办法，镇上的日常生活实在百无聊赖，绝大多数人都是一回到家就锁上门一连看上四个小时的电视，或者是在网上流连直到深更半夜。孩子们依靠和网上素昧平生的高手较量游戏技艺来获取童年的欢乐，这就是所谓的正常世界的正常日常生活。他们实际上也生活在封闭的舱室之中。这样的生活模式多年一贯制，早成了历史悠久的传统了。我无可奈何地叹了口气，站起身来，走到自动点唱机前，投了枚硬币，随手在显示屏上触了一下，随便点了首歌，然后回到了我的座位上。

由于我开了个头，陆陆续续不断有人点歌。这可太好了，可帮了我的大忙，寂静被暂时驱除了，我心头的压力因此而得以减轻。我就在这些没油没盐的犹如夏日蝉鸣般的歌声中艰难地消磨着这僵硬坚固的午休时间。

总算到了下午上班时间了，我和工友们一起再一次走进车间，开始继续为人类的文明而残害生灵。

下午我的情绪总是要高一些的，因为下班后我可以见到我所苦苦追寻的东西，我熟练利落地干着，心中期盼着下班铃声早些响起。

就在我累得以为下班铃声永远也不会响起的时候，它响了，于是我赶紧放下刀子洗手、换衣，把帽子塞进衣袋，好好梳了梳头发，向快餐店走去。

还好，靠窗的座位还有几个。我利索地买了一份饭，坐到了一个这样的座位上。

就要来了，时间就要到了。我已无心咀嚼食物，只是侧着头目不转睛得盯着窗外。

窗外的大街上洒满红红的阳光。夕阳犹如佛祖的慈悲心怀，普照十方。遥远的天边，巨大的火烧云宛如一座硕大无朋的充满童话色彩的城堡。也许，在那片火红的天地里，就居住着白马王子和他的公主。两人相识于花前月下，不幸有恶魔阻于他和她之间。不过这恶魔的存在只是为两人的最终结合制造波折，以显王子的勇武和公主的忠贞，而不能真正阻止两人的最终结合。王子费了一番手脚，最终还是切下了魔王的首级，理所当然地得到了他的战利品——公主，于是从此两人幸福地生活在红色的城堡中，再也没有了烦恼、痛苦以及悲伤……咳，幸福若是如此这般便可以到手，叫我和真正的山中猛虎赤手相搏我也干……

她出现了。

我的心如遭电击一般猛一下撞在我的胸腔壁上，我一口气噎住，赶紧抛掉脑中乱七八糟的幻想，举目注视着她。

正是她吸引我留在了这个小镇。

这个女孩无疑是个美人，身材窈窕，鹅蛋脸型，长发飘逸，玉肤欺霜。但这些都不是最重要的，最重要的是她是我回到地球这两年所见到的最像我梦中情人的女孩。她的发式、她的气质、她的身材、她的脸型、她在服饰上的爱好，甚至她走路的姿势，都和我梦中的那个温柔的幻影相当接近。红尘之中恐怕再也没有人比她更像她了，就仿佛冥冥之中真有那么一根红线在牵引似的，我被牵到了这里。我由衷感谢上天的安排。看着她轻盈盈地向我接近，我感受到了曾经体验到过的激动与兴奋，呼吸随着心跳快速加快，眼底能清晰地感受到血管的脉动。

她就在不远处的镇政府里上班，每天的这个时候，她都要经过这条街，所以我每天都于此刻坐在窗前，等待她的出现。

她越走越近。我全神贯注地注视着她。她那随着微风轻轻飘动的白衣和蓝色长裙以及黑色瀑布一样的长发使她看上去宛若云中仙女。血液在血管里快速流动的感觉清晰地从全身汇集到我的大脑中枢。是的，是这种感觉。就是这种感觉促使我在梦幻之中那么用力地拥抱着她。这就是爱与希望的充满魔力的甜美感觉啊！我就是为了这种感觉付出了那么沉重的代价……我认认真真品尝着这种感觉。

她低着头旁若无人地轻轻走着路，目光害羞一般低垂着不肯升起来。不过我仍能看清她的眼神，我看见她的眼中透出一丝倦意。也许除了我之外，镇上所有刚下班的人眼中都有这么一丝倦意。

我怎么会有倦意呢？我的心正在疯狂地跳动，全身都在因激动而微微颤抖。虽然此刻的感觉确实不如从前在幻境中那么强烈，她也比我的那个梦中情人逊色一筹，但我仍然更愿意品味现在的感觉，更愿意欣赏与幻影相比并不算完美的她，因为这些都是真的，不是虚幻。她是真的，我的感觉也是真的，幸福就在距我数米之遥的地方。我贪婪地品味着，每一微秒都珍贵无比。

她走到我的眼前了，我只觉得她行走时所搅动的温馨的空气在触摸我脸上的皮肤。世界真美啊！这时在我眼中，一切都是那么的美丽，阳光、空气、街道、人群、楼房、山峦、云朵……无一不在颤抖、晃动，这与当年虚幻之乡中的都市街景给我的感觉一样。泪水悄无声息地将世界浸润于模糊之中。轻轻的抽泣之声从我的唇间淌入耳中。值啊，真不枉了我拼尽死力回到这里……一瞬间我陷入了滞然迷离之中，恍惚间只觉得梦想已经成真……不知姓名的女孩啊，你可知你身上寄托着我这一生全部的希望……

然而她根本没有意识到我的存在。她无动于衷地从我身边轻轻松松地走过，扬长而去……去继续属于她自己的生活。也许，她的情人正在等待着她的轻吻。我的目光追随着她的背影，一点点在夕阳下的大街上移动，直到她消失在一条岔路口。

我颓然地垂下头，一阵淡淡的忧伤悄然袭来。只是片刻之间，这稀薄的忧伤迅速转变为了浓重的悲哀，汩汩地把我一点点淹没。

黑夜又要降临了，一天又要过去了……这就是我的生活，在我真正的故乡的真正的生活。

我并没有得到我想要的生活。

一个人要想拥有真正幸福的人生，至少必须拥有三样东西，那就是事业、爱情和朋友。可我却一样也没有得到，两年了，我依旧孑然一身两手空空地伫立在这陌生的故乡。

这就是我的生活，这就是我付出了惨重的代价才得来的生活……就是为了这样的生活，我故意没有将爸爸的太空服生命保障系统的电充足……

爸爸是一个胸怀大志雄心勃勃的人，他年轻时就诀然地带上深深地爱着他心甘情愿跟随他到天涯海角的妻子——也就是我的妈妈，凭借贷款在小行星上建立起了他事业的开端。他与那些到太空来干"一票捞"买卖的投机者截然不同，他轻蔑地称那些人为"目光短浅的鼠辈"。他的志向根本不是仅仅成个富家翁就算了。他无数次向我诉说他的理想他的希望他的宏图大业：他要成为太空开发时代的福特、洛克菲勒和比尔·盖茨。他说在一个已然发展成熟的经济圈里，自由奋斗的斗士的主观努力已是不足道哉的东西，资本才是决定一切的魔杖，所以普通人在地球上可以说是没有机会的，飞黄腾达的唯一希望，在太空。太空开发事业才刚刚起步，而刚刚起步的事业总是能造就伟人，因为机会遍地皆是。此时不取，悔之晚矣，先人者必为主，富翁算得了什么，大丈夫必须成为历史的一部分！所以尽管几乎一无所有他仍不顾一切地闯入了太空，立志要创立一个足可以在历史上留下痕迹的公司帝国，一个太空矿业托拉斯！

可我却偏偏是个胸无大志的不成器的东西。我不能理解他的雄心壮志，不能理解那个小小的太空矿业作坊对于白手起家的他有多么重要，不能理解为什么偏偏是我出生在这冷酷黑暗的太空，更不能理解我为什么从七八岁起便得像个童工似的在那颗丑陋的小行星上拼命干活。妈妈的温柔使我知道生活还有另外一种样子，我很小就本能地向往着那种生活。随着年龄的增长和对信息的理解能力的日益加强，我的不满与日俱增，艰苦危险的太空开发生活令我越来越强烈地向往着地球上的幸福生活。虽然在几次冲突之中爸爸的态度极为强硬，但我在内心深处仍然还是认为他最终是会将攒下的钱用在购买地球居留权上的，我不相信会有人对地球的巨大吸引力无动于衷。我一直在盘算着漫长等待之后回到地球怎么充分享受生活的芬芳。

直到爸爸又买下了两颗小行星并把钱全投在了购买设备招募人员组建公司上之后，我才真正彻底认识到我和他之间的矛盾不可调和，即使妈妈的温柔也不行……看着业务拓展给他带来的无可比拟的欢欣，听着他所说的"这才刚刚开始"的话，我绝望地意识到此人的铁石之心无法打动。我曾花费了无数的时间来设计我回到地球之后的生活，却原来只是镜中之花，极度的失望令我愤怒到了极点！我气疯了！于是我……

事发之后，没过多久，妈妈也死了，她真正是病死的，不是我……由此我才得以卖掉公司回到了地球。

我的双手十指在桌下可怕地绞在一起，咕咕作响。我将额头抵在桌沿上，全身缩成一团，龇牙咧嘴地忍受着此刻突如其来的无可形容的足可以撕裂我的灵魂的巨大痛苦。"不是我的错……"我艰难地挤出这一句话，申辩着。我现在不敢也不能相信那可怕的事是我干的。不！不可能是我干的呀……我一直在追寻铸成大错的真正元凶。但我至今也说不清究竟是谁造成了这一切。究竟是不是我呢？

究竟是谁呢？

过了好一阵子，可怕的痛苦痉挛终于熬过去了，我全身放松，但仍保持着原来的姿势，一大口又一大口地连连喘气。我发觉自己今天又一次全身被汗水浸透。我没有得到任何我想要的东西，而可怕的十字架却已死死钉在了我的背上，再也不可能卸下了……

大致恢复了常态后，我抬起头来。天色已暗，店内已经亮起了灯，一些食客惊异的神色刚刚收敛，又若无其事地吃喝交谈起来。我把目光移向自己的晚饭，晚饭才吃了一半。我呆呆地看了它好一会儿，终于决定把晚餐继续下去。

我慢慢地一口一口地吃着，也不嫌饭凉。我认认真真地把饭吃得半点也不剩。

出得店门，并不显温柔而是给人以肃穆悲凉之感的蓝色暮霭已罩定大地，凉凉的晚风在小镇的街道上快速流动，星星点点的灯火犹如正准备跃入天空的群星。我深深地吸了一口气，肺叶给扯得向上一缩。我决定了：明天，再一次见到她之时，我无论如何也要鼓足勇气向她送上第一束鲜花。我得追寻下去，我必须追寻下去，追寻我的爱情我的事业我的朋友，追寻真正幸福的生活。沉重的十字架也好，间或袭来的可怕痛苦也好，危险的仇恨与敌意也好，苍白乏味的现实生活也好，她的冷漠与毫不在意也好，都不能阻止我继续追寻。因为我已没有退路。倘若我消失于黑暗之中，整个世界，地球也好，外层空间也好，已没有人会为我而哭泣。所以我必须怀着殊死的决心全力以赴生存下去，追寻下去，直到我真正抓住我为之付出了无比惨重的代价的东西为止。到那时，我想我就可以幸福地生活下去了，漠漠红尘之中就会有人为我的不幸我的痛苦而哭泣了。

我裹紧上衣，低下头，快步冲入黑沉沉的夜幕之中。

陈虹羽 ────● 回归
　　　　　　濒死体验

一

　　我现在的生命是一坨白色，灰色，黑色。没别的了。度日如年，醉生梦死，苟且残喘。余下的时日毫无意义，守株待兔般等死。如果不是需要钱用，我甚至连上班都不愿意去。剩下的闲暇时间，我坐在任何可以坐下的地方发呆，脑子里总是反复念着老纳博科夫的那一句"……我的生命之光，我的欲望之火，同时也是我的罪恶……"一边念，心一边往下坠。我听见灯光被关掉的声音，火焰被熄灭的声音。每一声，都像刀一样刻蚀着我的灵魂，我的梦，我的命。

　　我的生命之光没了；欲望之火，熄了。小迪的脸仿佛跟我隔了一层水。沉下去，沉下去。消失了。我在脑中按下重播键，每天如此，时时如此。只要她的脸一消失，我就重播。回忆比不上正在发生的事真切，但总比没有好。

　　她在近岸的浅海里灵活地游来游去，像条捉不住的人鱼。我把装着戒指的小盒子捏在手中，手心沁出了细密的汗。她从海水里站起来，快活地走上岸，朝我挥手道："快来游吧！"

"你先到我这儿来！"海滩是那么空旷，又那样地充斥着水声，我要大声喊她才能听清。

"什么事嘛？"她撅着嘴走向我。

我把背着的手捧到胸前。她看见了那个夜空蓝的小盒子，嘴巴张成大大的 O 形。"小迪，"我单膝跪下，突然又觉得自己穿着泳衣求婚的样子太滑稽了，说话也磕巴起来，"你知道的……我……"

我是个笨嘴拙舌的家伙，同时也是懦弱的家伙。不知怎的，这一刻我竟想起我的邻居，也是高中同学曾恒。曾恒长得很帅，学校里不少女生喜欢他。只有和他住同一宿舍的我们知道，他就一条内裤，正面穿两天，翻过来背面穿两天，周五不穿，周末带回家让他老妈洗。学校的食堂要求同学自带饭盒，他每次都套一个塑料袋在饭盒里打饭，吃完就把塑料袋取下来扔掉，也不洗饭盒。就是这样一个人，却每天都要洗一次头，让头发拥有飘柔般的自信。

我想起的是十一二岁时有一次，他砸坏了邻居张阿姨的玻璃窗。张阿姨四十岁，和一只暹罗猫、一条金毛犬一起住，我们称张阿姨为老处女。很快她从坏掉的那扇玻璃窗后面探出脑袋，扯着嗓子机关枪一般喊起来："狗娘养的小兔崽子，老娘的窗户也敢砸！"她看见有好几个孩子站在楼下，顿了顿厉声问，"哪个干的？"其他孩子哄闹着四下散去了，曾恒也拽着我拔腿要跑，但想了想又停下来，指着我说："张阿姨，是周索瑞干的。我看见了。"他说得信誓旦旦。"不……不是。"我张口想要分辩，但还没说出一句完整的话，张阿姨已离开窗户冲下了楼，一把拽起我的后衣领。"张阿姨，不、不是我。"我怯怯地说。"少跟我装蒜！"她凑到我面前吼，唾沫星子几乎喷到我脸上。曾恒搭着我的肩，挤眉弄眼地小声在我耳边说，"Sorry，对不起啦！"然后一溜烟跑得无影无踪。我感到自己是个被抛弃的、孤立无援的俘虏，只顾着哭，抽抽搭搭说不出一句话。张阿姨把我拖到我父亲那里。父亲掏出几张钞票塞到张阿姨手中，她才转而喜笑颜开。后来，我跟父亲说不是我干的。他说他知道。但他没帮我出头，他只是塞给张阿姨几张钞票。一想起这件事我就悔恨，恨曾恒，恨我自己，也恨父亲。我觉得我的懦弱就是父亲造成的。

而我才意识到自己捧着戒指，一句话都没说完就愣在原地。站在面前的小迪两颊绯红，她笑着露出期待的眼神等我说下去。她的笑比星空灿烂十倍，是我的……是我的生命之光，我的欲望之火，同时也是我的罪恶。我一直用老纳博科夫形容洛丽塔的这句话来形容小迪的一切。她不是洛丽塔，但她是我的全部。

"呃，我是说……"该死，这段台词我上个月背了一百遍，现在全忘光了，"是说，既然我们都在一起三年了……也该，差不多……嗯，你愿意嫁给我吗？"

她抿嘴笑起来。我读不出她这个笑容里的意味。她一直让我捉摸不透，常常蒸发个几天，然后又若无其事地出现。但我很爱她，我希望她嫁给我后不会再无故消失。我紧张地看着她。

"你真傻。"她说，然后自顾自接过盒子，取出戒指戴上。随后她把装戒指的盒子抛进海水中。我还没来得及诧异，她双手一下环到我脖子上，踮起脚亲我。我们在海边搂到一起，幸福像海浪拍打沙滩一样温柔地冲击着我。

如今，这一切完蛋了，玩儿完了，没了。事实上，那之后我再也没有见过她。我们前一天晚上还在海滨有落地窗的房间里温柔地拥抱，第二天醒来，她不在了。

二

电话铃声把我从回忆中惊醒。这个世界上，会主动给我打电话的人加上老板不超过三个。

"喂。"

"小索。"是母亲的声音。

"嗯……什么事？"

"下次过年回来吗？"

"到时再说吧，不是还早吗？"

"工作很忙吗？多注意休息，别老加班。"

"休息，休息，休息！"我情绪激动起来，"说什么想休息就能休息，天底下哪儿有这么好的事！您又不是不知道您儿子有多失败，该不该休息，老板说了算。我说了不顶用。"我克制地出言贬低自己，只有这样才能减轻我的负罪感。如果电话那头是父亲，我相信自己会说出更自暴自弃的话来。但是父亲不可能再给我打电话了。永远不可能了。

"我真不敢相信你会这么说。你以为这样就可以让那些发生过的事消失吗？你爸爸……"

"够了！"我打断她的话。我知道她是怎么想的，她希望我多回家陪她，但她恨我，然而她内心深处又无法放下一个母亲对儿子的爱。没有比她更矛盾的人了。她会主动给我打电话，嘘寒问暖，但说不了三句，她就会开始指责我。我受够了，我想，我永远不会再回家的。这是我之前发过的誓。

"好吧，随便你。"她叹了口气，"你真让我失望。"

"不劳您费心。"说完，我挂了电话。

我叫周索瑞。索瑞，念起来跟"sorry"似的。就像我的名字一样，我的后半辈子，不，是二十五岁的那个冬天之后的一生，都充满了抱歉、失望、痛苦、悔恨。但是，再倒霉的人，一生中也总有些值得怀念的美好时刻。这样的时刻值得每个人去偶尔回味，也值得像我这样的倒霉鬼沉溺其中。

所以，我迷上那个新奇的玩意儿并非偶然。

无论什么时代，酒精永远是失意者的选择之一。现在这个年头人们有更多的选择，但我像几十年前的老古董一样对酒精情有独钟。不因为别的，只是我害怕尝新，害怕改变。每个周末不用担心工作上的事儿的时候，我就会给自己灌上几杯，让自己醉得不省人事，暂时忘掉那些悲伤的回忆。说起来，要说服我这个又软弱又固执又自闭的家伙去试试那个"新玩意儿"，这事儿绝对不容易。当时我肯定头被门夹了，或者是哪根筋搭错了，在阿伦不厌其烦的盛情邀请之下，跟他去体验了一把那个东西。

两百个消费点数一次，每次三分钟。这个价格不算便宜，但还在我能承受的范围之内。那家店看起来很普通。阿伦带我推门走进去，跟吧台的收银员说："开两台机子。"

"您好，一共是四百点。"

阿伦掏出城市一卡通，在电子终端上刷了一下，示意收银员全部算在他账上。阿伦是公司的小白脸，那天我在酒吧独自喝闷酒时，无意中看到他跟老板的老婆腻歪在一起。我终于明白他为何这么殷勤了，他是想探探我的口风。他讨好地冲我笑笑，"瑞哥，你去试试，包您满意。"那浮夸的笑容挂在他脸上，他的嘴都要裂了。我有些反胃，不过看在有人付钱的份上，并未多说什么。

　　本以为是类似于全息 4D 游戏机的设备，一人一个小操控间，进入游戏去体验主角的冒险。疼痛感能真实地反应在肉体上，这个麻木的年代，人们追求刺激。但我想错了。走进隔间的拉门，这里并排摆着十几台像是医院里的检查设备般的机器。一把躺椅，躺椅上连接着很多电缆，电缆终端会夹戴在体验者的身体各部。还有一个头罩。我看到有一个中年男子正从躺椅上坐起来取下头罩，他脸上满是泪水，表情里却没有一丝悲伤；相反，他看上去十分幸福。

　　"这个是干吗的？"对一切兴致索然的我此刻好奇起来，但新事物也总是让我胆怯，"坐上去会发生什么？"我问阿伦。

　　"你试过就知道了。相信我，你绝对会觉得它棒极了。"阿伦眨了眨眼。

　　"你确定只有三分钟？"

　　"是的，只有三分钟。但是，你会感觉过了很久。你在那上面感觉到的时间和现实里不一样。"

　　"是备受煎熬的感觉吗？"

　　"不是，我保证。"阿伦说着，就自顾自地选了一把空着的躺椅坐上去。一名服务生立即走过来，帮他把那些电缆夹戴好。指头上，胸部，颈部……有些像做心电图。"你别愣着，挑一个坐上去就行了。"他冲我说。

　　"我还是先看你做一次再说吧！"我谨慎地回答。

　　"好吧！"阿伦无奈地摇摇头，然后迫不及待地把脑袋伸进头罩里面，舒舒服服地躺下。三分钟很快就过去了，我看不出发生了什么。

他取下头罩，脸上的表情和之前那个中年男子一样，就像在蜜罐里泡了一个月。"喂，这到底是怎么回事？"我走上前问他。

他好像沉溺在自己的思绪里，一时间没有理会我。"喂。"我挥手在他眼前晃了晃。

"真是……真是太好了。"他捶了一下椅子，仰起头努力不让泪水流出来。我站在一旁，默默等他缓过劲儿。过了好一会儿，他才重新侧过脸看我，真诚地说："瑞哥，你一定要试这个。没有试过的人永远不会知道这种感觉。"

当然，在他取下头罩的那一刻我就已拿定了主意。我想知道他们究竟体验了什么，才能在这个漆黑一片的世界里露出那种幸福满溢的表情。我学着他的样子在躺椅上睡好。

准备就绪。

三

我就要死了，然而我不记得发生了什么。我设想过很多种死法，酒精中毒，坠楼，车祸，绝症……不管怎样死去我都可以接受，生无所恋。但是，该死，我不愿意这样不明不白地死掉。我意识到自己即将在永恒的黑暗中睡去，惶恐像藤蔓一样从心脏里长出来，缠绕住全身。动弹不得。脑海里的一道暗门像是打开了。

我在五岁。印象里第一次全家人聚在一起为我庆生。母亲做了一顶滑稽的寿星帽戴在我头上，父亲捧出我最爱的新鲜水果蛋糕。蜡烛插在蛋糕上，一根、两根、三根、四根、五根。它们挨个儿被父亲点燃，在故意调节到最暗一挡的灯光中散发出柔和而温热的火光。我的礼物是一只太阳能蓄电的机器驯鹿。它很小，和一个五百毫升的水杯差不多大。"它是个智能机器人，能陪你聊天解闷。"父亲说道。我听后试着对驯鹿说："你好。"它立刻也说："你好。"我被它可爱的模样逗乐了，咯咯笑个不停。我接连不断地朝它提问，它总是对答如流。父亲把相机固定在三脚架上，按下延迟拍摄按钮。他跑到我这边，和母亲分别在我两侧搂着我，我则搂着那只驯鹿。咔嚓。一张照片。后来这张照片一直挂在家里玄关的墙壁上。这只驯鹿也成了我整个人生中最好的朋友。

　　我在十六岁。以前我从来没参加过什么学校里组织的篮球赛，作为班上外号叫"Sorry"的、一个永远都在出糗的人，班级组建篮球队时，我没好意思报名。我像个小丑一样突兀地存在于这个班级，什么事都没我的份儿，只能作为所有人的笑料。其实我篮球打得不错，爸妈出去工作的那些日子，我总是在院子里投篮直到筋疲力尽。那个篮筐是父亲装上的，固定在一棵很高很高的大树树干上。我运球，上篮，起跳，抛掷。这一套动作我闭上眼睛都能记得。篮球比赛的前一天，回宿舍后曾恒问我："喂，Sorry！你报名篮球赛了吗？你不是经常在院子里投篮？你应该很喜欢打篮球吧？"他说这些话时脸上泛着油腻的笑容，我心底生出难以言说的厌恶。我懒得理他，只摇了摇头。他嘿嘿地笑，"我就知道，你爸给你安那个篮筐只是摆设。哈哈哈！"第二天大清早，我找到体育委员说我要参加班级的篮球队。体育委员看了看我，忍住没笑，让我当替补队员。幸运的是，比赛还剩两分钟时终于轮到我上场。可女生们看着曾恒潇洒的姿势哇哇尖叫，班队的四个人配合着，我是多余的那个，没有谁传球给我。直到最后三秒钟，我们班落后一分，曾恒跳射射失，我一跃而起抢了篮板，再跳，稳稳地把球扣进篮筐里面。然后，我们班赢了。人群先是不明所以的沉默，随后爆发出一浪高过一浪的欢呼声："Sorry！ Sorry！ Sorry！ Sorry！"班里的同学拥上来托举起我，一声盖过一声地叫喊着"Sorry"。"喂，能不叫 Sorry 吗？"我说。但没有谁听到，他们仍旧叫着"Sorry"。我又气又急，却发自内心地笑了。

然后，我在二十一岁。那天我第一次见到小迪。十二月落雪的大学校园，我抱着资料匆匆赶去大教室听一场讲座，不小心跟一个人撞了个满怀。是个女孩儿。她穿着黑色呢子裙、长靴、红色大衣，在雪地里显得生机勃勃。"对……对不起。"我有些结巴地道歉。她没有回话，我虽低着头，却感到她的目光在打量着我。过了一会儿，她说，"我叫小迪。请问，今天是哪一年、几月几号？"我这才抬头看她，她眉清目秀，巴掌大的小脸要被戴的那顶狗耳朵帽全给遮了。她说的这几句是最近很流行的开场白。那些追看时空穿梭电视剧的青年们爱用这套。我耸肩，一副对她这套说辞了然于胸的样子，没有接茬儿。但她流水般的目光让我感觉眩晕。

"哪，这是我的手机号。"她在一张纸片上写了一行数字塞到我手中，"打给我！"她一边离开一边回头嘱咐，我木然地点了点头。她走起路来一跳一跳的。就好像我的驯鹿。

然后，是的，然后我在二十五岁。这一切是多么真实啊。可以触摸到的小迪，她的皮肤还是温热的。海浪的声音甚至引得我的鼓膜在轻微震动。她接过了戒指，说"你真傻"。她说话的气息舔舐着我，有些痒酥酥的。戒指套在她的手指上……

哔—

一声刺耳的长响。所有画面消失了。声音消失了，气息消失了，触感消失了。世界黑屏了一会儿，我才逐渐感到自己匀称的呼吸。动了动手指，摸到的是器械、皮具、线缆。

　　噢。我回想起来。于是伸手摘掉头罩，眼泪……根本止不住。我知道这些机器是怎么回事了。它们真棒。

　　一切不需要言表。我知道阿伦介绍给我一样好东西。我拔掉身上的电缆，缓缓从躺椅上下来。我们没有说话，沉浸在各自最好的回忆里，并肩往回走。分别时，我终于开口道："那个，谢谢！"

　　"没什么。我知道你会喜欢它。对了，那天在酒吧……"

　　"酒吧？什么酒吧？"

　　他拍拍我的肩，发出疏朗的笑声。

四

　　濒死体验机。那玩意儿就叫这个名字。戴好头罩夹上电缆后按下启动开关，一个死亡信号就会发送给大脑。大脑以为机体正在死亡，于是启动濒死机制。各种辉煌的记忆涌入脑海，带给人的体验比目前最高端的技术还要逼真。

　　我不用再苦苦回忆，不用为记不起当时的某些细节而懊恼，不用抱怨回忆无法让我身临其境，也不用为回忆时想起的那些不愉快事件心酸。在濒死机制中所体验到的都是往事里最好的部分，那些痛苦的会被大脑自动过滤掉。我每个周末都去那台机器上待三分钟，后来发展为一周去两次。现在，我开始攒消费点，打算买一台那种机器回家。

电话铃响起来，很准时，我和母亲每月通话一次。在第一个周六晚上八点。

"喂。"

"小索。吃饭了吗？"

"嗯，吃了。"

"上次说的过年回来的事……"

"您也知道，我很多年不回去了。我觉得您还是不要见到我比较好，免得又生气，伤了身子。"我故意讽刺道。那时候我要和小迪结婚，父亲不同意。因为小迪有点奇怪，但我知道，这不是她的错，这全怪我。

她消失后最初的那几天，我以为和往常一样过不了多久就会重新出现，于是还满怀希望地在家里等着。时间过去一星期，一个月，半年。我终于相信她不见了。我发疯般满世界跑，但根本捕捉不到她的影子，还丢了工作。家里收容着我。

"我生气，还不是因为你找了那个……"母亲嘴快，但即将说出那个名字的一刹那，她还是收住了话头。小迪是我家的禁忌，他们不愿意提起她。家里收容我的那些时日，父亲帮我打点着找小迪的事。虽然他不喜欢她，反对我们结婚，但他总是帮我擦屁股，用他特有的那些窝囊而又温和的办法帮我收拾残局。他没有责备我，而是联络了报社里的"老朋友"，让他帮忙刊登寻人启事。我知道如果不是这件事，父亲本来再也不愿意联系那个人的。他为了我跑东跑西，后来有一天……

"是的，都怪我，全怪我！如果爸爸不是去帮我找她，那天就不会出门，也不会穿过那条马路，更不会遇上那辆开得飞快的狗日的车子！"我一边喊一边哭出来，我知道这怪我，但是妈妈，这能成为你恨我到现在的理由吗？我不是故意的啊，我也爱爸爸。

"你别说了。"电话那头的母亲开始小声抽泣，她很爱父亲，虽然我不能感同身受，但我猜，或许就像我爱小迪那么爱。父亲死后，她每天除了哭就是抱怨连连，从头到脚地指责我。我和母亲都是失去爱人的可怜的人儿，我俩各自的生活都毁了。她一看到我就会想起自己有多么糟糕，我看到她也是。所以，我从家里搬出来了。再也没有回去过。

"是啊，最好咱俩都别说了。每次打电话都没什么可说的，为什么还坚持打呢？我看以后把这笔电话费也省掉得了。"

我说出这些话，心里有些酸楚但又带着一丝奇异的快感，我真是窝囊。我想起高中班里给我取的那个"Sorry"的外号。我恨死了这个外号，就像我恨死了总是叫着我这个外号、在我面前晃悠来晃悠去的曾恒。

他躺在宿舍床上昏天暗地地玩着平板游戏机，十根手指灵巧飞舞，眼睛不曾离开屏幕一刻，嘴上嚷嚷着，"Sorry，你帮我去食堂带份饭，饭盒在我桌子上。记得让打饭的师傅给饭盒套个塑料袋儿！要汤汁多的菜，能拌饭吃的那种。两荤一素，不要带鸡肉的，我不爱吃鸡。最好有牛肉和猪肉……"

他一副又心急又不耐烦的模样，翻箱倒柜地掏出皱巴巴的作业本："Sorry，你作业写完了吗？快借我抄抄。什么，你才写了这点？你每天都干什么了啊。算了算了，这点也拿来吧，我先抄上。"

他把我正在复习的资料拿开，脸上满是讨好地凑到我跟前：

"Sorry，你听到我说什么了吗？明天的考试我还没复习呢，看你这么认真，肯定都会了吧？你做题时记得把卷子摊开，让我看看，别忘了啊，全靠你了哈！"

他换好运动衣，抱上足球就要跑出去，像想起什么似的又回头冲我说："Sorry，我突然想起来有个女生约我说有话要跟我说。我这儿要去打球了也走不开，你帮我去跟她说声，在出校门左转，第一个路口再左拐，往前走有家卖运动器械的店里。快去，要不就来不及了。就跟她说我对她不感兴趣就可以了。"

......

面对这些自以为理所当然而颐指气使的要求，我从来没有说过"不"。

因为，不管我承不承认，曾恒是我中学时代除驯鹿外唯一的朋友。

五

二十五岁的那个冬天，我从家里逃出来，流落他乡，租了一个小单间。单间里的一切设备全按最简陋的来，没有全息游戏机，没有4D投影仪，反正没有一切令上班族和年轻人着迷的玩意儿。现在我却要添置一副古怪的器械。其实它比游戏机还便宜一些。

搬运工抬着它走进来。我在客厅里随便挪出个空当。"喏，就摆在那儿。"我指挥着。他们帮我安置调试好，然后拿出订货单让我签字，"一共是六万九千点。"我点点头，掏出城市卡在终端机上刷过。滴的一声，我看到卡里的数字迅速减少至只剩零头。管他的。

那些人走后，我迫不及待地躺上去。很快，我又一次被真实的往事淹没了。

我在二十二岁。我第二回见到小迪。她照样穿着那件红色大衣，一跳一跳地朝我迎面走来。上回她给我留了电话号码后，一开始我们还打几个电话闲聊几句。后来，她那个号码就打不通了。我想，她不喜欢我。我脸薄，这回只好低着头，假装没看到她。

"喂！"我听到她的声音。

看了四周一圈，才确定她在叫我。我假装刚看到她："哎呀，是你！"

"太好了，我第二次见到你……第二次。"她这么喃喃地说。也是冬天，她搓着手取暖。

"外面真冷。呃……要不要去喝点什么热的……啊，我是说如果你没有空就算了。如果你忙……"我试着邀请她，却语无伦次。

"是啊，真冷。你手冷吗？"她说着，一下子就拉起我的手，动作自然而然，"你的手也挺凉的。"这个拉手的动作，像是她只想感受一下我手的温度，但她并没有松开。

这时，我浑身的感官，便只剩下这一只被她拉着的手。

"去喝点儿什么，走。"她拉我朝一家咖啡店走去，我们走得很慢。我一直在感觉手中握着的那只属于一个女孩的，柔软的手。每个指节都是那样清脆。

"你喜欢我是吧？你惦念着我，一直没有忘记我。"她这么对我说。

不过我一时没回过神："嗯，你刚刚说什么？"

"嘿，没什么。"她缩了缩脖子。

其实我应该是听见她说什么了。她这么说让我感到奇怪，我决定要倾尽勇气主动一些，"是的，我一直……一直都很想你。"

"所以我们才能再次见面呀！"她一点也没有害羞，大方地对我说道。

我不明白她的意思。

但我们就这样在一起了，做很多事，跟所有情侣一样。她在厨房里给我烤芝士培根薯饼，她说那是她从网上学来的做法。为了做这个，她还买了台便宜的小烤箱。她邀请我去她的公寓，我坐在她小公寓的客厅里，这里可以看见进门的厨房。我一边看电视一边看她。下午的太阳穿透窗户照射在厨房里，她的身子镀上一层白色，好像要融化在光里，像曝光过度的照片。整个房间里都是芝士的香味。

……

我取下头罩，扯掉电缆，重新回到沙发上。发呆。让芝士的香味弥散得久一些，再久一些。啊，我早该猜到是这样。她常常无故失踪个一两天，一开始我以为她在忙工作上的事，也就不太在意。直到有一次，她有一周之久与我失去联络。

"你都去哪儿了？七天！我七天找不到你。"

"我跟你说过，可你从来不信。你以为我是那些追看连续剧的小青年，说的是电视里司空见惯的台词。但我说的是真的。"

是的，她说过。她说，她是以波形态存在的。我们平常人是粒子形态，我们按部就班一天接一天、一处接一处地连续出现。但她不是。她居无定所，出现在这里，出现在那里。出现在未来，出现在过去。

"你是说时空旅行者？很好。可为什么每次你出现的时候，没有变得比正常的更老或更年轻？对吧，电视上都是这么演的。"

"因为电视上全是瞎编的。而且我要重申一遍，我不是时空旅行者。我只是无法连续出现。我之所以能再次出现在你身边，只是因为你想着我，观察着我，让我的波函数坍缩了。而你一旦注意力不集中，我就会消失。"

"哦。"我有些沮丧。因为我不太懂她说的，甚至，不太相信。可我别无选择。我之前从没想过能找到像她这样好的女朋友，也离不开她。不管怎样，只要她还愿意在我身边就很好。

"所以你听好了。"她正色道，"如果我消失，不是因为我不爱你，是因为你不爱我了。至少说明你有段时间没怎么注意我。"她凑在我脸前，一字一顿地说。在我开始感到事态很严肃时，她又扑哧一下笑出声，"傻。"她说，然后刮了刮我的鼻子。

我分不出真假，但还是被她的这种说法震住了，甚至为之前那几次她的短时间消失而感到抱歉。我抱着她喃喃地说："对不起，小迪，我不会再让你消失。"

六

前面说过，她消失的那天没有任何征兆。我刚向她求了婚，在心中发誓要一辈子只爱她一个。但她还是不见了。

我在家里等着她回来，等着她像往常那样再一次出现。有时去便利店帮母亲买日用品时在街上遇见曾恒，他还是那么爱护自己的发型，像个二百五似的手插屁股兜儿里扬头走路。这年头不流行他这一款了，他一直没找着女朋友。他一直在社区服务站当维修工，每次不期而遇，他都兴奋地冲我打招呼："喂，Sorry！"我很讨厌听到他这么叫我，只能脸上红一阵白一阵地点点头，算是回应。"你之前那个小美女女朋友呢？好久没见你带她回家了啊！"他嬉皮笑脸地问。我白他一眼没有理会，而是自顾自默默走路。

那个早晨，父亲说要去报社，问问"老朋友"寻人启事的事儿怎么样了。这段时日我已经有种预感，小迪再也不会回到我身边。父亲穿上马甲，又套上大衣，围了围巾，戴好帽子："我再去问问，等我的消息。"他一边换鞋一边说。他手扶着玄关的挂钩，有些站不稳。换好鞋后他拉开门把手，一阵寒风灌进屋子，外面天寒地冻。我目送他下至楼梯的转角，又回到卧室站在窗户前看外面的马路。没多一会儿，他踽踽独行的身影从楼道口出现，出了院子大门，朝马路对面走。那辆车就是这时开过来的，只一瞬间，一阵刺耳的刹车声后砰的一下，再看就是父亲倒在几米开外的画面。

"妈。"

母亲正在忙里忙外地做着家务："你爸都出去帮你找小迪了，你就不能消停会儿？有什么事儿自己解决，别老叫我。"她不耐烦地说。

"妈，爸他……我下楼看看。"我往出事的地方跑，父亲一动不动地躺在地上。过了一会儿救护车来了，两个护士抬着担架下来，一个医生来检查了一番，摇摇头，说是已经当场死亡。救护车开走了，父亲的尸体以一种奇怪的姿态躺在坚硬的地面上。这时母亲才知道发生了什么，哭着喊着挤进人群。

三天后，我们在小区设了个小灵堂，给父亲举办葬礼。为数不多的几位友人前来凭吊，曾恒也来了。母亲一直哭，我哭不出来，只是坐在灵堂口的一把小椅子上，漠然地看着这些或真切悲伤或假惺惺的人。曾恒站在我身边拍了拍我肩膀："节哀顺变。"他说。我仍然呆望着空气中的一个点，没有做出反应。"你应该振作起来好好生活，别再让你妈操心了。"他见我不接茬儿，又继续说，"这几年有一大半你都去读了书。我高中毕业上了三年技校就做了维修工，经历的生活比你多，你应该听听我的。小迪那样的女人我见得多了，她就是逗你玩玩，没安什么好心。你犯不着把她放在心上，把生活搞得乱七八糟……"

我不习惯曾恒用这种语气跟我说话："你懂个卵！少他妈在这儿跟我搞这一套！"

想起的却是高中那一年，我路过球场，有一伙高年级的学生在踢球。球飞出场地，滚到我脚下，我正在想问题，就没理会他们让我把球踢过去的请求，一脚把球踢到另一边。这个举动惹恼了这伙学生。他们一拥而上把我围在中间，狠狠推我。我一个趔趄摔倒在地，眼看他们的拳头就要砸下。这个时候是曾恒过来，他认识这伙踢球的人，打点了几句，赶紧带着我走了。

我省了大半学期的钱，想要买一个迷你游戏机。后来网上找到一家店，价格比其他地方便宜许多。我把钱打给他们，收到的货却是旧一代的玩意儿。我本来都想认栽，曾恒却义愤填膺地说："不行！哪儿能便宜了那些无良商家！"他打了不少投诉电话，又去各大网站曝光店家的消息，最后终于搞得他们受不了了同意退货退款。我拿到那笔钱，还来不及感激，曾恒立马 着脸说，"Sorry，你要怎么报答我的大恩大德啊？请吃饭肯定是逃不了的，其他嘛我再想想，嘿嘿！"

　　他每一次喋喋不休的面容和眼前这张脸合而为一，他不在意我冲他发火，仍旧吊儿郎当地说着："你的心情我是理解的啦，但你就听哥一句劝，看开些……"

　　"你让我静一会儿。"我推开他，仰在椅子上，注视着灰蒙蒙的天空。母亲的哭声像利刃般一下下割裂着沉默的空气。为什么生活是这样的呢？

　　后来，母亲整日以泪洗面，一逮着机会就责备我。我把心里的苦闷跟驯鹿倾诉："爸是为了帮我找小迪才去世的。可我直到现在也不知道小迪在哪儿。甚至分辨不出……她说的那些话，有没有骗我。"驯鹿反应了有一会儿，然后说，"听起来很糟糕。"听它的回答，我舒了口气。我不需要那些自以为是的劝慰，只希望有个什么人或机器人之类的能听我说说心底的话。"是啊，很糟糕。我不知道该怎么办。"我慢慢讲述着那些一段段悲伤的经历。

　　这次我没听到驯鹿的回应。母亲冲进了屋，一把抓起它砸在床头上，它当时就坏了，发出滋滋的杂音，母亲又把它扔出了窗户："这么大个人，出了什么问题不去担起来，倒跟一个机器人说！"

　　我看着眼前这个陌生的女人，有些事情把我们每个人都改变了。令人难以忍受的沉默持续了半晌，我才开口道："您说得对，我什么问题都解决不了。您的生活全是被我毁掉的，对不起。"

　　我从家里搬了出来，一个人在遥远的城市工作。阿伦把濒死体验机介绍给我……濒死体验机。

七

我睁开眼，像是从一个很长的梦中醒过来。

"醒了，醒了，病人醒了！医生！"一把声音像在另一个世界惊喜地喊着，由远及近，直至近到耳边。视线逐渐对上焦，母亲流着眼泪，"小索，你醒了。太好了。"

"我……"我静静躺着，回想之前的事。我躺在濒死体验机上，后来的事就不知道了。

"妈。"我想动一动，但怎样都使不上劲，这让我焦急万分。

母亲的视线看了看我的身子，重又往上移直视我的眼睛："醒了就好，哎。"

"妈，我怎么了？"

"那天给你打电话，好几次都没人接。我越想越不对劲儿，等赶到你这儿找到你时，你已经在那个什么椅子上躺了两天两夜。怎么这么不小心？医生说……说你不会再醒了。"她别过头，抹着眼泪。

"不是说不要再打电话的了吗？"我鼻子发酸，却说出这样一句话。

"我不给你打电话，谁管你？你早死在屋里了！"母亲说。

她用这种语气跟我说话，使我很放心。我回味着之前那个冗长冗长的梦，原来真正的濒死是这样的感觉。梦中哪些部分是真的呢："妈，那小迪到底……"

这么说的时候，视线的余光透过监护室的玻璃墙，看到外面走廊上一个穿红色大衣的身影闪过，我想追上去，但动也动不了。算了，如果是她，总会再遇到的。母亲没有接我刚才的话头，平复了一下情绪说道："以后只剩我们俩了，别折腾了，好好活着吧！"

"妈，我还是想出去看一看。"刚才那个身影让我耿耿于怀。

母亲的视线又往下移，看着我的身子，像受到什么刺激似的，她突然双手掩面，痛哭失声。我这才明白了什么："妈，我是不是……动不了了？"

"嗯，医生说你的大脑以为自己已经死了……不过既然能醒过来，行动什么的，也应该可以慢慢恢复吧！"

原来如此。我安安静静地睁眼躺在病床上，说不上悲，也并无喜。

母亲仍旧认为小迪是一个坏女人，但我选择相信小迪说的话。不管怎样，我们不提起她就行了。我们会好好生活。一直一直这样下去。

阿缺 ————● **我讲我爷爷的故事**
　　　　　　宇宙拓荒者的恋歌

　　我来给你讲述我爷爷的故事。

　　本来，这个故事应该由我奶奶来讲，她见证了我爷爷的大部分生命，她讲述的内容将更加真实和全面。但我奶奶压根儿不愿意提起我爷爷，只是当她弥留之际，神志昏沉时，才会在深夜里愤愤地骂着那个早已离开的男人。

　　这个故事便是从我奶奶零碎的梦呓中整理得来的。

　　我爷爷出生在拓荒纪元中最疯狂的年代。那时，人类舰队在宇宙的黑渊中行进，一千亿人冬眠沉睡着，只有当检测到宜居星球时，才会使一百万人苏醒，投放到该星球上。这一百万人负责这颗星球的改造，而剩下的人继续航行。人类的版图就这样向四面八方扩张。

　　我爷爷所在的星球，叫芜星。讲到这里，你或许觉得能从名字猜出这颗星球的情况来，但你错了——事实上，芜星比你想象得更加荒凉，比你中年以后秃顶的头皮更加贫瘠。

　　我爷爷是芜星第九代居民，从小就不老实。十五岁时，他彻底厌倦了芜星一成不变的景色。当时对芜星的改造，主要是通过农业进行的。我爷爷看着人们每天顶着两轮毒日，在田地里弯腰耕作，他心里就充满了绝望。在他的理想中，自己属于星辰大海，属于舒适悠闲的舰队，而不是污水横流、臭气熏天的改造田。

在理想和现实的极大反差下，我爷爷激发了他的谋略。那时，每天晚上，他都跟与他同龄的伙伴们描绘重归星舰后的美好景象。

"只要我们回到星舰，找一个冬眠机睡下，醒来的时候，说不定联盟已经停止拓荒了。那应该是几百或几千年后，我们就能享受现在的人种下的果实了。亨利，我知道你想吃肉，那时候……嘿嘿，油腻腻的肥肉吃到你想吐！"

精瘦的少年亨利下意识地吞了吞口水。

"还有你，徐家声，不是一直想女人吗？告诉你，到时候联盟资源富裕，你想要什么样的女人，都能给你人工造出来！"

徐家声发出了比亨利更大的咽唾沫声。

我爷爷在耗尽了想象力和口水之后，终于让伙伴们达成共识：不能生活在这个年代！一定要回到星舰，在冬眠机里让时光流淌而过，等艰苦卓绝的拓荒纪元结束，在平安享乐的繁华世纪里苏醒。

为了这个共识，他们想尽了办法：破坏耕种机器，故意打架闹事，夜晚大声唱歌影响别人休息……干这些捣蛋事的唯一目的，是想让负责这一片改造队的赵队生气，将他们送回星舰反省。但事与愿违，赵队总是笑呵呵的。每次都是抓到他们当场就放了。

情急之下，我爷爷的领袖才能也体现出来。他每天留心观察，发现每隔一个月就有几艘飞船起航，在舰队与芜星之间运送物资。我爷爷打上了这些飞船的主意。

"要是被发现了怎么办？这可是大事，联盟的法律这么严，我们肯定会受惩罚的。"徐家声得知我爷爷要抢飞船，脸都吓白了。

我爷爷却满不在乎地摆摆手，说："我们都不是成年人，即使被抓到，赵队也不会真把我们怎么样。你放心，只要把飞船抢到手了，我们就立刻去追星舰。"

于是，这群少年趁着两轮太阳都沉入天际的时候，悄悄来到了港口。十几艘飞船停在那儿，在夜色中如同一个个庞然巨怪。

我爷爷选了其中看守最少的一艘，几个人一拥而上，将两个卫兵撂倒，然后冲进飞船把其他人制伏。这个过程颇为顺利，简直可以给后来横行在各星际航道中的海盗当作抢船劫货的典范——如果不是我爷爷骤然发现飞船上没有燃料的话。

我爷爷当机立断，把人质扣押了，给赵队打电话："赵叔叔？"

赵队除了掌管这片区域的开发改造，也负责对未成年拓荒者进行教育，因此很熟悉爷爷的声音。他在通信器的另一头漫不经心地说："是小李啊，怎么了？"

"是这样的。"我爷爷有些不好意思，"呃，赵叔叔，我抢了一艘船，扣押了七个人质。船上没有燃料，要不，麻烦您送点儿燃料过来，我把人质还给您？"

"你要飞船干什么？"

"我不想待在芜星了，我要回星舰。"

"好，我马上过来。"

当时港口已经聚集了很多宇航员，七手八脚地指着我爷爷一伙人。我爷爷见其他同伙都已经脸色发白了，不禁低声骂道："没出息的！等赵队拿来了燃料，我们就回星舰了，肉和女人……"

我爷爷还没有把美好景象勾勒完，赵队就来了。

他是一个人来的，没有带燃料，他脸上还是笑眯眯的表情。他说："小李啊，别闹了，放下枪，把人质也放了，跟我回去。"

我爷爷心里知道没戏了，他当然不敢真的杀人质，但又不愿意功亏一篑。他跟赵队僵持着。赵队也不急，扳着指头给他算："首先，我是不可能给你燃料让你走的，要是每个人都像你们这样偷懒想吃现成的，联盟就垮了。然后，你没胆子杀人，也开不走飞船。你看，还是留下来吧……"

僵持了三个芜星时，我爷爷终于放弃了，一群少年垂头丧气地鱼贯而出。被扣押的船员咒骂着要打他们，赵队拦下了，笑嘻嘻地说："算了，都是孩子，不懂事。"

"现在是孩子就敢拿枪劫飞船，等成年了，不知道要干出什么事情来！"一个船员脸都憋红了，嚷道。

"你说的也是。"赵队按按太阳穴，叹了口气，"那就给他们一点儿惩罚吧！"他叫住了我爷爷一伙人，手指在他们的脑袋上点来点去，"一二三四五六七，点到谁，就是谁。"

他的手指最后落在徐家声的头上。

"小徐啊，别怪我。"说完，赵队掏出刚刚没收的手枪，顶在徐家声的后脑勺上，手指扣动扳机。

哗！——蓝色的激光穿透了徐家声的脑袋。激光带来的高温让创口瞬间凝固，一丝血都没有流出来，他像根木头一样栽倒在港口冰冷的地面上。

"从现在开始，你们都给我老老实实的！"赵队脸上的笑容变成了狰狞，他咆哮着，"只要发现你们再闹事，我就打死你们！敢动歪脑筋，我打死你们！敢走出营地，我打死你们！敢说一句偷懒的话，我打死你们！"

事实上，赵队后来说的话，我爷爷根本没有听见。徐家声的尸体就倒在我爷爷脚下，那双眼睛犹自睁着，但没了生气，如同沉郁的沼泽。我爷爷被吓得浑身发抖，牙齿打战，股间有热流涌出。我爷爷所有的胆量和谋略都随着这泡尿流到体外，再也没有回去过。

在接下来的日子里，我爷爷胆战心惊地活着。他参加了改造队，每天都跟芜星的土壤打交道，勤勤恳恳地耕种。这个曾有着万丈雄心的少年，现在哪怕抬起头看看天空，都缺乏勇气。

当然，如果我爷爷在日后永远保持这副模样，那这个故事就平淡乏味，丧失了讲述的意义。所以我跳过我爷爷兢兢业业耕作的那几年，直接说说改变他命运的那群猪吧！

写到这里，我不得不解释一下，我说的"猪"，没有用任何文学修辞手法。那的确是一群来自地球的仔猪，基因经过改良，肉质鲜美，是星舰专门拨给改造队的。

而我爷爷的新任务，就是饲养那群猪。

最开始，我爷爷十分抵触被分派到猪圈工作。即使胆怯使他失去了雄心壮志，但人们对"猪倌"这个称呼的鄙夷，依然让他心不甘情不愿。在接受任命的时候，他蹲在角落里，一根接一根地抽烟，就是不接赵队长的茬儿。

赵队很快明白了我爷爷的意思，略微思索一下，便让其他人都回去，唯独让我爷爷留了下来。赵队说："你是不是以为我派你去养猪是在整你？"

对赵队长的畏惧还深深留在我爷爷心里，但他当时硬是只吐出一口烟，头也不抬。

"告诉你，我这是把天大的好处让给了你。"赵队长凑近我爷爷的耳朵，小声说。

他神秘的音调成功勾起了我爷爷的兴趣。我爷爷望着他，问："啥好处？"

"你知道吗？联盟马上就会又派一批人来芜星。"

"这跟我有什么关系？"

"来的那批人，全都是姑娘——都是二十出头的小姑娘，据说出生前进行过基因矫正，个个长得娇俏俊美。"赵队长的声音又低又沉，像是在讲鬼故事一样，"你知道她们为什么来吗？是来扎根芜星的，也就是说，她们要在这里找人嫁了，开枝散叶。新规定是这么说的，能吃苦耐劳，有业绩的，就可以优先选择。偷懒耍滑的，最后连屁都捞不着一个。"

我爷爷狠狠吸一口香烟，然后把烟屁股碾碎，吐出烟雾，站起来握住赵队长的手："谢谢您嘞！这群猪，养不到个个三百斤就让我被猪吃了！"

可想而知我爷爷对女人的兴趣有多么浓厚。

其实这可以理解。在漫长艰辛的劳作生涯中，我爷爷鲜有机会接触女人。他对女人的了解，来自于长辈们粗俗的玩笑和伙伴们偶尔弄来的珍贵影像资料。有一次，一个伙伴用五个月口粮换来了一部名字被涂掉了的全息电影，然后躲在宿舍里看。当时有十几个小伙子围在一起，眼睛直勾勾地看着光影变幻。

电影最开始，是索然无味的男女邂逅场面，接着谈情说爱，在旧时代的地球街道上约会，最后，这对男女走进了一个房间。所有人都隐约知道接下来要发生什么，纷纷屏气，宿舍里连一丝呼吸声都没有。在所有人的目光中，电影里女人身上的衣服一件件滑落，露出粉色内衣。但就在女人的手伸到背后要解开扣子时，那个换来电影的伙伴突然将电影关闭了。

"这毕竟是我用五个月口粮换来的，你们要看，就多少支援我一点，每个人给我一个月口粮，我就继续放。"那个伙伴伸出手，"不给的，就出去。"

我爷爷对粉色内衣里的东西感到无比好奇。为什么，为什么那种柔软的突起会令他口干舌燥、身体发热，而有着同样形状的馒头或山丘却不会？

但犹豫了很久，我爷爷最终走出了宿舍，原因很简单：他手头没有多余的一个月口粮。

只有四个人选择了留下。事后，我爷爷挨个问他们，但每个人都不肯说。他们像商量好了似的，只告诉我爷爷："能看到内衣里面的东西，那一个月的口粮，真他妈的值！"

我爷爷后悔不迭，于是开始了漫长的积攒口粮之路。但还没等他攒够一个月时，那部电影就被赵队搜了出来，当众销毁，并将看过电影的人一一揪出来。当时我爷爷在台下，看着被惩罚的伙伴们，心情十分复杂，似乎是庆幸，又似乎是后悔。

但现在，我爷爷又有了奔头。

我爷爷一边辛苦地养猪，一边盼着那些姑娘早日来芜星。

这一天很快就来了。在一个晚霞密布的傍晚，一艘飞船缓缓降落在营地中央，灰尘四起中，舱门打开了，露出里面一张张好奇的脸。

都是漂亮姑娘们的脸。

营地一下子炸开了锅，没有人工作了，大家纷纷围过来，兴奋地打量着飞船里的人。他们群情激昂，他们唾沫横飞，他们口哨不绝，似乎是一群围住了羔羊的恶狼。

赵队过来维持秩序，姑娘们才敢走出飞船。落日余晖在她们脸上涂上了诱人的金色，晚风拂起她们的秀发，纤腰柳摆，容颜花娇。她们在恶狼的视线里行走，纷纷红了脸庞。

我爷爷来得晚，只能站在人群的后排，焦躁地在一排排后脑勺的空隙间寻觅。

"哎，让让！我看不到。"我爷爷发现他前面的人正是小伙伴亨利，喜道。

"让个屁！"

"有好事一起看嘛！"

"看个屁！"亨利看得眼珠子都红了，显然什么都听不进去。

无奈，我爷爷只能尽力踮起脚，在有限的视界里搜寻。这时，一个姑娘的侧影进入了他的眼中。她穿着浅绿色衣衫，紧贴身体，夕照在她的胸前凝聚出一星温暖的光亮，锁骨至腰腹的那一道优美弧线也被光晕勾勒，散发着淡淡的辉芒。她显然不太习惯周围这一群男人，略微低着头，紧紧地跟着前方的姑娘。

当天晚上，我爷爷没有睡着。他躺在一群肥头大耳的猪中间，抚摸着它们粗糙的背脊，不时发出呵呵的笑声。根据研究，猪在求偶时也会发出类似声音，所以那天晚上，我爷爷养的猪也没有睡着。但不同的是，猪们想的是同样体肥腰壮的猪，而我爷爷为之辗转难寐的，却是那个胸部有着柔软山脊一样曲线的姑娘。

打那以后，我爷爷每次赶猪到营地外的山坡上时，都会绕很大一个圈子，绕到姑娘们住的宿舍前，经过时便努力朝里面观望。他总能看到许多美艳妩媚的姑娘，像是点缀在这颗贫瘠星球上的花朵，但他真正想看的，只是那一个。

姑娘们很快熟悉了这里的环境，不再羞涩，叽叽喳喳，跟路过的男人大声开着玩笑。但那一个不是这样，一直以来，她都坐在宿舍的窗前，要么看书，要么托着腮仰望天空。隔着遥远的距离，我爷爷只能看见她模糊的面庞。

次数一多，姑娘们也就察觉到了我爷爷的心思。只要我爷爷的那群猪一出现，她们就会伸出手，指指点点，掩嘴偷笑。那群猪倒是无所谓，像是被笑声鼓励，走起路来愈发耀武扬威，鼻孔朝天，大耳招展，一身肥肉抖擞。我爷爷则面红耳赤，低着头，却仍不忘用余光瞟向那个姑娘的窗子。这种胆怯的样子，总让别人误以为，是猪在牵着我爷爷溜达。

哦，我的爷爷啊！难道你不知道吗，如果你想要姑娘，就不应要脸？世间事，没有两全的。

说回来，我爷爷在营地里也算是个名人，年少时胆大妄为，如今负责一大群猪，都可作为谈资。但我爷爷觉得这两者都不是什么好名声，要是那个姑娘知道了，肯定会暗地里笑话他。

每当我爷爷想起这个，就会愁眉苦脸，叹气不迭。他把那群猪赶到山坡上，让猪自行去吃草，自己就抱着膝盖，忧愁地撕扯着叶子。他在想如何才能接近那个姑娘，却毫无办法。她像是远在天际的一抹霞，而他是在地上拱草的一头猪。想到这个比喻，我爷爷下意识地去看猪，它们白色的阴影隐在一大片蓝色猪草间，斑斑点点，大声咀嚼。当猪也没什么不好，至少无忧无虑，这样想着的时候，我爷爷忍不住哑然失笑。

"你在笑什么？"

"笑我的猪。"我爷爷回答道。几秒钟后，他才意识到不对，回头一看，然后受了惊吓般猛地后退，摔进了一片柔软的草地里。

他身后，是那个姑娘的脸庞。

是的，我爷爷和那个姑娘在霞光遍野的山坡上相遇了。

当我知道这件事后，曾兴冲冲地跑去找我奶奶，问她是不是那样邂逅我爷爷的。结果她沉默了几秒，浑浊的泪迅速蒙上了眼睛，然后她抄起棍子打我的背，我就又跑开了。

我花了很长时间才想通——那个姑娘，并不是我后来的奶奶。

但当时我爷爷不知道，他兴奋地爬起来，说："你……你怎么来了？"

"我来这边走走。"那个姑娘说，"这片草地真大，蓝得一眼看不到边，就像海洋一样。"

"海洋？"我爷爷有些迷糊。他生长在这颗枯芜的星球上，从未见过海洋。

那个姑娘低下了头，笑笑："我没有见过，但书里有讲。在我们的母星——地球上，有很多很多的水，它们汇聚起来就成了海洋。水是透明的，但海洋却是蔚蓝色的，人可以在里面游泳，还有船在海面上前行。要是天气好，海和天就分不开，因为它们是一样的颜色。"她抬起头，昏黄阴沉的天空倒映在她的眸子里，她又低下了头，"我很想见一见大海。"

我爷爷被那个姑娘所描绘的场景震惊了。在芜星，水无比珍贵，每天限量供应，大多数人的嘴唇都是干涩的……但是，以前的船居然是在水面上航行？难道船不是只能飞行在宇宙里吗？哪里有那样多的水可以承载巨大的舰队？

这份震惊同时又令我爷爷感到羞愧。于是，为了找回面子，我爷爷开始喋喋不休地讲述养猪的技巧和心得。他甚至抓来一头猪，死死按住，给姑娘看猪的各种体征，并说明通过哪些体征能够看出猪的生长状况。

哦，我的爷爷啊，请不要这么做！我都为你这样拙劣的手段感到羞惭！

但是那个姑娘并没有显出不耐或鄙夷。她安静地坐在我爷爷身旁，一会儿看猪，一会儿看我爷爷，脸上是娴静的表情。每当我爷爷感到尴尬的时候，她就出声问一句什么，让我爷爷能够继续往下讲。

这个晚上，他们聊了很久，一直到六轮月亮爬上来，他们都没有停下。后来连猪都累了，在他们脚边拱成一团，睡着了。至于他俩到底说了些什么，已经没人知道了。年岁久远，埋葬一切。或许那晚的风知道，它从他们中间吹过，偷听到了一些凌乱的句子，但它又吹向远方，无力将那些话语讲给四方的人听。

接下来的事情陈旧俗套，我就不一一赘述。反正我爷爷跟这个叫莎莲娜的姑娘越来越熟悉，见面的次数也越来越多。我爷爷第一次尝到了爱情的滋味，多次在梦境里亲吻莎莲娜——当然，他睡在猪圈里，所以你明白当他在梦里吻着莎莲娜时其实是在吻什么了。

按照赵队给的承诺，这一年结束时，他就可以正式提出跟莎莲娜在一起了。他觉得莎莲娜是不会拒绝的。

但那一年，是无比艰难的一年。当时对芜星的改造已经持续了三百多年，而对于了解一颗星球来说，这个时间还是太短。出于某种尚不了解的原因，那年所有的作物都枯萎绝收，营地之外，疮痍满地。更糟糕的是，承载人类希望的星舰，在遥远星系里遇到了疯狂恒星群的引力陷阱。整个舰队都被引力裹挟，向未知的凶险星域飘去。

内无收成，外无供给，使得整个芜星都笼罩上了饥饿的阴影。为了了解当年饥饿的程度，我曾专门去拜访过一个幸存下来的老人。

那是傍晚，老人刚吃完饭，心满意足地打着饱嗝，但当我让他回忆那场遥远的饥荒时，他立刻陷入了沉默，只有零星朽牙的嘴一张一合。几分钟后，他站起来，把刚才剩下的食物拿出来，一个人蒙头吃完了它们。

我看到老人肚子鼓胀，看到他眼角湿润，但还是不停地扒饭，我就转身离开了。

让我们将视线重新投回那个时候，看一看笼罩人们的艰难困境。

首先，是能源不足。芜星的夜晚刺骨寒冷，没有星舰供应反应堆原料，人们只能紧紧裹住衣被，但寒冷还是如蛇一般潜到身体里。每天都有人没能熬过夜晚，再次从梦中醒来。

其次，是饥饿。库存的食物被耗尽后，人们就忘了吃饱是什么感觉。最初的一阵子，大家都不干活，躺在营地里，张大嘴望着天，似乎能从空气里吃出稻子来。再过一阵子，人们饿得躺都躺不住了，纷纷爬起来去觅食。他们跟地球上的蝗虫一样，在芜星各处翻拣，把一切能吃的东西都吞进肚子里。

最后，是绝望。这一点比前两者加起来都可怕。

人们都饿成了皮包骨头，我爷爷养的猪却安然无恙。这是一种奇怪的现象，农作物颗粒无收，芜星的野草反而格外茂盛，似乎将所有的营养都掠夺了。人类不能吸收野草里的植物纤维，猪却可以，它们每天在山坡下咀嚼，一个个肥头大耳，像是滚动的肉球。

可想而知，这些猪对饥饿的人们来说，会是多么大的诱惑。

我爷爷深知这一点，每天格外警醒，睡觉时都把耳朵竖起来，时刻提防有人闯猪圈。其实我爷爷也饿得不行，原本一个壮硕的小伙子，硬生生饿成了骨头架子。但我爷爷不能让猪出事，它们是他娶到莎莲娜的希望，它们也是他的朋友，他甚至给每一头猪都取了名字。

一个夜晚，我爷爷正在睡觉，突然听到猪圈门被撬的声音。他一骨碌翻身而起，拿起钢叉，对准猪圈门。

门被推开，一个人冲进来，看到我爷爷，愣了一下，央求说："我快饿死了，让我吃肉……"

进来的是亨利，他比以前更瘦了，在黑夜里如同晃动的骷髅。他的衣衫挂在身上晃荡不休。

"不行，这些猪是大家的，最后要上交给星舰。"我爷爷试图劝说，"星舰要通过猪的质量来评定我们生产队的等级，很重要的。"

"星舰都他妈没有了！星舰被恒星抓到了，烧成灰了！管他妈的，现在只有我俩，你给我吃一头——不，我只要一条腿！"亨利说着，抽动鼻子，闻到了猪身上的骚臭味。这难闻的味道却令亨利口水都快流下来。

"不可能！"我爷爷断然拒绝。

亨利怪叫一声，猛地扑向猪圈。他翻到猪群里，不顾脏臭，一口咬住了一头猪的后腿。猪顿时惨嚎起来，后腿乱蹦，正中亨利的面部，踢得他鼻子眼睛里都是血。但他依然没有松口，愈发用力，竟活生生在猪后腿上咬下了一块肉来！

他不管腥臭的猪血和猪毛，一口一口，把那块肉给吞了进去。

然后，他停止了呼吸。

我爷爷惊呆了，连忙扑过去按压亨利的肚子，同时把手指伸进亨利的喉咙里去抠。所幸，那块肉还没有被嚼烂，我爷爷一下子把它扯了出来。

"咳咳……"肺部涌进了新鲜空气，亨利咳嗽着醒过来。他看着地上被灰尘裹满的肉，浑身颤抖，眼里满是泪水。"对不起。"过了很久，他低声对我爷爷说，然后踉跄走出猪圈。

我爷爷失魂落魄地走到猪群中间。猪被亨利的疯狂吓到了，哼唧不安，全部依偎在我爷爷身旁。我爷爷小心地安抚它们，当他摸到那头后腿流血的猪时，也不禁连声叹息。

然而，饥饿的人并不止亨利一个，他们更难对付。在饥饿的驱使下，十几个男人结成了短暂的同盟，他们磨牙擦拳，瞅准时机，在一个月黑风高的夜晚袭击了猪圈。

我爷爷还没有醒过来，就被当头一棍给敲晕了。当他醒来时，猪圈已经空了，只有凄凉的晚风在他周身环绕。

"啊……呀……"我爷爷发出含混不清的声音，爬起来，奋力向外面追去。他知道饥饿的人们什么都干得出来，自己冲过去，很可能会被打死。但他没有选择——这些猪是他生活的唯一希望。

外面很冷，且黑，六轮月亮全部隐进了云层后。我爷爷身上只穿着单薄的衣服，跑起来时，风能从他脖子处灌进去，然后从裤管溜出来，将他身上的热量带走。但我爷爷不管，顺着风里面隐约的猪臭味，一路追下去。

我爷爷奔跑的姿势其实很笨拙，手臂和腿都不协调，背上很快冒出了汗，然后又被冷风吹干。他凌乱的头发在眼前晃来晃去。他开始还能呼吸，后面便只能喘息，心脏咚咚咚跳个不停。

但他跑得很快。

我爷爷在风里穿行，在黑暗里奔跑，耳边溢满了呼啸声。跑着跑着，他自己都有种错觉：要是这么一直不停地跑下去，快一点，再快一点，自己会不会像利箭一样刺破夜的外壳，到达另一个世界？

当然，我爷爷并没有找到这个问题的答案。在他看到另一个世界之前，他看到了那群偷猪贼。

那些人牵着猪，也在夜里跋涉。他们想把猪弄到隐秘的地方，慢慢来吃，以使自己渡过困境。他们正深一脚浅一脚地走着，一边对深沉的夜咒骂不已，一边为到手的猪暗暗得意。这时，我爷爷突然冲出来，撞倒了两个人。他自己也翻倒在地上。

"怎么回事？！"有人怒喝道。

"不知道，刚有个人撞我……哎哟，我的腰……"

几个人跑过来，把我爷爷压住。"见鬼，这不是那个猪倌吗？"他们一下子认出了我爷爷，皱眉道，"刚才是谁负责把他敲晕的？"

"是我……可是我记得我一棍子下去他就不省人事了啊！怎么现在又跟个狗一样窜出来了？"

"废话少说！罚你少吃一顿肉。"为首的人说。

"那他怎么办？"

"还能怎么办，再给他一棍子，重一点！"

我爷爷看到有人拿着棍子走过来，顿时拼命挣扎，无奈对方死死按住，他动弹不得。砰，一棍子敲在他后脑勺上，他没晕，只感觉到脑袋里响起了金属振鸣的声音，同时，闻到了一丝血腥味。

"这都打不晕！罚你两顿肉！"

那小子急了，抡圆棒子，猛地挥下来。我爷爷听到棒子刮起的呼呼风声，知道这一棒下来，自己不仅仅会晕眩，恐怕脑浆都要被打出来。于是他闭上眼睛。

然而我爷爷没有听到脑袋破碎的声音。他耳朵里，只有"吭哧"的呼吸声，人被撞倒的"哎呀"声，以及纷乱的脚步声。我爷爷睁开眼睛，看到那十几个人都手忙脚乱地去赶猪，倒是没人注意自己了。

是猪救了他。

在千钧一发之际，那条被咬了后腿的猪猛地挣脱出来，撞倒了拿棒子的人，然后向外跑。其他猪也四处乱拱，场面一时乱了套。

我爷爷爬起来，手脚挥舞，在人群里冲撞。他一会儿趁乱扇这个人一巴掌，一会儿又在那个人屁股上踹一脚，就是不让他们顺利地抓猪。

偷猪贼很快转移了重点，派几个人把他抓住，狠狠地揍他。

"快跑啊，你们跑啊！"我爷爷一边忍受着雨点般的拳打脚踢，一边大声喊，"麻子，大壮，小毛，花花，阿缺……"我爷爷叫着他的猪的名字，每一声呼喊都快要把喉咙叫断，"你们快走啊，你们是自由的，不要落到他们手里。他们会把你们清蒸红烧的啊！"

猪们似乎听懂了我爷爷的话，跑得更欢畅了，撞翻好几个人，消失在夜色里。

"呵，哈哈哈……"我爷爷欣慰地露出笑容，嘴角有血流下来。

偷猪贼们气急败坏，指着我爷爷喝骂道："都怪他！混蛋，往死里打！"

当然，聪明的你肯定知道，他们最终并没有把我爷爷打死。不然也就不会有我，也就不会有这个故事了。

我爷爷遍体鳞伤，一路爬向猪圈。夜色消弭，天边有两轮黎明喷薄时，他才回到熟悉的地方。仿佛是奇迹一般，当他推开猪圈的门时，里面竟然挤满了肥猪，正睁着黑溜溜的小眼睛望着他。

这群猪，在夜色里四处奔逃，然后又不约而同地回到了猪圈。它们偎成一团，一边瑟瑟发抖，一边等待着我爷爷的回归。

我爷爷爬到它们中间。许多猪鼻子顿时蹭到他脸上，腥热的鼻息扑面而来。我爷爷在奔跑挨打时没有一声哭泣，这时却忍不住鼻子一酸，泪水哗哗流下。

尽管我爷爷为了这群猪舍生忘死，但终究没有把它们救下来。

因为要杀这些猪的，是赵队。

原因是负责整个芜星生产安全的将军要过来巡视。其实谁都知道巡视是假，到各个生产队混吃混喝才是这位将军的目的，但没有人敢阻拦——他是带着军队来巡视的。听说有几个生产队实在没有粮食，硬生生被他给烧了营地。他和他的士兵像飓风一样，走到哪里，哪里最后剩下的粮食就会一扫而空。

将军到了生产队，对赵队说："老赵啊，你看看，我这些兄弟一脸苦菜色，好几个月没尝到肉味了，我听说你这里，还养着一群肥猪？"

赵队恨得牙齿打战，脸上却堆出笑容来，说："明白、明白……"

那天是我爷爷最悲惨的一天。他耳朵里满是猪被杀死的惨嚎声，他捂住耳朵，跑得很远，趴在那个山坡下，藏在茂盛的猪草里，但那些声音还是像蛇一样蜿蜒进入他的脑海。他的麻子、他的大壮、他的小毛、他的花花、他的阿缺……这些有了名字的猪，全部被砍成一块块肉，扔进了大锅里。

那些猪肉被将军和他的士兵们一顿就吃完了，地上满是啃干净的骨头。他们吃的时候，营地的工人都围在四周，闻着肉味流口水。但没有一个人敢进去吃。

只有赵队作为主人，在猪肉宴上才有一席之位。他跟将军说了许多好话，将军才松口，让我爷爷也进来吃。或许是赵队知道这些猪是我爷爷的心血，过意不去。

我爷爷本来不想答应的，但犹豫过后，还是进去了。原因只有两个。第一，我爷爷实在是太饿了。他也是人，好几个月都在饿着肚子，闻到肉香，胃部好像有搅拌机在搅一样难受。至于第二个嘛……

我爷爷吃第一口猪肉的时候，差点把舌头给吞进去。那味道太鲜美了，像传说中的灵丹妙药，吃一口就能得道飞仙。

我爷爷也只吃了那一口肉。

接下来，每当士兵把肉端上来时，我爷爷都把衣领拉开，然后用手捂着嘴，把叼住的肉悄悄吐进衣服里。因为人多，分给我爷爷的，总共也就六块肉，他的衣服里，悄然藏了五块。

吃完抹尽，将军满意地打着饱嗝，剔着牙，瞅了我爷爷一眼，说："还留在这里干什么？滚吧！还没吃够吗？"

我爷爷点头哈腰，捂着肚子，一步步走向食堂外。

"慢着！"将军的副官突然皱眉说，"你肚子这么鼓，到底是吃了多少肉？"

　　我爷爷一下子站住了，脑门上汗珠滚滚而落。要是将军知道他藏了肉，恐怕会当场被激光射穿脑袋。

　　"嗨，这你可就冤枉他了。"赵队讨好地笑着，走过来，不动声色地把我爷爷的肚子一按，让它没那么明显，"他从小就胃气肿，吃点东西，肚子里就满是气，这是给胀的。"

　　"我说嘛，几块肉哪能吃那么鼓……"将军笑道。

　　赵队冲我爷爷的屁股抬脚踹去，大声说："快滚吧你！还留着，难道想等肚子里的气放出来，熏死我们？"

　　在一片哈哈大笑声中，我爷爷低着头快速走出了食堂。

　　等到了深夜，我爷爷悄悄来到了莎莲娜的宿舍。这个时候的莎莲娜，已经形销骨立，不复以前的红润。她躺在床上，意识昏沉，声息微弱。

　　我爷爷没有吵醒她，烧了水，然后把藏起来的肉放进去煮。在此之前，他已经把门窗都关得严丝合缝，以防香味泄露出去。

　　所以，现在你明白我爷爷答应去吃肉的第二个理由了吧？

　　莎莲娜是被满屋子的肉香给勾醒的，在模糊的视线里，她只看到了那一锅肉汤。她从床上爬下来，头磕了一下，出血了，但她依旧径直爬向那锅汤。我爷爷上前扶住她，她没有看到我爷爷，眼睛直勾勾地盯着锅，手朝那个方向伸出。

　　在我爷爷与莎莲娜相处的时光里，她一直是娴静优雅的形象，笑声轻细，举止柔弱。要不是这场饥荒，谁都想不到她也会有饿死鬼一般的面目。

　　饥饿，是一种罪。

　　为了不让莎莲娜噎着，我爷爷把肉分成一小块一小块，小心地喂给她吃。她眼睛都睁不开，咀嚼着肉，最后还把煮肉的汤喝完了。

她这才有了一点力气，睁眼看着我爷爷，说："谢谢……"

我爷爷暗地里吞了口唾沫，摇摇头，表示没关系。

"可是……我吃了那么多，你怎么办？"

"我还有啊！我可是喂猪的，要猪肉还不容易吗？"我爷爷豪气干云地拍了拍胸膛，咚咚咚，他的胸膛里像是什么都没有，发出空洞的回响。

莎莲娜这才安心，闭上眼睛，回味刚才唇齿间的味道。

"你的锅脏了，我去给你洗一洗。"我爷爷提起锅，走到外面。

莎莲娜恢复了力气，想起刚才自己狼吞虎咽的模样，惭愧不已。她扶着墙出门，想去给我爷爷好好解释一下。

外面已是深夜，六轮月亮在天空悬挂，因此她的脚下也映出了六条影子，如同绽放的影之花。她慢慢地在黑夜中行走，脑中思索着怎么才能跟我爷爷解释她之前的失态。

快到我爷爷的住处时，她突然在屋后面听到了"哗哗"的水声，然后是"吱吱"的奇怪声响。她好奇地绕到屋后，在水管旁，她看到了我爷爷。

我爷爷背对着莎莲娜，蹲在地上，正在用那口锅接水。他把锅晃了晃，让水冲刷整个锅面，然后把水一股脑儿喝完。然后，他还意犹未尽，又把锅举起来，贪婪地用舌头舔锅底。他舔得如此认真，以至于身后的莎莲娜开始哭泣了也没有听到。

直到那口锅被舔得干净光洁，映出明晃晃的月光，我爷爷才捂着肚子站起来。他的肚子里灌满了水，站起来的时候，居然听得到水晃荡的声音。他转过身，看到了莎莲娜。

"啊！呃，我刚才在……在洗锅……"我爷爷大惊失色，笨拙地解释着。

莎莲娜哭泣不止。

熬过了那段艰苦卓绝的岁月，芜星人终于迎来了曙光：星舰奋力逃出了恒星群的引力陷阱，重新出现在宇宙空间里，并且继续开拓版图。同时，星舰派出了纠察队，对饥荒时期发生的事情进行审查。

接下来发生了一系列事情。那个混吃混喝的将军被处决了，他的士兵受到了不同程度的处罚。而作为坚守职责的典型，我爷爷成了榜样，被通报表扬，在各殖民星球网络的首页上都能看到我爷爷略带羞涩的正面照。

这给我爷爷带来许多好处，除了出名，他还被额外分配了一套房子。说到这里，我得再解释一下，我也不想啰唆，可是我不解释你就不知道一所房子在芜星的珍贵，也就不能理解我爷爷当时的优越性。你要知道，所有人都在进行艰苦的拓荒，晚上只能蜗居在狭小的宿舍里，躲风避雨，瑟瑟发抖。而我的爷爷，却能够在开发区拥有一套大房子，享受晨风吹拂，看尽落日余晖。

这优渥的条件让我爷爷受到了众多姑娘的关注。他每天都能收到数不清的秋波和笑脸，还有姑娘们以各种名义发出的邀请。

有一次，一个漂亮姑娘来到我爷爷家里，寒暄之后，天色已晚，我爷爷正要送她回去，姑娘却解开了衣襟。被优化过基因的她，拥有惊人的曲线和肤色。我爷爷的鼻血一下子就像江河奔流一样涌出来。

"今天晚上，我留下，好吗？"姑娘用魅惑的语气说。

我爷爷以令人吃惊的毅力拒绝了她。他给她穿好衣服，礼貌地送她出门，一路上，姑娘的表情先是错愕，然后是羞惭，最后是低低地啜泣。她并非水性杨花，只是希望有个栖身之所，所以鼓起了莫大的勇气，却不能使我爷爷动心。

"不是你不漂亮。"我爷爷安慰她说，"这个房子已经有女主人了。"

"是谁？"

我爷爷没有回答。

尽管我爷爷没有回答，但我想你可以猜得到，我爷爷说的女主人是莎莲娜。我爷爷安顿好一切后，兴冲冲地找到了莎莲娜，问她是否愿意搬过去住。

然而，我爷爷得到了否定的答案。

"你……你不愿意住大房子吗？"我爷爷困惑地说，"而且我也在那里啊！"

莎莲娜缓慢但坚定地摇头："对不起，我怕……我怕我会住习惯你的大房子，然后就忘记我的愿望。"

"你的愿望是什么？"

"我不想留在芜星上，我想去别的地方。这里太荒凉，太贫瘠，景色一眼就能看尽。我要回到星舰上，或是去别的星球。我不能把一辈子耗在这里。"

我爷爷怔然无语。

"我知道你也不想待在这里，我们一起走吧。"莎莲娜一把抓住我爷爷的手臂，殷切地说，"只要找到机会，我们就能一起离开。"

莎莲娜每说一句，我爷爷的心里就凉一些。

我爷爷曾和莎莲娜在六轮月亮下长谈，曾把唯一的食物留给她吃，曾抱着哭泣的她……那么多次，我爷爷都以为自己走进了这个姑娘的心中。但现在，他蓦然发现，其实自己从未了解过她。

她想离开这里。

原来她每天仰望着天空，心里想的却是怎样逃离。原来她那晚来到山坡上，并不是随意走走，她只是听说了我爷爷当年劫持飞船的英勇事迹，想找一个愿意一起离开的同伴……

我爷爷在爱情面前只是笨，却并不蠢，那一瞬间，他明白了许多事情。他踉跄着后退，手臂从莎莲娜手中挣脱出来，莎莲娜的指甲在上面划出了血痕。

"你，你不愿意吗？"莎莲娜的手停留在空气里，哀切地看着我爷爷。她的眼睛像是含了水，隔着空气，都能让我爷爷感受到温润的潮湿。

有那么一瞬间，我爷爷的心产生了动摇，他也想跟莎莲娜去游历星海，见遍宇宙的种种神奇。但是，芜星的生产还未结束，所有人都不能离开。我爷爷想起了他年少时候的那一幕，为了离开这里，他的朋友被活生生打死。那具尸体倒在我爷爷脚下的瞬间，勇气就抛弃了他。

徐家声那双如同沉郁沼泽一样没有生气的眼睛浮现出来，如同每晚的噩梦一样，在虚空中盯着我爷爷。我爷爷打了个寒战。

"不……我不能……"我爷爷嗫嚅着，像逃跑一样飞快地离开了莎莲娜的宿舍。

打那天起，我爷爷和莎莲娜的爱情之花就凋零了，它甚至还不曾绽放出芬芳。所有的爱情，如果想持久，都需要有共同的理想来维系。在当时，普遍的共同理想是建设好殖民星球，而莎莲娜的目标太高，我爷爷追不上。

我爷爷备受打击，心灰意冷，只得把精力放在工作上。那时候，他已经在生产队小有权力了，负责物资的运送。

星舰回归后，给芜星送来了技术员。那些穿白大褂的人在芜星的地表上勘探、取样，分析土壤溶液。不到一个月，就找出了饥荒的原因：芜星的环境拥有自我恢复能力，类似于负反馈调节。在经过九代人的改造之后，它开始了反击。芜星的土壤里突然多出了一种元素，能够精准地杀死外来植物。

人类科技的伟大之处在于：它可以征服那些反抗的星球。

技术员们修改了作物的基因，使其具有芜星本土作物的种种特点，成功蒙蔽了芜星的负反馈调节。

到了第二年，营地外，一片葱绿的作物漫山遍野地铺展开。

收成比往年翻了几番，粮食和其他农产品堆起来时，就像几座大山。我爷爷兢兢业业地清点物资，送上飞船，然后看着它消失在天际。

我爷爷的工作态度值得肯定，尽管占着肥缺，却从不贪污受贿，一丁点儿错也没有犯。赵队十分满意，甚至想过在他退休之后，由我爷爷接他的班。

但我爷爷不开心。

我爷爷保留了他养猪时候的习惯，每天上下班时，都会绕道经过莎莲娜的宿舍。他看到莎莲娜的脸在朝霞和晚风中依旧朝着天空，视线邈远，表情恬静。我爷爷在她楼下一次次走过，他仰望着她，她仰望着天，目光从未交会。

时间就在这些仰望中流逝。

三年后，我爷爷娶了那个魅惑过他的姑娘。到了这里，你要明白，我并没有打算讲一个缠绵悱恻的爱情故事，男女主人公彼此坚守，爱情在时间的河流里孕育出芬芳什么的……那都是小说和戏剧里的人物，愿意为了爱情牺牲一切。但事实上，我爷爷只是一个普通人，想过简单的生活，每晚有人可以拥抱，一起生活，生下孩子，继续将芜星改造成宜居星球。

而莎莲娜显然无法给我爷爷这些。我爷爷不能为她等待一辈子。

其实莎莲娜的生活过得并不好，她在营地里工作，既劳且累，总是形单影只。也有男人去亲近她，但最后都放弃了——没有人能够实现她逃离芜星的愿望。

只有我爷爷时不时地暗中帮她，送一些物资，或把自己的配额悄悄划到她名下。她知道这些恩惠来源于我爷爷，以她的处境，她不得不接受，但她无法向我爷爷表示感谢。很多次，她和我爷爷在路上遇见，都是面无表情，擦肩而过。

我爷爷也沉默。只是在错身的那一瞬间，他总是忍不住深呼吸。他的鼻子能闻到莎莲娜头发上的淡淡香味。

两年以后，我奶奶生下了我爸爸。当我爷爷捧着那幼小脆弱的身体时，忍不住长长地叹了口气，所有人都以为他是高兴傻了，乐极而叹息。只有我爷爷自己知道，他捧着儿子的那一刻，就要开始全身心承担起家庭责任了。他不能对莎莲娜再抱有任何幻想。

在当时，我爷爷的家庭简直是楷模，有大房子，有优渥的职位，而且父慈母贤子孝，人人称羡。我爷爷辛勤持家，白天工作，晚上照料妻子，只有在深夜时才偶尔发出不为人知的叹息声。

直到那一年的秋天。

那天，我爷爷刚把丰收的粮食装进飞船，看着飞船缓缓升空。通常情况下，飞船会穿越大气层，到达外空间，然后通过虫洞跃迁到星舰所在的坐标点。但这一次，飞船刚离开大地，就落下来了，一大片尘土飞扬，模糊了我爷爷的视线。

我爷爷感到好奇，但也只是远远地看着。他要早点回去照顾儿子。飞船的舱门打开，几个船员押着一个人影走出来，骂骂咧咧。许多人围过去，对着人影指指点点。船员见人多，声音愈发大了。

"……幸亏我们船上有热扫描仪，开船前我检查了一遍，发现谷堆里有个人影……"船员得意扬扬地说，"按照联盟的法律，发现了偷逃的人，可以直接扔在外空间里，不负法律责任。这种人，总想不劳而获，不愿意付出，是集体的蛀虫！"

说着，他把抓到的偷逃者往前推搡，人群顿时发出嗡嗡的议论声。在围观者的缝隙里，我爷爷看到了熟悉的脸——莎莲娜。她被船员紧紧押住，面如死灰，浑身颤抖。各种各样的目光扫视着她，她低下头，凌乱的头发如瀑布一样垂下。

"是她啊。"有人说，"她早就想跑了，没想到今天终于忍不住，藏到了谷堆里！"

"是啊是啊，这种情况，要交给赵队。惩罚肯定少不了！"

"嘿嘿，好吃懒做就是这种下场……"

……

那天回到家，我爷爷一直魂不守舍。我奶奶让他盛饭，他应承了，却拿着勺子坐在门口发呆；我爸爸尿裤子了，他去拿衣服来换，却走到了院子里，在菜园里寻寻觅觅……

　　这种恍惚的状态一直持续到深夜，我奶奶已经抱着我爸爸上床休息了，窗外夜色浓重，风呼啸往来。我爷爷坐在床边抽烟，地上已经堆满了烟头，不知过了多久，他猛地一拍大腿，起身就往门外走。

　　"站住！"我的奶奶，我那从来都是温声细气温婉贤淑的奶奶，突然爆发出响亮的呐喊，"你不准走！"

　　我爷爷停下脚步，却没有转身。

　　我奶奶坐在床上，手攥着被子，青筋一根根都暴出来。她死死盯着我爷爷，一字一顿地说："你不能去。你去了，这个家就散了。"

　　"我只是去……"我爷爷的声音很涩，像是吞了一颗苦果子，"去抽根烟……"

　　"你以为我什么都不知道吗？这几年，每次她有困难，你就拿家里的东西去帮她。每个月的配额那么少，我们俩都不够吃，你还暗地里转到她名下。"我奶奶扳着指头，把我爷爷拿给莎莲娜的每一样东西都如数家珍说了出来。

　　这个沉默的女人，将一切都看在了眼里，将一切都记在了心里。她花了好一会儿才把那些物资的名字说完，然后说："我从来不跟你说，是因为我们是一家人，我总想着你会慢慢改，最后只对我一个人好。但现在，你一旦出去，这个家就完了。你就算不管我，也要想想你儿子。"说完，我奶奶狠下心，使劲拧了一把我爸爸的屁股。

　　我爸爸正在熟睡，被剧痛惊醒，顿时哇哇大哭。

　　我爷爷依旧没有转身，迎着风，一口气把烟抽完。然后他吐出烟头，大步走向外面，将我奶奶的啜泣和我爸爸的哭声扔在脑后。

　　我爷爷独自一人在夜色里不紧不慢地走着，黑暗凝重如铁，一重重压迫着他。到了关押犯错者的禁闭室前，我爷爷停下来，深吸口气，再吐出来，然后推门而入。

"是李哥啊。"几个看守都认识我爷爷，笑着打招呼，"都这么晚了，来陪兄弟们打牌消遣？"

我爷爷摊摊手，说："一说打牌，我就手痒了。可是，赵队让我来把逃跑的人叫过去，问问她的情况。唉，改天再来跟哥儿几个玩几把。"

"好说，好说。"看守爽快地把钥匙递过来，让我爷爷去提人。

我爷爷押着莎莲娜，走到禁闭室外。"跟着我。"我爷爷低声说，"别说话，走路轻一点。"

他们没有走向赵队的住处，而是朝我爷爷上班的仓库走去。一路上，他们都低着头，路边的树木如同巨人在守卫，轮廓庞然而模糊，似乎被夜色融化了。

仓库的最里层，存放着一艘小型飞船，是紧急时用来转移重要物资的。它空间不大，只能容纳两三个人。我爷爷检查了一遍，确认线路正常、燃料充足，示意莎莲娜走进去。

"你呢？"莎莲娜走到舱门口，发现我爷爷没有动。

我爷爷摇摇头，说："我只能送你到这里了。"

"你不跟我一起走吗？"

"我还有家人。"

莎莲娜上前一步，抓住我爷爷的手，恳切地看着他的眼睛，说："什么都不要管了，跟我一起走吧！我知道你还喜欢我，我也会对你好的，我们一起去很多美好的地方。"

"我都快三十岁了，这些对我来说，已经很遥远了。"我爷爷再次重复，"而且，我还有家人。"

莎莲娜两眼通红，泫然欲泣。

正当两人僵持着的时候，外面突然传来了纷乱的脚步声。许多人在靠近——禁闭室的看守觉得我爷爷来得有些突兀，就给赵队打了电话，赵队一听，立马就想到了这个唯一有飞船的仓库。

"你快走！"我爷爷心一沉，急声说。

莎莲娜固执地摇头："不，你跟我一起走。"

仓库门被撞开，一群人冲了进来，领头的正是赵队。他已经年迈，但身形依旧魁梧，嗓门粗大，吼道："小李，快停下，不要做傻事！"

年少的阴影再次扑面而来，我爷爷这次却不再战栗，他坚定地摇头。"进去，不然就来不及了！"他将莎莲娜一把推进舱门，然后转身盯着闯进来的人。

嗡，飞船浑身一震，启动了。

"快，抓住他们！"赵队吼道。

十几个男人跑过来，我爷爷扛起一袋谷子，死命砸过去。他像疯狗一样嗷嗷叫着，冲过去顶翻了好几个人。但立刻有更多的人把他压住。

身后的飞船已经离地升起，左右摇晃着向仓库门外飞去——莎莲娜只有驾驶的基本常识，并不熟练。

"把门关上！"

男人们立刻舍了我爷爷，起身冲向仓库门。我爷爷浑身瘀血乌青，却翻身而起，追上那些男人，专踢他们的腿，让他们一个个都摔倒。追到最后两个时，已经到了门口，我爷爷咬牙扑过去，抱住那两人的脖子。三个人一起滚倒在地。

那两人急了，想推开我爷爷爬起来关门。但我爷爷爆发了不可思议的力量，死死箍住他们，多重的拳头打在自己身上都不松手。

飞船跌跌撞撞地飞过来，穿过仓库门，进入了广阔的夜空。

"走啊，快走啊，你要自由，就可以拥有自由！"我爷爷声嘶力竭地喊，眼泪和血一起流下来，模糊了眼睛。多年前，他救那群猪时也这般呐喊过，只是，猪跑了还会回到猪圈里，而莎莲娜飞走之后，就会永远消失。

飞船的八台引擎全部启动，喷出来的离子束令四周灰尘弥漫。所有人都纷纷捂住了嘴巴，仰起头，看着飞船笔直而上，逐渐变小，化为一星光点，消失在亿万星辰里。

我爷爷这才松开手臂，像一摊烂泥似的躺在地上……

我爷爷八十二岁时，芜星的改造才结束。

当星舰派来的官员们仔细检查完芜星的各处，以七比二的高票通过芜星的结束改造申请后，整个星球一片欢呼。从此以后，芜星将正式成为人类联盟的殖民星球。在星际版图上，它会以绿色的标记来标明。

宣布那天，我爷爷正躺在病床上。我爷爷坐过十年牢，然后独自在破旧的宿舍里度过了一生，艰难劳累，疾病缠身，总是感觉浑身酸痛。到了晚年，他只有依靠药物来维持微弱的生命。

听到改造结束的消息后，我爷爷的呼吸急促起来，扭过头，看向窗外。

窗外，是改造过的明净天空，几行飞鸟掠过，留下清脆的鸣声。高大的建筑群拔地而起，人工树林郁郁葱葱，清香扑鼻，阴凉怡人。看着这种景象，我爷爷很难回忆起芜星当年的贫瘠模样，他仔细思索，只能模糊地想到一个姑娘的影子。

他再也没有见过那个姑娘。

有人说她成功回到星舰里，钻进冬眠机，在青春永驻的睡眠里等待拓荒纪元全面结束；也有人说她没有回到星舰，而是在一个个殖民星球间游历，见识了种种瑰奇景象，最后累了，嫁给了一个愿意给她熬热粥的老实人；还有人说，她的飞船刚一到达芜星的外空间，就被陨石击中，船毁人亡，在群星间永远飘荡……

这些说法，跟我爷爷都没有关系了。

他下半生的整个生命，都用在了改造芜星上。正是一代代他这样的人抛洒着青春和热血，才使芜星的土壤肥沃起来，子孙后代才能富足安乐。所以他被我奶奶赶出家门，一生凄凉，孤苦伶仃，却总是能够找到活下去的勇气。

我爷爷死后，我亲手将他的骨灰盒放进公墓。这儿埋葬着几百万拓荒者的尸骨，每一个都有我爷爷这样的故事，只是我无法一一叙述。我爷爷在他们中间，将得到永恒的安息。

我离开墓园时，回头凝望，百万墓碑都在渐暗的天色里静默着，只有晚风在吟唱。

何夕 ————● 人生不相见
先行者的最后音符

一　领路人

　　午休时间的基地安静了许多，训练的喧嚣已经散去。这里是美国凯斯国家海洋保护区的基拉戈海岸，范哲一直警惕地扫视四周，因为叶列娜正在"工作"。怎么说呢，反正范哲现在算是叶列娜的同谋，档案馆的门禁系统是他突破的，现在也是他在给叶列娜望风。按章程规定档案馆网络与外界物理隔离自成一体，只有在内部才能调阅。严格说叶列娜就算进到里面也没法"调阅"，因为她根本不具备相应的资格权限。叶列娜已经潜入档案馆快一个小时了，也不知道情况如何。范哲可不想成为被好奇心害死的猫，再说他对那些档案也没什么好奇心，他最多只是对叶列娜有那么一点好奇心罢了。不过虽然是在犯规但范哲心里并无多少愧疚之感，其他学员一个月前都如期离开，偏偏只剩下他们两个人，而且不管找谁询问都是一句冷冰冰的"无可奉告"。范哲的脾气还好点，他只是一名工程师。叶列娜以前可是特警出身，天生就是个惹事丫头，反正闲着也是闲着，正好练练各人的手艺。

范哲心虚地四下张望，就在这时他见到了那个人。范哲敢肯定就在一分钟之前周围都是没人的，估计刚才这家伙是隐身于某个角落。对方显然发现了自己，因为他正点头示意。问题是范哲心里有鬼，他强迫自己不要望向档案馆的方向。

　　"这里真美啊。"来人应该是位亚洲人，大概四十七八岁的样子，脸上的皱纹宛如刀削。但他的语气让范哲觉得有些奇怪，因为这样的抒情口气就像是一个青涩的少年。

　　"当然。"范哲强自镇定地接过话头，"你刚才一直在这里……看风景？"

　　"我来了一阵了，我们这个星球上的大海很壮观，不是吗？"来人几乎是有些贪婪地四下眺望，一丝复杂的神色在他脸上浮动。

　　"当然，你慢慢看。"虽然来人透着古怪，但范哲没有心思追究，心里只盼着这家伙早点离去。

　　来人望着远处："宝瓶宫还在原来的地方吧？"

　　范哲悚然一惊，离海岸 8 千米外的海面之下就是宝瓶宫。宝瓶宫始建于 20 世纪 80 年代，是元老级宇航员的训练设施。其生活舱和实验室就建在一个深海珊瑚礁旁边。宝瓶宫长 14 米、宽 3 米、重约 81 吨，建在 27 米深的水下，模拟了空间站的各种生活条件。许多年来它经过多次维护，但面积一直保持在 42 平方米，并非是技术上无法扩建，而是刻意保持与太空狭小居住环境的相似性。生活设置当然是很齐全的，但是只要想象一下让人在里面一连待上几百个小时（所谓的饱和潜水技术）就会明白那是什么样的滋味。宝瓶宫主要是为了训练宇航员的太空运动能力，但显然对宇航员的心理素质也是一个考验。据说在未公布的档案里就有宇航员长期幽闭后出现精神疾病被淘汰的记录，当然这样的资料不是一般人能看到的。不过范哲知道也许再过一会儿自己就能目睹那些神秘的资料了，希望叶列娜一切顺利。

"您是新来的教官？"范哲试探地问。

"不。"来人意味深长地摇头，"很多年前我是这里的学员。"

"啊？"这回轮到范哲吃惊了，曾经有人向教官问及以往学员的现状，但被告知这属于绝密。而现在居然来了一个活的。

"不用怀疑。"来人淡淡开口，"不过我出现在你面前的确属于前所未有的特例。"

"为什么告诉我这个？"范哲不禁有些紧张，出于本能他也明白某些事情知道了不见得是好事。

"因为我们将一起合作。你、我还有叶列娜。自我介绍一下，我是何夕。你们之所以一直待在基地，就是在等我，因为我是你们的领路人。"

范哲的嘴微微张开，样子有些傻。这时他手里的电话响了一声，上面显示出一条正在传输资料的横条。看来叶列娜已经有了收获。

"跟我来吧！"来人说完大步朝前。

"去哪儿？"范哲不知所措地问。

"当然是去档案馆。"来人眼里闪出洞悉一切的光芒，"你通知叶列娜终止行动吧！我会解开你们心中的谜团的。"

二　参宿

档案已经发黄。

在恒星际时代出现"纸"这种东西的机会是极少的，这只是因为在个别场合按照规定必须使用所谓的"硬"拷贝材料。何夕早已从电脑里知晓了档案袋里的内容，但现在他仍然必须在办理烦琐的手续后从机要员手里接过它。蓝色的菱形印章覆盖在档案的封口处，代表着某种至高无上的权威。印章已经有些斑驳，50多年的时光顽强地在上面留下了自己的力量痕迹。其实所有人都知道真实可靠的文件内容只能通过电子副本获得，因为在这个时代只需入门级的原子组装技术便可无法分辨地复制出连同这个印章在内的全部纸质档案，谁也不敢确定手上这套东西就是以前封存的原件。只有基于数论的电子加密技术才能完全确保文件的安全。但并不妨碍何夕一脸郑重地抽出文件从头阅览，因为这是规则。

看着那些文字何夕心里涌动出一丝难以言说的情绪，他知道20年前的那个人也曾经翻阅过这套编号为145的档案。范哲和叶列娜亦步亦趋地跟在何夕身旁，脸上的激动无法掩饰。何夕瞄了眼范哲，不禁想起当年的自己何尝不是一样。何夕知道他们俩能跟随自己进入这里看到"乐土"计划的档案的确是一件不容易的事情，这意味着他们至少要淘汰掉两千名以上的竞争者。但何夕不知道的是，当这两个年轻人下一步完全明了自己的使命后是否还能像现在这样志得意满。从道理上讲应该影响不大，至少何夕知道在测试题目中已经隐晦地暗示了某些线索。

"好了，该进入正题了。"何夕示意两位年轻人坐下，"从拆开这份文件开始你们便正式加入了'乐土'计划。也许你们也知道一些内情，但我还是按规定从头说起，因为我是你们的领路人。在未来这段的时间里我将陪伴你们，直到任务完成。"

"还是不用了吧！"叶列娜突然打断何夕，"基础的背景知识我刚刚在电脑里看过了。"她转头看着范哲，"我还传给你看了的，对吧？"

范哲有些错愕，他没想到叶列娜竟这样坦诚。

这回轮到何夕吃惊了，"乐土"计划归入联邦绝密级，他带些狐疑地看着这个斯拉夫血统头发微卷的女孩。他知道叶列娜有特警的经历，但没想到她居然还是一名技术超群的黑客。

"你不用怀疑。"叶列娜落落大方地开口道，"我潜入档案馆用自己写的一个工具软件搜索到了系统的小漏洞从而看到了少量密级不高的资料，但也到此止步，总体来说那个什么'乐土'系统还是非常 strong 的。不过所有事情是我一个人干的，与范哲无关。"

何夕不动声色地问："那你们知道些什么？"

叶列娜似笑非笑地答道："至少我知道了我们这趟旅程并非一般的考察，和其他人不一样，这条航路曾经发生过重大事故，充满未知的危险。"

"你……"何夕顿时语塞。眼前这个文弱的女孩显然具有与她外表不相称的内在力量，她无所畏惧地对视着何夕的眼睛，竟然使得后者生出一丝躲闪的念头。一旁的范哲保持着沉默，但看得出他是站在叶列娜一边的，他看着叶列娜的眼光混合了欣赏与关心，甚至还有隐隐的依恋。这也难怪，他们一起接受训练，特别是这最后一个月他们一直单独相处。何夕心中一阵冷意掠过，这是一个让人感觉不好的苗头。

"恐怕基地的头儿也是有所顾虑吧？"叶列娜幽幽地开口，眼里有洞察的光芒闪现，"我们这次考察本该在一个月前开始，可一直拖到现在。其实基地并不缺领路人，但却专门将你从46光年之外召回来，因为那些人缺乏经验，难以胜任这次的特殊任务。"

何夕颓然跌坐。叶列娜说得没错，这次行动的确非同寻常。接到基地的命令何夕也相当意外，从来没有人会第二次执行"乐土"任务，这是没有先例的。20年来何夕一直生活在天蝎座里海星，天蝎座18号星距离太阳系46光年，地球天文学家很早就开始关注这颗恒星，原因在于它和太阳之间太相像了。具有几乎相同的年龄、质量、直径，甚至表面温度。就连自转周期也非常接近，都为25天左右。这颗位于天蝎座的左螯上的恒星理所当然成为人类优先纳入考察计划的星球。在"虫洞通道"技术进入成熟阶段不久人类就向天蝎座18号星发出了探测飞船。正如英谚里常说的"坏运气连着坏运气，好运气连着好运气"一样，人们惊喜地发现这颗恒星的第二颗行星竟然具有良好的生态环境，而更可贵的是这颗行星上还没有进化产生具有智能的生命体。一句话，人类中大奖了，奖品就是一颗直径一万一千千米的后来命名为"里海"的生命星球。

但是叫他怎么对两个年轻人说呢？他们只是好奇，只是对世界上的未知充满向往，却不明白人生其实一直行进在雷场之中，无法察觉的灾难随时可能吞噬一切。经历过危险的人才能加倍珍视生命，为了执行这次任务基地总共向12位"老人"发出了非强迫性的召集令，但最终只有何夕一个人接受了命令。

"先生，你怎么了？"范哲关切地问，作为一名工程师他不像叶列娜那样咄咄逼人。

"没什么，只是里海星的氧气含量略高于地球，我这次回来时间不长，还没完全适应。"何夕抚了抚有些气闷的胸口，"其实就算你们没有突破系统，有些事情我也是会告诉大家的，所以我不打算将这件事情上报。当然我会提醒他们系统出了漏洞。不过也请你们不要再对其他人提起这件事好吗？"

叶列娜的目光在何夕脸上停留了一秒钟，声音突然变得低沉："谢谢。"

"还是让我们说说渤海星的事情吧！"何夕戴上数字手套，房间里顿时暗下来，一幅全拟真的星图浮现在半空中。淡淡银河垂地，仿佛某个超级巨人的信手涂鸦。"看那里，猎户座。也就是中国古人所说的参宿。"

何夕手指微动，星图在急速地拉近："这颗编号为 HP26762 的红色恒星距离地球 168 光年，光谱类型为 F，太阳的光谱类型为 G，所以它的表面温度略高于太阳。"

镜头拉近，红色的灰尘被放大，显出模拟的细部结构，可以看见丝丝缕缕的日饵偶尔喷吐出星球的表面，宛如条条纱巾。那是另一颗光明星球，是太阳远在亿兆千米之外的兄弟。何夕注视着这颗美丽的空中宝石，眼里有某种难以描述的神情显现，即使以范哲的粗疏也能看出这个中年男人分明对这颗远在 168 光年之外的星球怀有某种奇特的情感。叶列娜记下了这一幕，她隐隐觉得此次的任务透着一些诡异。

"恒星 HP26762 的第二颗行星就是渤海星，是在 50 多年前被发现的，在例行的 20 年观测实验期后正式纳入'乐土'计划。渤海星形成于 30 亿年前，比地球年轻。和地球的主要差别在于它的铁镍质核心偏小，这导致地核冷却速度更快，所以虽然它更年轻但它现在的地磁强度只是地球的 1/2，并且每年仍以一定速率减少。将来渤海星也会像火星一样彻底失去磁场保护，到时候在恒星粒子流作用下它最终将失去绝大部分液态水。不过那是 20 亿年后的情形，在未来几亿年内它依然算得上人间的'乐土'。"何夕例行规定地做着介绍。

"等等。"叶列娜插话道，"HP26762 恒星表面温度高于太阳，渤海星的磁场又弱于地球，那上面的恒星辐射一定比地球更强。"

何夕赞同地点头："准确地讲渤海星表面的平均恒星辐射强度是地球的 2 倍，在两极地区还要高很多。渤海星在 30 度左右的低纬度地区偶尔也能看到极光，这就好比地球上在上海市看到北极光。"

"那肯定很美。"范哲露出悠然神往的表情。

"当然，可以毫不夸张地说美得令人呼吸不畅。"何夕淡淡一笑，"但可惜我们欣赏不了多久。高能粒子会让我们的眼睛很快患上白内障，我们的骨髓细胞会迅速被摧毁，接下来便是顺理成章的结果——死亡。"

"所以才需要先行者对吧？"叶列娜插话道。

何夕这次没有表现出诧异，他料到叶列娜已经查知了先行者的资料："是的，先行者率先登陆并征服这些星球，如果有必要他们还承担着改造星球环境的任务。总之先行者是值得我们永远尊敬的一群人。他们为全人类的美好前途付出一切……"何夕陡然止住，脸上浮现出萧索之意。

叶列娜与范哲面面相觑，何夕凝视着虚空中的猎户座群星，心里不禁滚过一阵悠长的感叹。在 168 光年的时空阻隔之下，彼端已然是另一个世界。

"资料里提到了通道事故的事情……"范哲小心地提起话头。

何夕从短暂的失神中回过头来："是的，通道，那是一次事故。在发现渤海星的时候虫洞技术已经非常成熟，人类在座标点之间的跃迁有过无数成功的经验。虫洞技术的基石是引力，正是靠着对强大引力的精确操控才能将空间'穿孔'，从而实现超距跃迁。虽然虫洞跃迁的理论耗时为零，但在实际中至少要维持15秒稳定态才有足够时间完成一次操作。不过虫洞的理论基石已经隐含着虫洞跃迁的一个危险，虫洞总是成对出现的，如果在'虫洞对'之间的直线空间上存在着强引力物体，那么在跃迁之前就必须考虑到这种引力的影响，将其代入到计算中，否则建立的'虫洞对'将陷入紊乱状态，跃迁目的地将变得无法预料。"

叶列娜插话道："的确，这种情况下一旦误入巨星系的核心区域，肯定会导致灾难性后果。"

何夕摇摇头："你说的情况并不常见，就总体而言宇宙中物质的分布非常稀薄。现在发生的几起事故是另外一种更复杂的情况。"

"什么情况？"范哲问。

"偏移并不只发生在空间上。"何夕神色凝重地说，"第一艘事故飞船发现自己偏离预定地点约20光年，当他们和地球建立量子通讯之后才发现虽然他们只感觉过了一瞬间，但在地球上时间已经过去了一个月，人们当时都以为他们遇难了。所以他们是同时在空间和时间上都出现了漂移。"

"他们穿梭了时空？"叶列娜倒吸口气。

"穿梭这个词容易导致误解，没有人能够回到过去，只可能往后漂移。"何夕接着说，"根据事后分析这种效应相似于物质以光速运动时发生的情形，对他们而言时间停止了。迄今为止相同的事故发生了 6 起，时间漂移最短的是 10 个小时，最长的是 70 天。"

"渤海星任务也是事故之一对吗？"叶列娜幽幽地问道。

"是的，就是猎户座渤海星。"何夕点头，"也是我们这次的目的地。当年渤海星任务彻底失败，是迄今为止发生的最严重事故。"

"威胁来自黑洞对吗？"范哲插话道。

"并不是那么简单。"何夕缓缓点头，"在现有技术条件下，'虫洞对'之间的距离不能超过 10 光年，所以去到某个外太阳系的行程实际上由一系列的跳飞组成。而对强引力物质的探查就是建立航道最重要的工作。10 光年虽然是一个非常广大的区域，但现有技术对于包括普通黑洞在内的强引力源的探查是很准确的，唯独对那些形成于宇宙大爆炸初期的微黑洞束手无策。那些尚未完全蒸发的太初黑洞的视界往往不到一微米，具有的引力却非常强大，要完全排查极其困难。好在这种特殊结构并不常见，而且根据计算单个微黑洞并不足以扰乱'虫洞对'的运行，除非是遇到散布的微黑洞群落，否则虫洞跃迁依然是安全的，实际上之前往渤海星发射的几艘飞船运行都是成功的。"

"资料上讲飞船成员发回了遇险讯息。"叶列娜开口道，"当时他们不仅在时间上漂移了 12 天，而且在空间上误入了一颗超强辐射脉冲星的势力范围。两名成员当即死亡，最后那位女性成员在发出航线上存在高危险微黑洞群警报讯息之后也死了。"叶列娜注意到何夕脸上难以掩饰的痛苦，"这直接导致到渤海星的航道从 20 年前中断至今。"

"是的。"何夕调整一下情绪，"航道的重新探查是一个漫长的过程，尤其是在已经发生了悲剧的情况下。现在的新航道在距离上远了一些，但应该能够绕过那个可怕的微黑洞群落区域。"

"能确定是微黑洞造成的事故吗？"叶列娜探究地问。

"这个，当然了。"何夕有些诧异地看了眼叶列娜。

"可之前的航行都是成功的，现在新航线只是绕道，并没有确切发现微黑洞群落的位置，为此居然白白耗费 20 多年时间……"叶列娜止住话头，因为她突然发现眼前的何夕仿佛变成了另一个人。

"你说什么？"何夕瞪大双眼须发直立，"你有什么资格怀疑于岚的判断？这是她付出生命代价才送回的讯息，你……"

叶列娜忙不迭地摆摆手，她也觉得自己的怀疑有些过分："对不起，我只是有些好奇。"

何夕撑住额头，20 年了，一切仿佛昨天才发生，包括于岚最后那凄美的微笑……

三　商宿

宇航中心一派繁忙，渤海星飞船将在这里升空进入外层空间后再转入虫洞飞行。虫洞飞船的主体就像是一颗巨大的枣核，周围悬浮缠绕着三个交叉的线圈。领路人马维康带着他的组员加腾峻和于岚一字排开站在飞船面前，接受人们的祝福。

何夕面无表情地注视着站在飞船前面的三个人，准确地说他的目光只是落在那个娇小的身影上，心里麻木得没有一丝感觉。就在昨天之前他的心还被幸福的憧憬填满，而现在一切都已无法挽回。

是的，就在昨天，何夕当时刚刚从减压舱出来。在宝瓶宫受训的宇航员由于长时间生活在水下，他们的身体体液被高压氮气所充斥，在返回海面前要进行 17 个小时的减压，这是最让人难受的环节。何夕一出减压舱禁不住仰头深吸一口气，感觉自己这才算活过来了。等他再次平视前方时一眼便看到了于岚那俏丽的身影。

绿树、草地、衣袂飘飘，这是一道风景。

于岚扬起脸有些调皮地看着何夕："谢谢你这段时间对我的照顾。"

"咱们的生物学博士什么时候变得这么客气了？"何夕略显木讷地笑笑，他们相差 10 天进到宝瓶宫，在那里共同训练了 20 天。其实何夕觉得应该说感谢的是自己，因为自己晚到 10 天，正是于岚告诉他许多有益的经验。不过，在一起突发事故中也的确是何夕帮助于岚脱离了险境。

"我是来同你道别的。"于岚轻声道，她低头看着地面。

何夕有些意外："道别是什么意思啊？我们可是分在同一个组的，应该是半个月后一起出发吧？"

"基地做了调整，我改派了别的任务。"于岚黑白分明的眸子里闪过难以言述的神色，一种称为痛楚的感觉在这一瞬间从她心头滑过。20 天前的一次训练中于岚的潜水设备发生了紧急故障，几乎与此同时何夕将自己的呼吸器拉开接驳到了她的面罩上。那个时刻于岚心里某个最柔软的地方被深深触动了，她没想到这个世界上真的会有一个人视她胜过自己的性命，她本以为这样的情节只存在于赚人眼泪的小说里。那是怎样一种天雷地火般的触动啊！

"哦，怎么会这样？"何夕语气里有难以掩饰的失望，他觉得自己的心正在往下沉。

于岚咬住下唇，叫她怎么给眼前这个比自己小一岁的大男孩说呢？其实正是她自己要求改派的，当 10 天前回到基地知晓了任务的全部内涵后她只能做这样的选择，等何夕知道真相后应该也同意这是最好的选择吧！这个世界上有许多很伟大很崇高的东西，跟它们比起来爱情虽然美丽但却只是一件渺小的装饰品。于岚想到这一点的时候突然觉得有一丝什么东西从身体里被抽了出去，渐行渐远，仿佛多年前的某一天，她眼睁睁地望着心爱的布娃娃飞出了列车车窗。

"再过 24 个小时我就出发了。"于岚脸上挂着空洞的笑容。

"我们以后还能见面吗？"话一出口何夕就发现自己问得太蠢。刚受训时他们就已被告知不同小组成员的今后的情况属于机密，彼此是无缘再见的。

"知道我要去的是哪里吗？"于岚的声音像风铃一样动听，"是位于猎户座的渤海星，中国古人所称的参宿。而你要去的里海星位于天琴座，中国古人称之为商宿。"

何夕陡然间明白了什么。人生不相见，动如参与商。参星在西商星在东，千百年来地球上的人们从未同时见到参宿和商宿，当一个上升另一个便下沉，永世不能相见。

于岚的心里也是滚过宿命般的浩叹，十天前她只是请求改派任务，到渤海星是上面的人决定的，但却那么不可思议地映照到千年前的诗句里，仿佛冥冥之中真有天意的存在。

……

送别的人群一一上前告别，祝福三位人类的勇士。这时领路人马维康注意到了于岚的沉默："我们基地最美丽的女士不想给大家说点什么吗？"

　　于岚被突如其来的提问从失神中拉回，她静静地巡视全场："谢谢大家来送我们。其实，我要说的话昨天已经说完了。"于岚望向人群中的何夕，脸上是一抹带泪的笑容。

　　何夕的嘴唇翕动，那是只有他们两个人才能听到的诗句："人生不相见，动如参与商。今夕复何夕，共此灯烛光。"

　　是的，这就是人生的宿命。当何夕第一次打开属于他自己的里海星任务档案时立刻就明白了于岚做出的是怎样的决定，他现在赶到发射场只为最后同于岚告别。这并不是什么一般性的考察任务，在那个无比崇高的目标之下，需要他们付出的很多，这其中就包括——爱情。

四　水星球

　　预定目的地设定为距渤海星 60 万千米的外层空间，这是为了尽量避开渤海星两颗卫星的干扰。作为领路人，何夕完成了 90% 以上的操作。每一次十光年跳飞后的方位确认、航道修正以及能源补给需时约两天。其实一切都是在计算机程序的安排下进行，领路人所能做的也不过是摁下确认按钮，这虽然只是一个表象，但却让人觉得仿佛是自己在掌握着命运。何夕摆摆头将这个念头甩开，拇指毅然摁下，启动最后一次跳飞。

　　35 个地球日之后虫洞飞船突兀地出现在渤海星的外层空间，就像一只从遥远虚空中钻出的幽灵。防护罩缓缓打开，母星明亮的光线经过过滤之后照射进来。叶列娜和范哲迫不及待地解开束缚，飘移到舷窗旁，渤海星巨大的身影悬浮在远处漆黑深空中，像是一只绘满蓝色花纹的瓷盘。

是的，蓝色覆盖了渤海星的全部表面，这是一颗没有陆地的水星球。虽然这是从资料里已经知道的事实，但同地球的巨大反差还是让人一见之下让人难以相信自己的眼睛。

"真美啊。"叶列娜如痴如醉地赞叹道，"哎，范哲，你看它像不像一颗矢车菊蓝宝石？"

"真想把它镶嵌在一颗戒指上送给我的新娘。"范哲幽幽开口。"不过它真的太奇特了，竟然没有陆地。"

何夕的动作比年轻人慢了半拍，他凝望着渤海星，一时间难以言述自己的心情："渤海星并不奇特，恰恰相反，是地球更奇特。"

"你说什么？"范哲不解地问。

"宇宙中的行星无非两种，要么有液态水要么没有。相比之下存在液态水的行星是小概率事件，根据现有资料来看概率小于一亿分之一。因为这要求行星具备一系列极难满足的条件，比如行星与恒星的距离、恒星所处的年龄阶段、行星自转的速率、行星的质量大小以及大气层厚度，等等。这些条件的苛刻程度足以与宇宙常数所具有的奇异精密程度相提并论。你们想想看，在太阳系里存在那么多行星、小行星以及卫星，但确定拥有液态水的却只有地球。"何夕耐心地讲解，"但另一方面，由于宇宙无比巨大的物质数量，存在液态水的行星数量在实际上却又是一个天文数字。而在数以十亿年计的时间条件下，如果我们认可生命的自发论是正确的，那么液态水和生命存在几乎就是一个等同的概念。所以人们很早就认为宇宙中生命绝非地球所独有。"

"这个我大概是知道的。"叶列娜插话道，"可刚才你说地球才是奇特的又是什么意思？"

"你们应该知道地球表面71%是海洋，29%是陆地。我的意思是在拥有液态水的星球里这是一种非常奇特的小概率现象。"

叶列娜和范哲面面相觑，表情都有些发呆。

"实际上水这种物质在地球总的物质中占有比例相当低。这些水大致有几个来源：地球形成时的太初尘埃、数十亿年来引力俘获的星际水分子、撞击地球的小行星或彗星带来的水分。正是这些极其复杂的来源共同形成了地球上现在的水分。地表水的重量只占地球重量的不到6‰，地核中则基本可以肯定没有水的存在。为了测出地幔的情况，2002年日本的研究者在高温高压环境下，创造出四种和地幔矿物相似的化合物，然后向这些化合物灌水，测试它们吸水后重量的变化，结果表明在地幔处溶解的水，是地表水量的5倍多。所以地表水的重量加上地幔水的重量，水占地球重量的比例约为1‰。这显然是一个非常低的比例，我们完全可以想象水占比高得多的行星，理论上甚至不能排除100%由水构成的星球，有些小行星和彗星的构成比例差不多就是那样的。那么从道理上讲，在存在液态水的行星中绝大多数的含水量都应该高于地球。"

范哲听得有些发呆，而叶列娜也罕见地保持沉默。

何夕笑了笑，说："别这样看着我，要知道我的专业就是天文学，我当年的毕业论文就是研究地外含水行星的，题目就叫《水星球》。让我们回到正题吧！而即使以1‰这样低的占比来看，海洋也占据了地球的大部分表面。如果我们假设哪怕某个行星的水重量为星球总重的 2‰，那么按照一般化的原理来看，大陆已经不大可能存在了，而如果行星含水比例再上升一些就连岛屿也将完全消失。也就是说对于所有存在液态水的星球来说，大片陆地的存在只是一个小概率事件，而表面基本被海洋覆盖才是一个常态。实际上迄今为止在现在人类发现的 200 多颗地外生命星球中只有一颗星球具有大片陆地。"

"在哪里？"叶列娜按捺不住地问。

"就是我生活了 20 年的里海星。它的表面 90% 被海洋覆盖，具有一片面积接近亚洲的大陆。当初发现它时引起的重视是空前的，人类委员会启动了最紧急预案。"

"为什么？就因为它有陆地？"范哲插话道。

"还能有别的原因吗？就是因为陆地。"何夕肯定地点点头。

五　乐观派

飞船已进入近地轨道。从这里看上去渤海星占据了大半个视野，它静谧地转动着，丝丝缕缕的云带间断连环，勾勒出大致的大气运动图案。叶列娜眼光扫了一下控制台，信号已经发出，但是还没有收到任何回应，这显得有些不正常。虫洞跃迁结束后是一段常规航程，大约 4 天后才能抵达渤海星，宇航员进行的培训就是为这种常规航程准备的。叶列娜转头欣赏着舷窗外的风景，她已经知道由于没有大陆，渤海星的气候是比较温和的，除了在赤道附近偶尔形成台风外基本上没有极端的气候状况，由于没有大陆的阻拦和消减效应，台风在渤海星的存续时间比地球长很多。不过就算是台风也对生物圈构不成多大威胁，巨量的液态水保护了所有的生灵。但是，这真的是种保护吗？

"我还是怀疑水星球能永远封锁智能生命的产生。"叶列娜看着何夕，"如果时间足够，也许生命会找到一条我们未知的进化道路。"

"时间不是问题，某些小质量恒星可以稳定存在几百亿年。但你能告诉我在水星球上怎样得到火吗？不是稍纵即逝的像闪电那种，而是持续不断地能被使用的火。"何夕的声音变得低微，"燃烧的三个条件是有可燃物、与氧气接触、温度达到可燃物着火点。在水中没有游离氧，而且水温也低于多数可燃物的着火点，自然条件下无法获得火。至于现在人们实现的水下燃烧实际上是基于精巧设计的机器，这种火其实是智慧的产物了。"

叶列娜泄气地摇头。她当然知道火对于智能生命进化的意义。那可不仅仅是提供保护和熟食，包括煅烧器具、冶炼金属，包括后来人类的化学物理等一切科技，没有一样不是发端于火的应用。

"以前有种观点，认为人类作为智能生命的标志是人的大脑与体重的占比是最高的，但现在知道宽吻海豚的这个比例是大于人的，可是几百万年来宽吻海豚也没能产生自己的文明，最多算是有些社会的雏形罢了。"何夕接着说道，"所以你们现在可以明白，当年发现里海星时地球联邦为何如临大敌了，因为大陆的存在极可能导致智能生命的产生。不过只是虚惊一场，里海星没有高智能生命存在，那里最高级的物种是一种生有脊椎、长着六条腕足的陆地章鱼，智力接近地球上的长臂猿。如果人类更晚发现里海星，这种生物可能会成为星球的统治者，但现在它们的腕足是里海星的一道名菜。"

叶列娜心中不禁涌起巨大的骄傲与庆幸。如果认可何夕的论点，水星球对生命的保护最终将变成一种近乎永恒的禁锢。处于这颗蓝色星球的顶空，叶列娜知道这几天与领路人的交谈已经彻底地改变了自己。她几乎是有生以来第一次意识到生为人类是一件多么奇异的事情，或者按何夕的说法是一件概率多么小的事件。

"但为什么人类会这么害怕另一种智能生命？难道不能成为朋友吗？"叶列娜吐出心里的疑虑。

何夕古怪地笑了笑道："其实在这个问题上一直存在悲观与乐观两派。悲观派认为宇宙间的智能生命一旦相遇将立即导致落后的一方被掠夺、杀戮乃至灭绝，现在这种观点获得了很多人的认可，是主流。"

"那乐观派呢？"叶列娜急切地问。

"我就是乐观派。"何夕注视着叶列娜的眼睛，"这也许和我自己的天文学专业有关。但是现在我的这种观点出了点问题。"

"我不太明白你的话。"叶列娜蓝汪汪的眼睛里写满好奇。

"我们乐观的原因只是因为宇宙本身的宏大。离地球最近的恒星系是 4.3 光年之外的比邻星，但因为它是一个引力系统非常复杂的三星系统，通过计算就能发现大行星不可能稳定存在。而已知的拥有行星的恒星都离地球 10 光年以上，但基于生命产生和进化的苛刻条件，这些行星上面恰好拥有智能生命的可能性几乎为零，上百年来地球上最强大的射电望远镜还没有从这些星球上接收到一丝有意义的信号，这实际上已经否定了地球周围数十光年内存在智能生命的可能性。"

"那再远一些呢？"范哲插话道，"可观测宇宙的范围可是超过 130 亿光年的。"

"再远一些当然会有可能。"何夕肯定地说，"虽然智能生命产生概率极低，但由于宇宙物质的无比巨大，所以拥有智能生命的星球是一定存在的，而且其中一些肯定远远超过了地球人的水平。那么问题来了，如果这些进化水平可能超出人类上百万年的外星种族来到地球，它们会干什么？"

叶列娜和范哲对望一眼，都老实地摇了摇头。

"乐观派的结论是它们什么都不会做。因为对于能够跨越成千上万光年距离的高级文明来说，地球以及现阶段的所谓人类文明除了有一点观察意义之外根本就没有任何用处。这样的超级文明早就洞悉了物质的全部秘密，也许它们为了来到地球看一眼，顺手便熄灭了上百颗太阳大小的恒星，这样的种族又怎么会在意地球这颗沙粒上的那丁点所谓资源呢？"何夕露出一丝戏谑的笑容，"我常想这就好比人类建造了能抵抗深海压力的高科技潜艇，来到大西洋海底烟囱观察那些靠硫化细菌生存的管虫，如果管虫中也有悲观派的话它们一定会惊呼糟糕了人类来抢我们的硫化氢和美味酸水了。"

叶列娜"扑哧"一下笑出声来，何夕的比喻让她忍俊不禁，她当然知道人类的屁里就充斥着硫化氢。不过她想起一点："那你为什么说自己的观点出了点问题呢？"

"是虫洞。"何夕的表情转为严肃，"这都是因为虫洞这种超越了时代的技术，至少我认为这种技术提前让人类进入了本来还不到时候进入的领域。"

"我有些明白了。"叶列娜点头，"这种技术可能让还不够成熟的文明和种族发生碰撞，结果导致悲观派预见的结果。"

"还没有回信吗？"何夕转头问范哲。

"的确没有收到回信。"范哲很肯定地报告,他已经全面检查了设备。作为一名合格的工程师,他很相信自己的能力。"哎,等等,有信号答复。"

何夕和叶列娜急速地飘过来,他们的目光都锁定在了屏幕上。

"这里是渤海星接引驻地,先行者欢迎来自地球的客人。驻地坐标东经115度,北纬30度。重复一遍:东经115度,北纬30度。"

"登陆飞船准备就绪,请领路人指示。"范哲掩饰不住心中激动,有生以来将第一次登上另一颗星球,这是多么奇妙的境遇。

但是何夕却微微蹙眉,仿佛面对一件奇怪的事情,脸上阴晴不定。

"范哲留在主船,我和叶列娜登陆。"

"为什么?"范哲失望地问,"按章程我也应该下去的。"

"你的任务是立刻对整个渤海星建立毫米级扫描观测。"

"计划书里根本没有这一条啊!"范哲大惑不解。

"这是命令。"何夕面色阴沉,口气不容置疑。

六 驻地

驻地像一片漂浮在无边池塘里的巨大树叶,登陆舱渐行渐近,在巨大树叶的映衬下像极了一只小小的瓢虫。这时驻地的表面裂开一道窄缝,吞下登陆舱。

面前居然是一片浅丘草地,不知名的野花绚丽绽放。小溪淙淙流淌,一只草原黄鼠"嗖"的一下从旁蹿出,惊起几只蚱蜢,在渤海星相当于地球 4/5 的引力条件下自在飞行。一幢四面透明的房子很突兀地矗立在平地上。

一个满头银发、皮肤黝黑的高个子从房子里走出来："欢迎你们，我是先行者李高。"

"你好。"何夕淡淡点头，"你的先行者编号可以告诉我吗？"

来人沉默了一下："当然，我是里海星先行者 42 号。"

"那好 42 号，我们现在要到大船去。"何夕简短地说。

"现在还不行，大船在圣地。"

"圣地？"何夕疑惑地问，"那是什么地方？"

来人的语调变得庄严："圣地是世界上最美丽的地方。"

何夕用眼睛的余光扫视了一下自己手臂上的那个扣子，那是一个发射机，此处的一切情况已经传送到了虫洞飞船："我想看看这个圣地，请带我们过去。"

来人再次沉默了一秒钟："好的，我去安排。现在请你们在此等待。驻地的环境和地球相似，领路人应该知道的。"

李高进了屋，叶列娜刚想开口却被何夕止住，他取出仪器四下扫描确定没有监视之后开口道："你马上联系范哲，让他准备建立和地球的量子通讯。"

"现在就准备吗？"叶列娜吃惊地问。在虫洞飞船中携带有一组用于量子通讯的电子，保存在接近绝对零度的超低温环境中。它们都是一对双生电子中的一个，对应的另一组电子留在了地球上。双生电子诞生于纯粹能量的碰撞，呈现出量子纠缠态，由于泡利不相容原理，它们的物理状态永远是相反的，这便是超空间量子通讯的理论基础。量子通讯要求的能源巨大，实际上虫洞飞船只能支持最多两次量子通讯。按照规定第一次量子通讯应该是登陆第七天初步掌握目标星球总体情况后进行，所以现在何夕就要求做好启动准备的确让叶列娜感到不解。

"我觉得有必要。"何夕的语气不容置疑。"渤海星让我有种不安的感觉。"

叶列娜环视风景怡人的四周，不明白何夕指的是什么。但她知道何夕曾经执行过里海星任务，这样说一定有道理，她需要做的就是执行命令。

"我也觉得那个先行者有些傲慢。"叶列娜四下张望，"不过这里真的布置得和地球没什么差别，他们为了迎接我们是用了心的。"

"这只是章程的规定。"何夕冷冷说道，"按照《乐土宪章》，先行者必须在本星建造一处面积不小于一平方千米的地球环境，作为星球政府的永久驻地。渤海星还没有到设立政府的时候，这里应该是驻地的前期雏形。"

"我知道这部宪章，上面的规定都很死板。"叶列娜有些不以为然地撇嘴，"比如政府驻地这条，渤海星明明是一个水星球，像这样永久性地维持一块地球环境肯定不容易。"

何夕心中涌起面对淘气的晚辈时的那种宽容，但他的语气却依然不容辩驳："宪章是整个乐土计划的核心，第一条就明确规定宪章不容违背，否则视为人类公敌。"

"这么严重？"叶列娜吐吐舌头，"我看宪章细则里面有些很细的规定，那些也不能违反吗？"

"我知道你指的是什么，那些规定的确很烦琐，但却是乐土计划顺利施行的保证。"何夕了解地点头，"比如刚才的先行者42号，你看出他和我们有什么不同吗？"

叶列娜摇了摇头，"只是觉得他的皮肤颜色较黑，但比起地球上的中非班图人还要浅一些，这应该是因为适应恒星辐射的缘故吧！别的好像没什么了。"

"难道你忘了渤海星是一颗水星球吗？"何夕问，"这些先行者大部分时间生活在水下，他们都有鳃，那才是他们的主呼吸器，肺只是辅助器官。"

"对啊！"叶列娜恍然叫道，"可是怎么没看到呢？"

"这便是缘于乐土宪章的相关原则。"何夕说，"比如大熊座黄海星的引力是地球的一点四倍，很明显人类必须经过改造才能在上面生存。黄海星的原生生物都普遍矮小，身体多呈扁平。先行者是经过设计的人类，很显然将身躯设计低矮是最方便的办法。但是人类采取了另一种方法，就是加固先行者的骨骼等支持系统，当然还包括提高血管壁强度等相关措施，虽然这样做的代价高了很多，但可以保证现在渤海星人的平均身高只比我们低一点点而已，也就是说从形态上能一眼看出他们是我们的同类。"

"那渤海星人的鳃在哪里呢？"叶列娜问道。

"在我掌握的资料里他们的腋下便是鳃的所在。"何夕肯定地说，"虽然这样做造成了呼吸道的部分冗余，但显然外观上更能让人接受。"

"其实也可以不采用基因改造的方法啊！"叶列娜想起了什么，"采用水下呼吸器不也可以在渤海星生存吗？"

"如果那样做的话人类根本不能算是移民成功，充其量只是一个过客罢了。"何夕说，"只有凭借本能的力量自由生存才是真正征服并融入了这颗星球，这也是乐土计划的根本宗旨所在。"

"那万一有些星球环境过于古怪怎么办？"

"已经有过一些放弃的先例。"何夕显然很满意叶列娜能提出这个问题，"比如离地球 59 光年的死海星，由于大量硫化物的存在死海星的海洋呈现较强的酸性，上面生活着一些奇怪的低等生物。基因工程师从一种水生螨虫得到启发设计出了可行的先行者方案，但最终被听证会否决了。现在死海星已经被废弃 60 年了。"

"为什么？既然都有了可行方案为什么不实施？"

何夕的嘴角抽搐了一下："在方案里先行者为了适应那里的环境，将必须是一种全身布满黏液的有鳞物种。我的朋友威廉教授就是听证会成员，他是一位人类学家，据他说当时 100 多名听证员全票否决了方案。"

这时李高从屋子里出来，叶列娜注意到他的笑容有些谦卑："大船正在赶过来，根据速度计算 20 分钟之后对接。"

何夕蹙了蹙眉头："据我所知大船都是作为永久驻地的一部分，怎么在渤海星会分隔这么远？还有，这里既然是政府驻地怎么只有你一个人？"

"大船只是例行巡视。另外我不知道什么叫作政府。"李高的语气不卑不亢，说完便低下头去。

这个回答让何夕感到一些放心，他也知道政府是在验收之后才会成立。何夕没有注意到李高低头的瞬间一丝阴鸷的神色从他脸上滑过。

七　中央电脑

"我们现在上船，你请自便。"何夕扭头对李高说道，"驻地这里是你平时在管理吗？"何夕又淡淡地问一句。

"没有，中央电脑说我还需要学习更多的知识，我现在只是配合机器人管家做些外围的事情。"

大船的主控室位于甲板之上，是一处透明的半球形穹顶式建筑，四面的海景一览无余，当然，对于有害辐射已经做了过滤处理。正前方控制台屏幕上显示出一个虚拟的长得胖乎乎的头像。

"你好，中央电脑已经准备就绪。"头像的语气很平静。

"有一个问题，为什么那个 42 号先行者具备了某些不该具备的知识？"何夕的语气变得咄咄逼人，"你解开了伽利略封印？"

头像回答得很快："45 年前我同 4000 枚先行者胚胎一起来到渤海星，我的使命本该在 20 年前完成。但你们迟到了 20 年，那些帮助我管理的机器人逐渐发生了故障。我只好向先行者传授了少量封存的知识，否则不可能在这颗星球上坚持到现在。"

何夕喟然长叹，担心的事情还是发生了。从上次冰河期结束算起，人类文明已经发展了 13000 年，但是现在人们认为严格意义上的科技文明以伽利略为鼻祖。在伽利略和波义耳之前，人们一直禁锢在古希腊的短暂辉煌中难以前进，而之后的牛顿等人则是凭借站在他们的肩膀之上才得以进到科学的殿堂。所谓的伽利略封印是一个比喻，按照章程在验收之前任何移民星球所掌握的知识以农耕文明为上限，这也正好对应着伽利略之前的时代。也就是说验收之前先行者会掌握完备的经典几何知识，会有朴素的物质元素观念，能够有浅显的农业和医学知识。但是没有牛顿定律，也不会明白天上的星星是些什么东西。因为渤海星的特殊情况，之前人类委员会已经预料到可能会出现意外的事情，但没想到出现问题的居然会是伽利略封印。

"他们知道运动三定律了？"何夕尽量保持语速平缓。

"是的。"中央电脑说，"十六年前大船在海啸中受损，为了尽快修复我解开了牛顿定律的封印。"

"那热力学三定律呢？"

"很抱歉先生，这是能源应用中必须用到的。"

何夕沉默了几秒钟，小心翼翼地问："那麦克斯韦方程呢？"

"电磁学、相对论、量子论以及虫洞理论没有解禁。"中央电脑说。

何夕吁出口气，看来情况还不算无可挽回。其实等到验收完毕这一切都不是问题，从现在掌握的情况来看验收应该不会有大的意外。何夕心里打定主意，等验收完毕就把这段插曲删除掉，毕竟中央电脑也是在与地球失去一切联系的情况下采取的应急措施。按照章程这台违规的中央电脑应该格式化后重新编程，但何夕不打算那样做，虽然没什么道理，但内心里他甚至有点喜欢上了这个自作聪明的胖家伙，尽管它实质上只是一台由"0"和"1"驱动的智能机器。

"先行者说的圣地是怎么回事？"叶列娜突然问道。

"十六年前的那次大海啸中大船受损，为了避免类似情况再度发生我指挥先行者建造了一处海底停靠点。至于他们称之为圣地，可能是基于对大船的敬仰。"

"那好吧。我的问题完了。"何夕觉得轻松不少，脸上露出笑容。

"但是我有一个问题。"中央电脑突然说。

"哦。"何夕的眉头一挑，"你问吧。如果我们解答不了还可以跟人类委员会联系，求得他们的帮助。"

"不必。"中央电脑说，"如果你不能回答就算了。我想知道现在的渤海星先行者还能不能得到改进？因为经过这么多年后我发现在设计上有个别不太完善的地方。"

"基因设计是系统工程，对每个移民星系的基因设计至少都要花费五年以上的时间来施行，要改变设计除非是通盘重新调试。"何夕有些不耐地回答，他没想到会是这种幼稚的问题，"个别地方不完善没多大影响，世界上从来就没有尽善尽美的设计。"

大船行进了 10 分钟后海面上开始出现一些绿色的伞状漂浮物，先是三三两两，但很快就变得密集起来。大的直径超过五米，小的也有几十厘米。

"这是海浮萍。"不等何夕询问中央电脑便给出了解释，"这片海域是渤海星的无风区，所以会聚集这么多。"

"渤海星的植物有根吗？"叶列娜突然问道。

中央电脑迟疑了一秒钟："从我现有的资料来看应该没有。这颗星球上的所有生物都处于漂浮状态。渤海星最浅海域的深度是 83 米，最深处超过 10 万米。"

"我好像看到天空中有鸟在飞。"何夕插话道。

"渤海星没有同地球类似的鸟类。但是有类似昆虫一样的飞行生物。它们也可以在水面上停留，应该是从水生生物进化而来。这些昆虫也是先行者食物的来源之一，据他们说有一种大飞蝗的后腿烤制后很美味。"

叶列娜皱了下眉，似乎有些担心先行者会拿虫子款待自己。何夕指着远处一块不断起伏的巨大黑影问："那是什么？"

"那是土鲨。"中央电脑解答道，"根据研究，这个物种类似于地球上的鲨鱼，已经有差不多 10 亿年的历史了。"

"10 亿年。"何夕倒吸口气，他知道地球上某些种类的鲨鱼已经存在超过 3 亿年，属于地球最古老的物种之一，相比之下人类几百万年的进化史简直不值一提，实际上地球上的陆生物种的存在时间往往比海洋生物短很多。"经过这么长时间还没有灭绝真的可算是奇迹。"

"的确是奇迹，化石资料表明这么久以来这个物种几乎没有什么变化。"中央电脑补充道，"也许是渤海星的环境太平静了，进化的动力太小。"

"应该是这样。"何夕点头，"地球上至今仍有些人因为某些生物几千万年来变化甚少而否定达尔文的进化论，多年前一位叫'哈伦·叶海雅'的人甚至还以此掀起一股反进化论思潮，其实这不过是因为这些生物几千万年来的形态仍然很适应环境罢了。生物进化是因为生存环境带来的选择压力，看来水星球的确是生命的舒适摇篮。"

"我们已经到达坐标位置附近。现在开始下潜。"伴随中央电脑的提醒，穹顶外陡然一暗，片刻之后四周已是一派海底风景。光线透过海浮萍的缝隙照射下来，形成道道明亮的光柱。光柱中大片悬浮的巨海藻漂来漂去，宛如无根的森林。

"它们虽然没有根但在下部却普遍长有一团沉重的组织体。"何夕对叶列娜说，"这是许多水星球植物的共有特点，以此来调节自身在水中的高度。"

"我们已经发现至少上百种植物具备初级运动能力，它们可以通过蠕动部分枝干缓慢前进，以便选择适合生存的环境。"中央电脑补充道。

"那是什么？"叶列娜突然指着一个方向问道。何夕望过去，他立刻就看到了奇怪的一幕。在一丛巨海藻的中部呈现膨大的一团，就像生出了一枚直径十来米的卵。在轻浪起伏中，这个巨大的物体缓缓漂荡，光线照射在上面波光流动熠熠生辉，就像一块用翡翠雕琢的艺术品，散发出梦幻般的不真实感。一时间何夕不禁看得有些痴了。

　　"那是花房。"中央电脑的语气保持着固有的平静，"是孩子们用巨海藻建造的，他们喜待在里面。"

　　话音未落便看到两个小巧的身影像游鱼般从花房里冲出来，他们有些惊慌地望着大船，脸上混合了羞涩和不安。何夕一眼看出他们的年龄都只有十五六岁，看来大船的到来打搅了一对小恋人的幽会。

　　"是秋生和星兰。"中央电脑说道。

　　两个大孩子镇定了些，他们向着这边嘴唇翕动。

　　"他们在说什么吗？"叶列娜问道。

　　"我们听不到的，在水底他们发出的是一种次声波语言。"何夕解释道。

　　"他们说刚才有一批银贼鱼袭击牧场，大人们都赶过去了。"中央电脑说。

　　何夕犹豫了一下："这些人都有名字吗？难道用编号不好吗？"

　　"从 20 年前开始第一代先行者给自己起了名字。"中央电脑回答道，"当时起名的根据一般是根据各自的特点自己选择，其实更像是将原来的绰号确定为了名字，比如李高原来的绰号就叫高个子。不过，现在孩子们的名字就正规多了。"

　　"孩子。"何夕念叨了一声。在验收之前这本来是不应该存在的事物，但二十年联系的中断改变了许多事情。不过这也只算小小的意外吧，从道理上讲这些孩子也是先行者的一员。

　　窗外开始掠过一些悬浮在水中的结构精巧的建筑。这些建筑都呈现六棱柱形，有些是单独的，而更多的则相互拼接成更大的建筑。这片建筑连绵开去，占据了很大一片空间，俨然就是一座海底的立体城镇。可以想见在平日里这里应该是一派熙熙攘攘的景象，不过现在大多数人都赶到牧场了，只有稀疏的十多个人有些好奇地望向大船。

　　"这里就是渤海星的城市吗？"叶列娜问道。

　　"现在还只能称作聚居点，渤海星现在有八个这样的聚居点。"中央电脑说，"我们的人口还很少。"

　　"那现在先行者总共有多少人？"何夕仿佛不经意地问，"加上那些孩子。"

　　"原有先行者 4000 人，现在加上孩子是总共 8754 人，这不包括几十年来因为意外事故失去的人口。"

　　"从 20 年前算起，人口年增长率大约是 4%。"何夕在电脑上作了个简单的演算，"人类向处女地移民时人口增长率一般都很高，当年英国皇家海军'邦蒂'号上的反叛者在皮特凯恩岛上的人口增长率曾经高达 4.3%。"

　　"需要建设的东西很多，劳动力明显不足。"中央电脑继续做着汇报，"机器人大多出现故障，备用零件已经告罄。"

　　"这都是意外造成的，正常情况下渤海星 20 年前就已经解除伽利略封印，现在早该有了自己的制造业体系了。"何夕了解地点头，"不过这一切就快改变了。"何夕转头望向叶列娜，"让这颗蛮荒星球沐浴到文明的光辉，这就是我们的使命。"

叶列娜身躯微震，她从何夕的语气里听到了一种不容置疑的决心。在拿到"乐土"计划书的时候她已经知道了自己此行的目的，但在此之前她更多地将这看成自己必须完成的一项任务，和此前自己曾经执行过的那些任务虽有区别但本质并无不同。但这段时间的经历让叶列娜有了不一样的感觉，她意识到自己的人生已经和这次任务密不可分，她甚至没来由地隐隐觉得自己的命运也会因之而改变。叶列娜其实不喜欢这种似乎带有神秘意味的感觉，但她无法摆脱这种感觉。

八　圣地和死亡

伴随一个明显的减速过程大船停了下来，窗外昏暗的光线表明这里至少已在海平面下几十米的深处。

前方的地板缓缓打开，显出一列向下的台阶。"前方也有我的终端，你们随时可以同我交流。"中央电脑保持着例行公事的腔调。

甬道里的照明条件很好，何夕注意到墙壁的材质类似于地球上的花岗岩，每隔一段距离就矗立着一根粗壮的显然是人工材料的支柱作为加固。何夕估算一下从离开大船算起现在已经又向地底深入了几十米，在这样的深度任何海啸都不再成为威胁。

眼前豁然开朗，这是一个圆形大厅。在正中的平台上悬浮着一个直径约 1 米的淡蓝色球体，何夕觉得那应该是代表渤海星的雕塑。

中央电脑胖胖的头像再次出现在前方的一块屏幕上，在旁边站立着三个身着黑衣的人。

叶列娜突然满脸惊奇地望向何夕，仿佛不知所措。何夕完全明了叶列娜何以如此，因为他自己也感到几分震惊——面前居中的那人长得同他颇有几分相像，年龄也差不多，就像是他的一个失落的兄弟。现在同样吃惊的表情也浮现在那人眼里，显然他也没料到现在的场面。

"我叫秦忘。"那人恢复了平静，"先行者编号17。在这里大家也叫我酋长，欢迎来自地球的尊贵客人。"

何夕立时明白经过这么多年之后先行者中间已经产生自己的领袖，看来这个秦忘就是这样的人物："那好，中央电脑应该告诉过你我们的来意。另外纠正一下，我们似乎不应该算是客人吧？"

叶列娜悚然一惊，她这才想起最初收到的讯息里称他们为"客人"时何夕好像也是满脸不悦。

秦忘脸上掠过不易觉察的一丝尴尬："我这样说只是出于尊敬，我们已经盼望很久了。我们现有的力量在渤海星生存显得太弱，迫切需要来自联邦的帮助。"

何夕脸色缓和过来，一路过来他的心情早已轻松了许多，到现在为止没有什么不满意之处，看来此行的任务会很顺利："这里是什么地方，你们称这里为圣地有什么含义吗？"

"这里是我们的议事厅。"秦忘解释道，"圣地是大家的习惯称呼，并没有什么特别含义。"

何夕环顾四周："这里有监控设备吗？就是那种可以从远处看到这里的东西。"

"没有。"秦忘很肯定地答复。这个回答让何夕满意，其实叶列娜身上就带有检测设备，刚进来就已经向他发出了安全讯息，他向秦忘提问只是一次的小小试探罢了。

秦忘迟疑了一下开口道："按章程似乎你们还应该有一个人的。"

对方主动提到章程规定让何夕感到很踏实，他也觉得是让范哲登陆的时候了，毕竟范哲在渤海星计划里也是不可替代的一分子："我现在就下令范哲登陆，让大船接他过来。"何夕兴奋地转头看着叶列娜，"渤海星计划正式开始了。"

秦忘谦和地点头："我现在就去安排。"

范哲一进门就高声大嚷："你们肯定不相信我看到了什么，那些用巨海藻编织的房子是我这辈子看到过的最漂亮的别墅。还有……"

"好啦好啦。"叶列娜打断他，"还有巨大的海浮萍是吧？少见多怪。"

"原来你们也看到了。"范哲挠挠头，"不过有个东西你们肯定没见过，我在轨道上可是观测到了几十米长的潜艇……"

"那是土鲨吧！"叶列娜哈哈大笑，"渤海星可是农耕时代，哪来的什么潜艇。"

"先别说这些了。"何夕忍不住打断了两个年轻人的斗嘴，"我们还有正事要办。你们不会忘了自己此行的任务吧？"

叶列娜脸色变得有些奇怪："当然没忘，不就是让我和范哲来渤海星和亲嘛，而你这所谓的领路人其实就是个星际媒婆。当初我看到参加选拔的条件要求是未婚时就觉得十分古怪，像宇航员这种高风险职业一般都是选择有了孩子的人。"

何夕陡然一滞，在叶列娜嘴里至高无上的乐土计划竟然成了老古董式的和亲，自己也当上了媒婆，可细一想这话却让人无从辩驳，一时间他竟然有些哭笑不得的感觉："这个，乐土计划事关全人类未来的福祉。"

"我知道，宪章上讲了的。"叶列娜接过话头，"如果人类永远困守地球则必将走向灭亡，像超新星爆发、小行星撞击、高能试验事故、生化事件、太阳灾变等无法预料的偶然事件随时可能在未来某一天毁灭全人类。只有实施乐土计划才能让人类散布宇宙，永世长存。"

"对啊。"何夕语气变得郑重，"能够在这样伟大的事件里承担一份自己的责任是我们的荣幸。"

范哲幽幽地看了眼叶列娜："我们知道这是自己的使命，其实从看到计划内容的时候起我就觉得自己变得和以往不同了。我们将注定承担很多以前不明白的东西。"

"20年前我曾经有过同你们一样的感受。"一缕雾样的神色浮现在何夕的眼里，"而且由于另外的某个原因我的感受比你们更加刻骨铭心。"何夕停顿了一下，似乎有些犹豫该不该吐露这个尘封已久的秘密。

"发生了什么事情？"叶列娜突兀地问，她的脸上若有所悟。

"事情很简单，当年我爱上了一位姑娘。但不幸的是她也是乐土计划的成员之一，所以注定了这是一个不会有结局的故事。"

范哲忽然轻轻问道："那她也爱你吗？"他的目光有些飘忽地瞟了眼叶列娜。

何夕一怔："我想是吧！其实我们认识的时间并不长，但怎么说呢？也许感情的确是世界上最盲目的事情吧！当时我看着她乘坐的飞船在视线里渐渐模糊消失，觉得自己心里的某一部分也在那一刻永远地随她而去了……"

何夕突然停住话头四下张望："你们听到了什么吗？"他的脸上浮现出困惑的神色。

"我也听到了，好像是一声很轻的叹息。"叶列娜回应道。

范哲有些茫然地呆愣在原地，他没有听到什么，但是四周的情况却让他陡然紧张起来。不知何时四壁的门已经全部紧闭，范哲上前试图打开那些门，但无一例外都失败了。

叶列娜惊呼道："快看，那些烟雾！"

何夕这才发现房间里已经淡淡充斥了一层雾气，与此同时范哲身上的便携仪器上也亮起了红灯："天哪，是神经毒气梭曼，这样的浓度三分钟内就能致人死命。"范哲大叫起来。

何夕这才发现自己铸成了大错。当初在飞船上收到的讯号里先行者称他们为"客人"，按照乐土宪章所有移民星球在验收之前是不能视作人类家园的，但先行者的这种称谓却有以"主人"自居的意思，也就是说他们已经视渤海星为家园了，这个细节本来是让何夕有所警觉的，所以他安排范哲留守在飞船上，但后来的接触让他放松了警惕。现在看来渤海星上的确是发生了异乎寻常的事情，说不定范哲观测到的真的是潜艇之类的东西。中央电脑的程序肯定被人动过手脚，对方是做了有意的安排，等到他们聚齐之后才采取的行动。但是何夕不知道先行者这样做究竟是因为什么，而现在看来这也许将是一个永远的谜了。屋子里的三个人脸色惨白地面面相觑，眼睛里都是难以置信的绝望。死亡，就这么来临了，在这遥远的异星之上。不仅突然，而且透着不明不白的诡异。

在意识离开何夕之前的最后一瞬，滑过他脑海的是一个奇怪的念头：那声叹息怎么那么熟悉？之后纯粹的黑暗袭来，将一切吞噬。

九　当年情

这就是死亡吗？像漂浮在云团里，又像是沉浸在温暖的海水中。斑驳的光影在眼前四处跳荡，宛如一幅让人不明就里的抽象画。

"不——"何夕突然大叫一声醒来，这才发现自己躺在一张柔软的椅子上，虽然没有充足理由但第六感觉清晰地告诉他旁边有一个女人。这个判断很快有了依据，因为何夕立刻发现一个纤弱的身影就伫立在他的面前。

即使是最善于想象的人也常常在面对命运的安排时感到意外，谁都难以知道会在什么地方以及在什么地点遭遇不可预料的人和事。当于岚的身影突然间映入何夕眼帘的时候，他真切地感到这句话的正确。20年的隔膜在那个瞬间被穿透了，何夕觉得天地间突然恍若无物，只剩下了两个人。无论用什么样的语言也无法述说何夕在那个瞬间里的感受，因为他见到的是一个自己已经与之永诀的人。多年前的伤口一直还在隐隐作痛，但是那个人居然回来了，她穿透的不仅是时间，还包括死亡。

何夕此时还不知道与于岚的重逢最终成了他心里第二道痛入骨髓的伤口，而且永世难愈。

"是你吗？"何夕喃喃地问，"如果不是从小被培养的无神论信仰，我一定会认为这是在天堂里的重逢。"

"是我。"于岚温柔地回答，眼里装满欣喜。

何夕四下张望，发现这里是大船的主控室，现在已近黄昏，光线变得柔和，绚丽的云彩挂在天边。但他没有看到范哲和叶列娜。

"他们现在很安全。"于岚仿佛看透了何夕的心思，"我根本没想到你居然会是领路人，如果再晚一点可能就……"于岚止住话，似乎仍然心有余悸。

"我不明白发生了什么事。"何夕不太肯定地开口，"好像我们差点死了。但这怎么可能呢，一切都很正常啊。是不是发生了什么故障？"

于岚没有开口，像是没有听见何夕的话，但谁都能看出她眼里的喜悦发自内心。

"当年的事故里你不是已经死了吗……"何夕急促地问，几乎与此同时一道灵光自他脑海里滑过，他猛然想清楚了一些事情，"我知道了，并没有什么事故，一切都是假象。"

于岚迟疑了一下，终于点头承认了何夕的猜测。

但是何夕心中的疑惑更甚："可为什么会这样？是先行者扣留了你们吗？"

"怎么可能呢？"于岚摇头，"他们都是善良而无害的，老实说地球人在他们面前至少在道德层面上肯定会感到自卑的。"

何夕想起一路上的见闻，先行者纯朴的风貌的确给了他很深的印象："但那个警报讯息又是怎么回事呢？那可是你亲自发出的。"

"马维康和加腾峻并不是死于脉冲星辐射。"于岚幽幽地说，"而是死于一次突发事件。当时我同他们发生了激烈的争执，先行者站在我这一边。他们两人先动手杀死了几十位先行者，但是最终寡不敌众。后来我发出了那条讯息。"

何夕彻底震惊了，他没想到20年前竟然发生过这样惨烈的一幕："是什么事情会发展到这种地步，难道不能协商解决吗？"

"不能。"于岚冷酷地说，"是生死或存亡，没有调和的余地。

当时马维康和加腾峻正准备向地球报告渤海星任务彻底失败的讯息。"

　　何夕倒吸一口气，他当然知道这个讯息意味着什么。乐土计划实施以来还从未发生过这种情况，一旦讯息发出，后果的确不堪设想。

　　"是那种情况发生了吗？"何夕平静了些。

　　"还能是别的什么呢？就是那种情况发生了。"于岚的神色变得古怪，就像一个来自黑森林的女巫，她一字一顿地吐出剩下的四个字，仿佛那是一句可怖的咒语，"生殖隔离。"

　　虽然有所预感但这几个字还是像重锤一样打在了何夕的心灵上："这怎么可能，我一直以为宪章里关于这一条的规定只是为了法律的完备性而准备的，没想到真会发生这种情况。要知道每个先行者方案都是经过至少5年时间上千次实验才确定的。"

　　于岚的思绪已经回到了20年前："当时我们顺利到达了渤海星，这里世外桃源般美丽的风光稍稍让我觉得安慰。我想就这样忘了过去罢，开始新的生活。"于岚的神色变得有些迷蒙，"后来的事情都是按部就班的，加腾峻同他的心上人一见钟情，而我居然遇到了一位和你颇有几分相像的先行者……"

　　"是秦忘吗？"何夕陡然想起那位酋长。

　　"就是他。"于岚苦涩地笑笑，"渤海星第一代先行者的名字都是自己决定的，唯有秦忘的名字是我给他起的。"

　　"秦忘。情忘。"何夕若有所悟地低语，一时间他的心里涌起痛楚的感觉，情真的能忘？

　　于岚平静了些，接着说道："如果一切正常我们就会像地球上一样，恋人们交往一段时间后在领路人的主持下谛结婚约，然后在几个月后的某一天诞下生命的结晶。由于先行者的所有重要体征都被设计成显性基因，所以孩子肯定能够适应这里的环境，孩子顺利出世便是整个计划圆满成功的标志。"这时于岚像是想起了什么，"你的家人都好吗？"

何夕有些措不及防地回答，"当然，他们都在里海星。"他低声补充道，"我和妻子已经分手，现在我同女儿生活在一起，她非常可爱，像个天使。"

于岚流露出羡慕的目光，不知为什么这目光让何夕觉得心中酸楚："也许是我的专业使然吧，我一到渤海星便采集了先行者的生殖细胞进行分析，想观察他们同人类的生殖细胞结合时的行为。"

"这好像没任何必要吧？在地球上的时候早就进行过无数次类似的实验了，虽然我不是这方面的专家，但也知道用先行者胚胎细胞制造他们的生殖细胞是一件很容易的事情，进行一次减数分裂就行了的。"何夕有些不以为然地插话。

于岚没有理会何夕："由于我自己的排卵期的原因，第一次实验是在到达渤海星的第五天才进行的，我同时也以实验的名义取得了加腾峻的生殖细胞。我说过当时只是专业兴趣使然，我根本没有想到会发生超出意料之外的事情。"

何夕的心渐渐下沉："实验结果是什么？"

"相当可怕。"于岚的语气简短而冷酷，"在显微镜下我看到的完全是异种生殖细胞相遇的情形。精子漫无头绪地乱撞，完全不像遇到同类卵子那样舍生忘死地冲锋。而卵子则是完全彻底地封闭了表面的一切通道。也就是说它们排斥的程度甚至超过了马和驴，尽管后者也无法孕育出能正常繁殖的后代。"

"异种。"何夕从牙缝里挤出这个词，"可我知道类似的实验在地球上是全部成功的。"

"我当时也非常震惊，但事实就摆在面前。接下来我采集了更多的先行者标本做实验，结果完全一样。经过进一步的分析我找到了原因所在。"于岚竖起食指指了指天空。

何夕立时明白了于岚所指："你认为是渤海星上特殊的恒星辐射造成的？"

"只能是这个原因。"于岚点头，"其实恒星辐射超过地球的行星并不少见，但以往从没有发生过以这种方式影响生殖细胞的情况，可见宇宙的确还存有许多人类未知的奥秘，我想可能是因为这里的恒星辐射中具有某些特殊频率的射线吧！不过我观察到先行者生殖细胞之间的结合却又完全正常，甚至当时已经有了一对偷尝禁果的先行者，他们一岁大的孩子在水里游得比银贼鱼还快。"

"再后来发生了什么事？"何夕强迫自己保持语速平缓。

"我确定实验结果无误后便报告了马维康。他当时不相信，但在亲眼看见之后接受了我的结论。然后我们三个人在一起开了个会，其实根本不需要什么讨论，按照宪章的规定一切都是明摆着的。要知道任何违背宪章的行为都被视作反人类罪行。"

何夕打了个冷战，他用有些奇怪的眼神看着于岚。

"他们两人的意见是立刻向人类委员会汇报，准备启动抹除程序。我想那一刻自己可能是疯了，我无法接受几千个活生生的有血有肉的人在我面前被杀戮。我冲出了门对先行者大声嘶喊他们已经被人类视为异类，将被毫不犹豫地抹除掉。我告诉他们如果要拯救自己就必须制止屋子里的人发出讯号。"于岚痛苦地摇头，乌发变得凌乱不堪，当年那可怕的景象让她至今不能释怀，"然后人群向屋子冲过去，然后我看到不断有人倒下，遍地的血……"

于岚的话戛然而止，在极度的激动之下她突然晕厥倒地。

十 非人

于岚苏醒的时候发现自己正好同何夕掉了个儿，自己躺到了椅子上，而何夕正注视着遥远的天边若有所思。

"你醒了。能告诉我现在我们所处的方位吗？"何夕俯身下来，眼里是毫不掩饰的关切之情。

"我们现在就在圣地的上方，先行者称这里为圣地是因为我住在这里，我没有抵抗辐射的基因，多数时候都生活在地底。"于岚起身站立，"他们对我当年的行为充满感激，对待我像神一样充满尊敬。他们是知道感恩的人。"

何夕点头表示理解，二十年来于岚遗世独立，对渤海星的确付出太多，同时他也听出了于岚话中的维护之意："我相信他们都是善良的，但他们是异种，这是不可否认的事实。"

于岚沉默了好一阵，像是在思考某个问题："你看到这个了吗？"她突然指着桌台上一座半米高的拱桥模型，脸上浮现萧索的神色，"渤海星上没有河流的概念，当然也不会有桥这种东西，这个模型是我平时摆着玩解闷的。"于岚说着话用手轻轻一拂，拱桥立刻散落成十几块大大小小的配件。"这座桥没有用黏合剂，完全是靠着配件契合成型。你试试能还原吗？零件上面有编号，你可以按顺序来做。"

虽然何夕不明白于岚为什么突然扯到这个模型上，但他还是依言摆弄起那堆零件。何夕知道于岚的老家是中国南部著名的水乡，那里有着很多这样的石拱桥，少女时的于岚曾经日日从桥上走过。何夕想象着那时的于岚伫立桥上看风景是怎样一副纤弱的模样，而现在的她却只能在160光年之外摆弄一座石桥的模型，这样的联想突然让何夕有些心酸。何夕定定神，将注意力放到眼前，所谓零件其实就是一堆梯形的塑料块。何夕试了几次都失败了，模型总是在垒到一定程度的时候崩塌掉。何夕有些郁闷地盯着这堆不听话的零件，从道理上讲这应该是件很容易的事情，这些零件的形状肯定是能够契合成一座拱桥的，就像他刚才亲眼见到的一样，而且也的确和现实中的石拱桥一样不需要什么黏合物。

"你不会成功的。"于岚含有深意地开口，"零件一块不少，但你会发现你的工作总是进行到某一个时刻就崩溃了。"于岚从抽屉里拿出一个盒子，"你做不到只是因为还缺少一些东西，这个盒子里面的构件可以搭建一副脚手架来帮助你。翻开拱形桥建筑手册你就会发现，在造桥之前你需要搭建脚手架之类的辅助设施，但这些东西最后会被拆除，不留一点痕迹。"

"为什么和我说这些？"何夕若有所思地问，他觉得自己正在接近某个隐藏的真相。

于岚的眼睛变得很亮："其实建造这座桥的过程和人类的进化非常相似。这本来是进化应有的常态，30多亿年里我们身体的所有构件其实都经历了这样的过程。那些曾经出现但最终消失了的部件并不是无用的，没有它们也就不会有现在的人类。但是我们现在对先行者的改造却完全违背了这种自然规律，跳开了所有中间环节。人类凭借着已经堪比造物主的强大技术，直接依据移民星球的环境需要设计制造出了先行者。"

"你是说先行者是非自然产物是吗？"何夕问。

"先行者完全就是纯粹计算的产物。"于岚的脸上滑过一丝悲戚，"他们不过是从移民星球的环境倒推得到的产品罢了。在人类委员会的眼里他们就是一群小白鼠，根据人类的需要被发送到一个个开拓地。出于开拓的需要他们先天就被赋予了各种特殊的能力，但是这些能力却可能在几十年后带给他们灭顶之灾。"

何夕沉默了好一会儿才开口道："你说的这种极端情况并没有出现过。"

"只能说在渤海星之前没有出现过。"于岚直视着何夕的眼睛，"技术不是万能的，它不可能预见到所有的情况。你认为渤海星先行者会面临怎样的结局？"

何夕感到喉咙发干："宪章……宪章里提到过的。"

"宪章。"于岚语气冷得像冰，"要我背给你听吗？这些年里我早就把宪章翻烂了。不错，宪章里写满了公理正义，它的每句话听起来都代表了人类文明的最高法则，让人无从辩驳。它对所谓移民失败的先行者只说了两个字：抹除。"

"实验总有失败的可能，既然明知是失败了……"何夕艰难地吞了口唾沫，"这也是迫不得已的做法。"

"问题在于渤海星先行者们失败了吗？"于岚逼视着何夕，"你看到过他们，连同他们的孩子。这么多年来他们自由自在地生活在这颗星球上，没有任何不适应的地方，他们建立了自己的家园，同万物谐和，没有大的灾难他们还能这样生活一百万年。你看到过孩子们建造的那些花房吗？"于岚眼里放射出动人的光泽，"我觉得它就像是一件美轮美奂的艺术品，是这颗蛮荒星球上最动人的事物。你敢否认自己曾经被它打动吗？"

"是的。"何夕低声说，"那些花房的确非常漂亮。还有，那些孩子也非常可爱。他们让我想起了自己的女儿。真的，我真的这样认为。"

"但是按照宪章的定义他们都是失败的样品，应该完全不留痕迹地抹除掉。就因为他们同我们产生了生殖隔离。"于岚话锋一转。"可这能怪他们吗？是人类在操纵这一切。"

"从生物学意义上讲他们的确不能称作人类了。"何夕肯定地说，"我承认这是人类犯下的错误，也许最严密的设计方案也会有出错的时候，看来人类毕竟还没有洞悉生命的全部秘密。这里发生的一切已经证明渤海星的环境超出了某个阈值，适合生存的先行者将注定异化成非人类。按宪章规定这个星球在抹除先行者后也不会再用于移民，它将成为又一个死海星。"

十一　蓝色的雪

"你已经做出了决定吗？"于岚幽幽地问，一丝奇异的光芒在她的眸子里浮动。

何夕努力控制自己的目光不要四处躲闪，他知道从道理上讲自己没必要感到一点愧疚，恰恰相反，他现在正是站在绝对正确的立场上："我明白的你的心情，这的确不是一个容易下的决心。但是我们不能被感情左右，那些先行者……他们……他们的确已经不能算作人类。"

"不——你不会明白的。"于岚突然歇斯底里地大叫道，"你还是站在最狭隘的立场上看待眼前的一切。我认识这里的每一个人，熟悉他们的音容笑貌。秦忘很腼腆，李高喜欢在女人面前吹牛，星兰正在为自己长得太瘦发愁……他们体内的基因有 97% 和我们完全相同，他们和我们一样有智慧，有灵魂，还有——梦想。他们不是机器，不是小白鼠，他们是有血有肉的人！你明白吗？"

何夕面色惨白地看着这个狂躁的女人，一语不发。等到于岚变得平静一些之后何夕慢慢开口道："他们不是人类。按照门、纲、目、科、属、种的划分，我想他们最多只能到灵长目人科，到不了人属和智人种，他们和我们不是同一物种，生殖隔离是最有力的证明。我们同他们的差别之大也许超过了同为猫科动物的猎豹和非洲狮之间的差别。想想吧，只要有机会草原上的雄狮会毫不犹豫地杀死并吞食猎豹，反过来也是一样。"何夕的喉结艰难地动了一下，"我们和黑猩猩也有96%的基因相同。所以……他们不是人，他们是绝对的异种。"

于岚颓然坐倒在椅子上，她的理智告诉她何夕说的都是真理。

"人类很幸运，掌握了虫洞这种超越时代的伟大技术，得以一窥浩瀚宇宙的面貌。而更幸运的是在运用这种技术的过程中人类还没有遭遇到智能胜过自己的可怕异类。但在开拓异星的过程中人类却可能创造出这样的异类，谁敢保证某一天它们不会向创造者举起屠刀。"何夕冷酷地问。

"不会这样的。"于岚无力地嚅动嘴唇，头上的乌丝剧烈地摆动着。"他们很善良，我一直教育他们对地球怀有感恩之心。"于岚仿佛抓住了一根救命稻草一般抬起头来，"我会告诉他们地球人类是他们的根，我会让他们永远记住这一点。他们永远不会对抗人类的。"

何夕有些怜惜地看着憔悴的于岚："永远是什么？世界上有永远的事情吗？对人类的历史你应该比我清楚。现代欧洲人都来自非洲，但当他们的后代在十五世纪重返非洲的时候带去的却是无尽的杀戮和种族灭绝。还有一个时间间隔更短的例子，公元一千年左右一些波利尼西亚农民移居新西兰成为毛利人。其中又有部分移居查塔姆群岛成为莫里奥里人。但没过多久之后的某一天毛利人冲到查塔姆群岛杀光并煮食了这些莫里奥里人，因为他们视那些人为异类。一个毛利人解释说，'我们捉住了所有的人，一个也没有逃掉……我们抓住就杀——这符合我们的习俗'"。何夕露出残酷的表情，"这些例子里的双方其实还属于同一物种，人类自己的历史已经证明了一切。我承认现在的渤海星先行者都是善良而无害的，而且我内心里甚至很喜欢他们。但是，人类绝对不敢冒险去养大一个拥有智能的异种。"

"我要阻止你。"于岚有些失控地嘶喊，"你一定认为我是一个被感情冲昏了理智的巫婆，我已经当过一次人类公敌了，我不怕再当一次。"

"别这样。"何夕扶住于岚瘦削的双肩，"你已经尽力了，真相不可能永远隐瞒下去。"

"但是如果能多给先行者们一些时间，再给他们几十年时间，我可以教给他们更多一些知识，让他们拥有自己的先进技术，他们就能进步到足以同人类抗衡的程度。"于岚突然痛苦地抓扯头发，脸上是无所适从的绝望，"天哪，我在说些什么啊，他们永远都不会同人类对抗的，不会的。"

"你说出的正是真理。"何夕知道现在不是心软的时候，于岚已经执迷太深，他有义务唤醒她，"其实你自己早就看到了一切，只是不愿意承认罢了。"

于岚一步一步朝门外退去，脸上是无助与决然的混合："你们都是屠夫，我不会让你们毁灭这里的一切的。"

"你打算怎么做，就像 20 年前一样？让先行者们撕碎我？"何夕脸上挂着冰凉的笑，仿佛想掩饰内心的什么，"我知道他们现在就在外面，他们的武器应该比 20 年前进步多了。"

"求求你别逼我。"泪水从于岚眼中不可遏制地流淌而下。一边是曾经的挚爱，另一边则是无数她必须保护的生灵。一时间她仿佛听到了自己的心碎裂滴血的声音。

"是结束一切的时候了。"何夕突然扬了扬手，"人类委员会在 20 分钟前，也就是你昏厥的时候已经收到了关于渤海星情况的报告。我和你都是小小的棋子，只有人类委员会才有权决定渤海星的未来。"

"这不可能。启动量子通讯至少需要两个小时，你在骗我。"于岚惊骇莫名地摇头。

"也许世间真有所谓宿命的存在，出于某些难以说清的原因，我在几个小时前就让范哲启动了量子通讯。"何夕接着说，"我忠实地描述了渤海星的状况，其中也包括你所强调的渤海星先行者的'善良'和'无害'。人类委员会是最终的决定者，我想再过一会儿我们就知道渤海星的宿命究竟是什么了。"

于岚不再说话，实际上何夕的话已经让她完全僵立。何夕缓步上前温柔地围住她的肩膀，然后他们一同望向外面的黄昏，就像一对看海的恋人。

在 120 千米的高处，虫洞飞船以黑丝绒般的太空为背景缓缓滑过，宛如一只巨眼君临万方。飞船核心处有一个内部冷到极点的黑匣，里面的温度甚至低于宇宙的背景辐射。在这样的温度下运动几乎终止了，就连电子这种不可捉摸的轻子也表现迟滞。

突然，像是获得了某种古怪的魔力，其中一些电子开始无视低温的禁锢执着地骚动起来，它们迈开了奇异的舞步。电子们的舞蹈并不是无意义的，它们跟随亿兆千米之外孪生兄弟的脚步拼出了一条无比清晰的指令。几秒钟之后虫洞飞船整个震颤了一下，在指令的召唤下从它的周围伸出一圈发着蓝光的管子，就像是一头从沉睡中苏醒的怪兽正在舒展四肢。

片刻之后很多道流星般的亮迹破空而至，在黄昏的天空中显得夺目非凡。进入大气层之后亮迹急速地湮灭，与此同时无数淡蓝色的雪花开始在黄昏的天空中飘落，这幅无声的场景美得令人窒息。

天地间的异象迅速吸引了先行者的注意，许多人浮上水面争相目睹这从未见过的蓝色雪花。孩子们开心地大叫，他们甚至像海豚一样迫不及待地跃出水面去触摸满天美丽的雪花，却不知道这是与死神的致命邂逅。

"终结者病毒……他们还是做出了决定。"于岚喃喃开口，她的脸上一片幻灭。

何夕没有说话，在这样的时候语言根本没有任何意义。他知道这场雪会一直下12个小时，直到这个星球的每个角落都覆盖上足够的病毒。对应于每种先行者都预先设计有一种终结者病毒，它们是高度特异定向化的，一种病毒只能感染并杀死对应的先行者，当先行者全部死亡后病毒自己也无法存活。按照实验结果先行者受感染后存活率低于十万分之一，而现在整个渤海星人口只有几千，也就是说这将是一次完全彻底的饱和歼灭行动。

十二 人生不相见

夜很深了，在两个月亮的辉映之下可以看到近处的雪花仍然稀稀疏疏地飘洒着，这幅静谧的图景让人很难把它们同无数的死亡联系在一起。

"我们终于看到了渤海星的宿命。"何夕再次提起话头，于岚像现在这样一言不发已经10个小时了。

"他们都死了，对吧？"于岚终于开口说话，这让何夕觉得稍微放心了些。

"终结者病毒攻击神经系统，感染者将很快因为神经系统瘫痪而窒息死亡。"何夕小心翼翼地说，"这是一种快速的低痛苦死亡方式。现在先行者应该都已经死去了，包括个别深海里感染得稍晚一些的。"

于岚机械地走到10米外的控制台边坐下，何夕知道从那里可以跟踪到每一位先行者，但于岚现在的举动已经毫无意义，在屏幕上她只会看到8754个一动不动的小点——那是先行者横陈的尸体。

"一切都结束了。"于岚从控制台前站起，脸上一派麻木，"从渤海星被发现算起已经过去50多年了，在这颗星球上发生过那么多故事，而现在一切都回到原点，就像是做了一场大梦。"

"这就是结局了。"何夕低声说，他转身指向夜空中的一个方向，"从这里看过去太阳系只是一个暗淡的白点，那里是人类共有的家园。在这个故事里最幸运的是经过那么多事情我们的家园还在。"

于岚突然叹口气，像是有所触动："知道吗？以前我觉得所谓的星座只是古人的奇特想象力组合，但现在我却不这样想了。也许其中真的隐藏着某种我们永远无法彻底弄明白的东西，它超越了所谓的科学定理，也超越了人类全部的理解能力。"

何夕哑然失笑："怎么我们的生物学博士改行研究哲学了。"

于岚转头看着何夕："就像现在，我们站在这个位置上，能看到太阳系连同半人马座还有旁边的群星，你看它们像什么？喏，稍微把头偏左一点……"

何夕凝视着那个方向，饶有兴致地，不以为然地，然后天地间突然沉寂了，何夕感觉到有滚烫的泪水从眼里涌出——他看到了一个小小的摇篮，下面是篮身，上面有一条提臂，那颗火红大星则是悬挂点……小小的摇篮就那么孤单地悬挂在这广袤无垠的宇宙中。

从这个位置上何夕其实也看到了在地球上永远无法与猎户座同时看到的天蝎座群星，火红的大星便是天蝎座 α 星，中国古人称为"大火"，曾经专门设立"火正"一职观察它的位置确定节气。天蝎座群星参与了太阳系摇篮的组合，这幅图景是那样美妙绝伦但却又蕴含着人类智慧永远不能理解的无尽深意。

良久之后何夕回过头来："该回家了。"何夕爱怜地望着于岚并且加重了语气，"是我们两个人的家。"

"回家。"于岚若有所思地重复一句，"我也很想回家，但是我再也回不去了。"

何夕有些意外："虽然你违背了章程但毕竟没有铸成大错，我想联邦政府也不会太难为你的，我有把握替你脱罪，至少会是比较轻的判决。"

"你认为我们还能回到从前吗？不可能的。渤海星改变了我的一生，我已经同这里的一切有了永远无法分离的血肉联系。太阳系是人类温暖的摇篮，但孩子长大后终有放手的一天，不应该让摇篮成为永远的禁锢和桎梏。正是几万年前的来自非洲的先行者闯进旧大陆，以及几百年前来自欧洲的先行者们挺进新大陆，才有了后来人类历史中一幕幕壮丽的篇章。终有一天人们会明白宇宙的法则也许并不是汇聚，而是分离，就像地球现在已知的几百万物种其实都来自 38 亿年前的同一个体。先行者不在了，但是我要留在这里，用我剩下的生命守护他无根的灵魂，我怕他们会迷路。"于岚转头凝视着何夕，星星在她的眸子里闪烁着动人的光芒，"我们的人生分开得太久也太远了，就像参宿与商宿，东升西落，已经无缘相聚。"

于岚说完这番话将身体从何夕的围抱中抽出，轻轻地然而也是决绝地步入了门外的黑暗。剩下何夕一个人孑孑伫立，仿佛一具被抽空了魂魄的雕像。

尾声　最后的音节

登陆舱缓缓升腾越来越高，渐渐成为湛蓝天空中一个不可见的小点。于岚面无表情地注视着这一幕，这时主控室的地板滑开，两个纤细的身影扑进于岚的怀里大声哭泣，过去的这十个小时他们一直生活在炼狱里。于岚紧紧搂住两个吓坏了的孩子，就像是搂着两样失而复得的珍宝。几小时前她在主控室上看到了两个移动的小点，也许是由于恒星辐射的缘故，这两个孩子竟然具有了抵抗终结者病毒的突变，也就在那一瞬间于岚做出了最后的决断。

"虫洞跳飞进入倒计时。"叶列娜向一直失魂落魄的领路人汇报，她忍不住提醒一句，"还有十分钟时间，如果想道别请抓紧。"

这时她猛地瞪了范哲一眼说，"跟我出去呀，真是没脑筋。"

范哲稍愣了一下，随即听话地跟着出门，他正好觉得有许多话想对叶列娜说。

屏幕上的于岚已经不复昨天憔悴的模样，似乎还淡淡地化了妆，看上去明艳照人："我已经在这里等了一阵了，我知道你会出现的。"

"再有几分钟飞船就会启动，这一别我们恐怕再也无法见面了。"何夕深深凝视着于岚，似乎想将她的容颜镌刻在自己的视网膜上。"我会在亿兆千米之外想你的。"

"我也是。"于岚柔声道。

何夕迟疑了一下，似乎在做什么决定，末了他平静开口道："秋生和星兰都好吗？"

于岚悚然一惊，脸色一下变得苍白："你、你说什么？"她的心急速地沉向无尽深渊的最底处。

"虽然你离开的时候关闭了控制台，但是后来我破译了启动密码，所以我知道有两位幸存者，很巧的是我居然见到过那两个孩子。我一直在回想你说的那番话。"何夕稍稍停了一下，"也许放手也是一种爱，而且是隐含着宇宙的至高法则，因而也是最深沉的爱。我知道该怎么做，不会有人来打扰你们的，就让人类和先行者各不相见吧！永别了，我的渤海星女神。"

"谢谢你，我会守护着他们，不让他们迷路。"于岚眼里流露出依依不舍的神色。时间飞逝，永世的分别就在眼前，两人透过屏幕深深凝望，口唇微动中不知不觉吟诵的正是那已经刻入彼此灵魂的诗句：

人生不相见，动如参与商。

　　今夕复何夕，共此灯烛光。

　　千年前的绝唱道尽了世间的离合悲欢，泪水开始在两张面庞上聚集成行，肆意流淌，冲刷尽一切，将心中无尽的块垒抚平。

　　少壮能几时，鬓发各已苍。

　　昔别君未婚，儿女忽成行。

　　前尘旧事在何夕眼前一一晃过：地球的初遇、20年的分离、渤海星短暂的重逢、紧接着的永远的诀别，还有人类与先行者的离合际遇。无数的慨叹涌上心头，这一刻就像是历尽一生。

　　十觞亦不醉，感子故意长。

　　明日隔山岳，世事两茫茫……

　　炫目的闪光突然亮起，模糊了眼前的一切，宣告这个冗长的故事走到了终局。而空气中还停留着那最后的音节，在相隔亿兆千米的两端盘桓、萦绕。

图书在版编目（CIP）数据

星际移民/ 刘慈欣等著.—北京: 北京理工大学出版社, 2017.6（2021.10重印）
（虫·科幻中国）
ISBN 978-7-5682-3935-6

Ⅰ.①星… Ⅱ.①刘… Ⅲ.①科学幻想小说-中国-当代 Ⅳ.①I247.5

中国版本图书馆CIP数据核字(2017)第079971号

出版发行 / 北京理工大学出版社有限责任公司		
社　　址 / 北京市海淀区中关村南大街5号		
邮　　编 / 100081		
电　　话 / （010）68914775（总编室）		
（010）82562903（教材售后服务热线）		
（010）68948351（其他图书服务热线）		
网　　址 / http://www.bitpress.com.cn		
经　　销 / 全国各地新华书店		
印　　刷 / 北京欣睿虹彩印刷有限公司		
开　　本 / 880毫米×1230毫米　1 / 32		
印　　张 / 8		责任编辑 / 高　坤
字　　数 / 166千字		文案编辑 / 高　坤
版　　次 / 2017年6月第1版　2021年10月第6次印刷		责任校对 / 周瑞红
定　　价 / 39.80元		责任印制 / 李志强

图书出现印装质量问题，请拨打售后服务热线，本社负责调换